英雄はそこにいる

呪術（シャーマン）探偵ナルコ

1

首都の南西に広がるなだらかな丘陵地帯の一角にある山林が「眠りが丘」と呼ばれるようになったのは、宅地造成が始まった四十年前のことだが、その地名の由来は誰も知らない。丘陵地帯にはほかにも無数の丘や谷や野原があり、百合が丘とか梶が谷とかあざみ野などの名前で呼ばれていたが、昔はそのどれもが名無しで、あの丘、この谷、原っぱに過ぎなかった。住民の出入りが激しい場所では、地名の由来も土地の過去も人の記憶も何ほどの意味も持たない。この町に住んでいたある大学教授が、首都のビルで自爆テロを行ったのはつい四年前のことだが、そんな近い過去でさえ人々は忘れてしまう。眠りが丘で一番高いところに生えている一本の木の根元には、その大学教授の墓があることも誰も知らない。その墓にはお骨もなく、墓碑もなく、ただ、小石が積み上げられているだけだ。

その墓をこしらえた少年は二十歳になった今も、母親とともに眠りが丘に暮らし、その墓を守っている。少年の名前はナルヒコ。母の名はエミだが、自分の店を持った今でも昔の源氏名ナミで通している。二人の生活を援助していたナミの愛人野村は巨額の負債を抱えたまま行方不明という金融ブローカーにありがちな末路を辿り、ナミは弁当屋のパートタイムで何とか親子二人食いつないできたものの、このままでは、同じ町内で、生活保護を受け損ない、一年前に餓死した老姉妹の二の舞になると、半年前に預金をはたいて、スナックを開店することにした。

元は理容室だった店舗を居抜きで借り、外装も内装もほとんど手を加えず、リサイクルショップで買ったカウンター・テーブルを置いて、「スナックはーです」とアクリル板にマジックで手書きした看板を出して、営業を始めた。場所も不便なところだし、保健所で飲食店営業の許可は取ったが、料理がうまいわけでもなく、常識的に考えれば、わざわざ都心から足を運ぶ客などいようはずもなかった。ところが、ナルヒコが「けっこうお客さんが来るよ」といったので、ナミは息子の予言を信じ、勝負に出ることにした。ちなみに「はーです」はギリシャ語で「死者が向かう場所」を意味する。

地元の客はほとんど来なかったが、ナミが昔勤めていた「クラブべらみ」の同僚や常連客がわざわざTM川を渡って、飲みに来てくれた。都心で食事をし、女の子を誘って、オールナイトに持ち込むコースの終点として使ってくれるのはありがたかった。散髪用の椅子に座って、隣のコンビニで買ったつまみやカップ麺を食べながら、酒を飲み、カラオケを歌う。眠くなったら、椅子をリクライニングして、仮眠をとる。そして、始発電車が走り出したら、都心に戻る。そんな飲み方が一番お洒落で、風流だ、と周囲に吹聴する人もいて、毎晩、六、七人の客は来るようになった。しかし、客の目当てはこの風変わりなスナックでも、元キャバクラ店員の熟女でもなく、息子のナルヒコだった。

　男たちは「いい占い師がいるスナックがあるんだ」と女の子を誘う。女の子の多くは恋や仕事に悩んでいる。ナルヒコが近い未来を占ってやる。実際にナルヒコがいった通りになる。その噂が広まる。結果、「スナックはーです」は大繁盛……とはいかなかったが、弁当屋のパートに出ていた時よりも生活は楽になった。

　ナルヒコのナルコレプシーは変わらない。どんな騒音も、どんな悪臭も不意に襲ってくる眠気を覚ますことはできない。ナルコレプシーの発作とともに、ナルヒコはハーデスの薄暮の向こうに隠れてしまう。彼は未だ夢と現実のあいだに境界線を引くことのできない古代人のままだった。ナルヒコは定期的に森の木々や石、土からの「気」を補充しないと、弱ってしまうので、眠りが丘の丘陵地帯を離れることができなかった。

　星空の夜は客も億劫がらずに店に来るが、傘のいる日は客足が遠のく。今夜は二人来ればいい方だ、とナミが夕方から降りやまない雨を恨んでいると、一人のスーツ姿の男が何もいわずに店に入ってきて、中の様子を見ていた。ナミが「いらっしゃいませ」といい、散髪用の椅子をすすめると、男は「鳥飼稔彦(とりかいなるひこ)さんはいますか?」と訊(たず)ねた。

――ナルヒコなら家にいます。占いをご希望でしたら、呼びましょうか?

「ええ、お願いします」といい、男は椅子に座り、ビールを注文した。電話でナルヒコを呼び出し、それまでのあいだナミがその男の相手を務めた。床屋談義の枕詞(まくらことば)よろしく「お住まいは近くですか?」と訊ねると、「長らく都心のマンションで妻と暮らしていたが、子どもができたのをきっかけに郊外に移り住むことにした」という答え。周囲の環境や勤め先との距離、家賃などを考慮した結果、眠りが丘で二十年前に売りに出された分譲地「スリーピング・ハイツ」の中古一戸建てに決めたという。ナミは「地元のお客さんは大歓迎です」というのを忘れなかった。

　ナルヒコはその男に会うのは初めてだったが、相手はナルヒコを知っているようだった。親子を警戒させまいとしてか、物腰は柔らかだが、眼鏡の向こうの目には心の内まで見透かす鋭さが感じられた。男がナルヒコに差し出した名刺には「警視庁捜査一課警部　穴見文彦(あなみふみひこ)」とあった。ナミがその名刺を息子から奪い取ると、「刑事さんなんですか」と甲高い声で大袈裟に反応した。

　穴見は「かつて、手がけた事件の捜査のために、この町を訪れたことがあります。理容室みたいでいい店だ」と苦笑した。ナミは「刑事さんに飲みに来ていただけると、安心です。何しろ女一人でやっているもんですから」と続けた。穴見は母親には用はないという態度も露骨に、ナルヒコに正対し、「未来が予知できるんだってね」といった。

――必ずしも当たるとは限りません。運命の神はたくさんいて、気紛れだから、人の思い通りに行くことなんて滅多にありません。

――結局はその人の努力次第ということかな。

――本当は努力してもしなくても、運命は変えられない。でも、努力をした結果、そうなったのなら、誰しも諦めがつくでしょう。

――なるほど。もし、他人の運命を左右できる人が実際にいるとしたら、どうだろう？私たちはその人の顔色を見ながら、生きていくことになるかな。

――大抵の人はそうでしょう。でも、そういう大きな力に逆らって、自分で運命を決める人も中にはいます。

――サナダ先生みたいに？

　サナダの名前を四年ぶりに聞き、ナルヒコは改めて穴見の顔を見た。

――サナダ先生を知っているんですか？

――会ったことはない。彼を知ったのは彼が死んだあとだ。実に変わった人だね。先生とはどういう知り合いだったの？

――母が働いていた店のお客さんでした。

この刑事は四年後の今になって、いったい何を調べに来たのか？　ナルヒコは鼻の下をこすりこすり訊ねた。

——再捜査ですか？

——いや、そうじゃない。警察はあの事件をサナダ先生のシナリオ通りに処理したので、もう蒸し返したりはしない。ただ、捜査に関わった刑事の一人として、どうにも腑に落ちないところがあってね。

——話すことは何もありません。

——まあ、そういわないで。一度、君に会ってみたいと思っていたんだ。サナダ先生は、六年前に誘拐された少女をかくまい、眠り病の少年と付き合いがあったと聞いたものでね。おそらく、君がいなければ、先生の計画もあんな順調には進まなかっただろうね。

——警察が誘拐された少女を助けていれば、先生も自爆テロなんてしなかったでしょうね。どちらにしても、先生はこの世にいなかったでしょう。

——末期癌だったそうだね。君がいう通り、警察にも落ち度はあった。

穴見は四年前の事件のあらましを正しく認識していた。だが、それは警察の公式発表とはかなりかけ離れたものであることも、穴見はわかっていた。誘拐されたのは、当時高校一年生だった真理子という少女だった。

2

彼女は企業恐喝を企む(たくら)グループに誘拐、監禁された。誘拐犯は、内部情報を公開し、身代金を振り込まなければ、娘の命はない、とアメリカ石油メジャー日本現地法人の重役である真理子の父親を脅迫した。父親の連絡を受け、警察が出動したが、石油会社の依頼を受けた元ＣＩＡのトラブルシューターは、交渉に応じるふりをし、警察にも手を回し、事件を内々に解決しようとしていた。

犯人の指定で一人交渉の現場に向かった父親は真理子を保護する。だが、直後にトラブルシューターが雇った殺し屋が現れ、犯人たちばかりか、父親まで口封じのために殺してしまった。一部始終を見ていた真理子は現場に後から現れたもう一人の誘拐犯の手でどこかに運び去られた。

逃亡を図った犯人の一人、魔王子こと王子昌男は地方都市のマンションの一室に真理子を監禁し、自分も早晩消される運命に怯え(おび)ながら暮らしていた。真理子は記憶喪失に陥っており、自分の名前もいえず、自分の顔にも見覚えがない。魔王子は真理子に真琴という名を与え、石油会社の脅迫に失敗した腹いせに彼女をいたぶり、自分に服従させようとした。
　ある日、魔王子は真理子を外に連れ出す。全てを諦め、真理子と心中しようとするが、気が変わり、自分の憎しみを真理子に吹き込み、社会に復讐（ふくしゅう）するように調教する。殺し屋に追い詰められたことを悟った魔王子は真理子に「おまえには復讐の権利がある」と告げ、真理子の手を借り、自殺した。真理子は無我夢中で監禁部屋から逃げ出し、東京へと向かった。

　真理子はサナダを大学に訪ねるが、サナダはトラブルメーカーの学生と勘違いし、彼女を追い返してしまう。行き場を失った真理子は渋谷で家出少女のグループに拾われ、夜の仕事をしながら暮らすようになるが、グループを束ねているアオキとタツヤの罠（わな）にはまり、借金を背負わされ、株屋の野村に売られてしまった。

　野村の元を逃げ出し、再度自分を訪ねてきた真理子が誘拐監禁されていたことを知り、サナダは彼女をかくまった。彼女は魔王子に調教され、無意識に殺人を犯す本能に目覚め、アオキとタツヤを殺してしまっていた。

　サナダとナルヒコは、真理子の記憶回復を助け、事件の真相を明らかにしようとした。サナダは背後で支配する世界経済評議会、通称「ブラックハウス」に対する怒りから、真理子の復讐の代行を決意した。予知能力の持ち主ナルヒコの力を借り、癌と戦いながら、最後の大仕事に取り掛かった。雑誌記者になり済まし、ブラックハウスのオフィスに乗り込んだサナダは、幹部たちを道連れに自爆テロを敢行した。自分でも予期せぬ最期を遂げたサナダは警察やマスメディアにビデオレターを送りつけていた。サナダは真理子の殺人の罪もかぶった。

穴見は淀みなく、事件の真相を語って聞かせた。それはナルヒコが知っている事実とほぼ一致する。それがわかっているということは……

──心配はいらない。さっきもいったように、この事件は表向き「解決」しているので、警察としては、もう真理子さんの行方を追ったりはしない。だが、彼女を葬りたい者がほかにいるとしたら、どうする？

──いるんですか？

──わからない。でも、世の中には他人の運命を左右しようと暗躍する者がたくさんいるのは事実だ。

穴見の遠くを見ているような目つきが、今は亡きサナダ先生を思い出させる。その目は「正義」とか「理想」とか「あの世」といった、自然界には存在しない「彼方」を見つめたがっている目だった。真理子を救おうと決心した時の先生がそんな目をしていたのを、ナルヒコは思い出した。四年前、「敵」の側の一人だった男はナルヒコと思い出話にふけりたかったわけではないだろう。

――ぼくに何の用があって、いらしたのか、聞いてもいいですか？　昔の事件を蒸し返すんじゃなかったら。

――実は私の仕事は昔の事件を蒸し返すことなんだ。いや、サナダ先生と真理子さんの事件のことじゃない。今、私は迷宮入り事件の再捜査を専門にやっていてね。

さっきから息子と刑事の話をカウンターの向こうから興味津々に聞いていたナミが間髪をいれずに、叫んだ。

――ああ、おカマ掘りね。

――それをいうなら、穴掘りです。

穴見が憮然とした表情で答えると、ナミは首をすくめ、「ちょっと買い物に行ってくるわ」と店を出ていった。二人きりになると、穴見は警視庁の方針と自分のポジションについてこんな説明を行った。

ここ十年間に特別捜査本部が組織された事件は百八十件あり、うち重要未解決事件は六十三件で、毎年平均六件が時効を迎えている。未解決事件の増加が社会不安を引き起こすことを憂慮し、政府は殺人等の凶悪事件の時効を見直す法案の成立を急いだ。それを受け、警視庁は、事件の掘り起こしと早期解決に向けて、継続捜査にいっそうの力を注ぐことにしたのだった。

これまで捜査一課で殺人事件を中心に捜査の陣頭指揮を執ってきた穴見は「特命捜査

対策室」に配属され、いったんデスクワークに戻る格好になった。「穴見」に「穴掘り」をさせるのは、上層部の「嫌がらせ人事」と同情する声も聞こえたが、穴見自身は気にする様子もなく、今後は「穴掘り」の方に日が当たると強がっていた。

だが、実際には特別捜査本部の精鋭たちが人海戦術やローラー作戦、科学捜査を駆使しても、手掛かりが得られなかった難事件を扱うことになるわけで、継続捜査で解決に至るケースは少なく、時効の成立や迷宮入りを宣言する不名誉な役割を負わされる。それゆえ、実質、出世競争からは外れてしまうことになる。穴見の実力を高く買っている上層部の人間は、彼ならば、今まで以上の打率で、未解決事件を解決に導くことができる、と表向き期待していたものの、裏を返せば、成果を出さないと、あとがないというわけだった。

――今、私は対策室に預けられた六十三件の重要未解決事件のファイルを読み漁(あさ)っている。初動捜査の指揮を執っていた頃はスポーツ選手のような感覚だったが、今は謎めいた神話でも読み解いている気分だ。

――犯罪は神話に似ているんですか？

――迷宮入り事件はよく似ている。

――ぼくは文学的なことはよくわかりません。

――文学の話じゃない。捜査の話だ。実は君に会いに来たのは、折り入って頼みがあったからだ。単刀直入にいおう。私の捜査に協力してもらえないだろうか？

――ぼくなんかに何ができるでしょうか？

――抜け目ない警察や暗黒組織を出し抜いて、犯罪素人のサナダ先生が自爆テロを成功させられたのは、ほかでもない君の協力があったからだと私は思っている。もちろん、君を共犯者として、検挙しようなどとは思っていない。何処にも証拠はないしね。

ナルヒコはせわしなく動く穴見の右手の指先をじっと見つめていた。ピアノを弾くのが趣味だったりするのだろう。

――協力って何を？

――私が調べている事件について君の意見を聞きたいんだ。

――それは仕事ですか？

――君と遊びたいわけじゃない。仕事をしたいと思っている。

ちょうどそこに買い物から帰って来たナミが、二人のやりとりの最後の部分だけを聞いて、こういった。

――ロシアやアメリカでは超能力者が捜査に協力するんですってね。息子はシャーマンの末裔なんです。いつか警察のお役に立てる日が来ると思っていたんですよ。

――あくまでも意見を聞くだけです。

警察は科学的捜査の万全を謳っているが、それにも限界がある。アメリカ仕込みのプロファイリングを導入しつつも、昔ながらの「刑事の勘」というやつに頼る部分もある。しかし、迷宮入り事件が多いのは、科学もセオリーも勘も有効ではなかった証だ。

穴見が占い師に捜査協力をさせていると課内の人間に知られたら、「あいつもついにヤキが回った」とか「苦しい時の神頼み」などと陰口を叩かれるだろう。それでも、試せることは全部試してみたかった。この若い占い師が、これまでの捜査の盲点を突いたり、事件報告書に何らかの引っ掛かりを感じてくれれば、再捜査の糸口が摑めるかもしれない。

行き詰まったら、原点に戻れ。

これは基本中の基本にして、万事に通用するセオリーだ。刑事や探偵の祖先はシャーマンだ。神の声を聞くシャーマンは災厄や犯罪の因果を誰よりも深く理解していた。

3

穴見警部が所属する特命捜査対策室は、特別捜査本部が置かれるフロアから遠く離れた地下二階にあった。そこには窓がないので、窓際ではないというプライドだけはメンバーの誰もが持っていた。室長の穴見は部下たちを集め、ナルヒコを紹介した。シャーマン探偵の協力を仰ぐ方針は聞かされていたが、実際に本人を見るのは初めてなので、誰もが好奇心を前面に出しナルヒコを見つめていた。「若いというより、幼い」、「かなり猫背だな」、「思い切り眠そう」、「ゆるキャラか？」、「大丈夫か」と思い思いの反応がメンバーたちの顔に現れていた。

――重要未解決事件は多々あるが、その中でも手掛かりの少ないものについて、君の霊能力を発揮してもらいたい。それぞれの事件には担当者がいて、これまでの捜査の要点を把握している。さて、どれからいこうか？

穴見警部はスチール棚一面に整理されたファイルを前に腕組みをしていた。部下の一人が「こっちで見た方が早いですよ」といって、プロジェクター画面を指差し、卓上のPCのマウスをクリックした。

重要未解決事件の一覧表が映し出される。最近、時効が延長された事件、つまりは古い事件から順に番号が打ってあり、最後に特命捜査対策室に送られた事件の日付は二年前の昨日になっていた。それぞれに「毒入りピザ殺人事件」、「六本木デリヘル嬢殺人事件」、「富士見ビル爆破事件」、「井の頭公園死体遺棄事件」、「青葉台保険金殺人事件」などと事件名が付けられたリストをナルヒコに見せ、穴見警部は「気になる事件を選んでみて」といった。ナルヒコは迷うことなく、「銀座ホステス誘拐事件」をクリックした。

若い女性刑事が右手を上げ、「これは私が担当です」といって、説明を始めた。

——この誘拐事件は五年前に起きています。被害者の女性は半年前に無事保護されましたが、誘拐犯に関する情報はほとんどありません。この事件の最大の特徴は被害者が記憶喪失になっていた点にあります。

被害者は銀座の高級クラブ「ラ・トラヴィアータ」に勤めるホステス根本ゆりあ、当時二十四歳。クラブでは指名ナンバー1をプリマ・ドンナと呼んでいて、それに見合う容姿と教養を兼ね備えていたという。月、水、木曜日の週三日出勤で、日中と火、金曜日は翻訳や通訳の仕事に当て、週末は家で読書をしたり、顧客とゴルフやクルージングを楽しんだりしていた。五年前の五月五日、それは連休最後の日だった。根本ゆりあは顧客と関西空港からハワイに飛ぶといって家を出たが、待ち合わせ場所の空港ラウンジに現れることなく、消息を絶った。

家族から捜索願が出され、警察も誘拐の可能性があると見て、犯人が接触してくるのを待つ態勢を敷いた。しかし、犯人からの要求は一切なく、有力な目撃証言も取れないまま一週間が過ぎた。警察は、この間に発生した殺人事件や交通事故の被害者たちを確認したし、家族も独自に心当たりの場所を探し、交友関係をつぶさに当たってもみたが、手掛かりは得られなかった。この段階で誘拐事件の線は消え、失踪扱いとなった。

それから二ヶ月後、家族の元に不審な電話があった。電話を受けた母親の証言によれば、相手は女性で、外国語訛りの日本語でこんなメッセージを伝えてきたという。

娘さんは保護しているが、事情があって、すぐにはお帰しできない。全ての問題が片付いたら、無事に帰宅させるので、心配はいらない。

警察は家族からの強い要請を受け、誘拐事件としての捜査を再開することにしたものの、初動捜査での手掛かりがほとんどないために、犯人から再度連絡が来るのを待つしかなかった。

根本ゆりあが勤めていたクラブは銀座でも超高級な会員制クラブで、中国やインド、ロシアの富豪が東京の夜を満喫したり、政府の要人と外国企業社長の密談の場に使われたり、外交やビジネスを円滑に進めるための裏工作が行われたりしていた。夜な夜な集う客は錚々たる顔ぶれだった。VIPたちの知遇を得たい経営者や彼らをスポンサーにしたい政治家も店には集まってくる。ここでは口が固くなければ、ホステスの仕事は務まらない。当然、微妙な会話には口を挟まないよう彼女たちは厳しく教育されているが、客同士の寛いだ会話には参加し、場を盛り上げなければならない。根本ゆりあは若いのに、そんな難しいさじ加減を心得ている、と客の評価も高かった。

犯人の立場になって、根本ゆりあを誘拐することのメリットを考えてみる。

身代金の要求もなければ、特定の誰かを脅迫するわけでもないとなると、犯人の目的はゆりあが知っている情報を聞き出すことか、あるいはゆりあの口封じをすることか、どちらかだ、という結論が出た。

その場合、ゆりあはどんな情報を知っていたのかが問題になる。警察はゆりあの交友関係を徹底的に洗ってみることにしたが、自宅のPCに残されていたはずのメール・フォルダーもドキュメント・フォルダーも空になっていた。地道にクラブの経営者や同僚たち、学生時代の友人らからの聞き込みを行ったところ、彼女はロシアの鉱山開発企業社長の東京の愛人であることが判明した。

その事実と彼女の誘拐はどう関連付けられるのか？

犯人は彼女からロシア企業の動向を探ろうとした、という仮説が最初に立てられた。いや、ロシア企業との交渉を有利に進めたい別の企業の思惑が絡んでいて、彼女はその人質に取られたのではないか、と読む警部もいた。また、彼女自身がロシア企業社長の愛人になり済ましたスパイだったのかもしれない、と公安警察は主張した。どれも憶測の域を出なかった。

今から半年前、根本ゆりあが行方不明になってから四年と半年後のことである。捜査本部に彼女によく似た女性の目撃情報が飛び込んできた。しかも、その場所はベトナムのホーチミン市だった。情報提供者はベトナムを訪れていた観光客で、ネット上で偶然、根本ゆりあの写真を見て、心惹(ひ)かれ、その「美し過ぎる失踪者」の面影を胸に秘めていたのだという。どうせガセだろうと、警察は取り合わなかったが、家族がベトナムまでその情報を確認しに行った。

情報提供者は彼女をホーチミン市の中心街ドンコイ通りで見かけたという。父親は通訳を伴って、立ち並ぶ商店の売り子たち一人一人に娘の写真を見せ、粘り強くその行方を追った。三日目にようやく貴重な情報が得られた。

ドレスの仕立て屋で働く女性が、ゆりあのためにアオザイを作ったという。店の帳簿に連絡先を控えてあるというので、その住所を訪ねてみると、そこは富裕層が暮らす郊外の高級住宅地だった。住所の家を訪ねると、家政婦が応対に出てきたので、ゆりあの写真を見せると、「今、娘さんの勉強を見ている」という返事だった。彼女はこの家で住み込みの家庭教師をしているとのことだった。

それから十分後、四年半ぶりに親子の再会が叶(かな)ったのだが、彼女は父親の顔を見て、「どちらさまですか?」と訊ねたという。父親の目の前にいたのは、紛れもなく自分の娘なのだが、彼女は父親の顔がわからなかった。ゆりあは記憶喪失に陥っており、自分の過去を思い出せないまま、ホーチミン市に置き去りにされていたようなのだ。

ゆりあの父親は雇い主のベトナム人に会い、彼女が誘拐された自分の娘であることを話し、なぜ娘がここで家庭教師をすることになったのかを問い質(ただ)したところ、雇い主は

「彼女を紹介してくれたのは、日本人の旅行代理店の人だ」と答えた。その紹介者にもホーチミン市内で会うことができ、父親は娘の誘拐の背景を独自に探った。

その紹介者がいうには、彼女は日本人の観光客もよく訪れるホテルの屋上にあるカフェで誰かを待つでもなく、一人ぽつねんと座っていたのだそうだ。「日本人ですか？」と声をかけると、我に返り、「なぜ私はここにいるんですか？」と逆に聞かれたとか。彼女はパスポートも現金も持っており、ホテルの一室にすでに一週間も滞在していることがわかったが、それ以前の記憶が一切欠落していた。

最初は麻薬でもやっているのかと思ったが、受け答えはしっかりしているし、「助けて欲しい」と懇願され、その美貌にもほだされたので、知り合いのベトナム人に彼女の面倒を見てもらえるよう手配したという。そのベトナム人からは、日本人家庭教師を斡旋して欲しいと頼まれていたことも渡りに船だった。

父親は日本領事館に働きかけ、娘を保護し、日本に連れて帰ることにした。記憶を蘇らせるきっかけになればと、娘に少女時代の話をしたところ、飼っていた犬が死んだこと、高校時代に父親と口論をしたことなどを思い出した。しかし、近い過去の記憶にはブロックがかけられているのか、何一つ思い出すことができず、彼女は頭を抱えてしまうのだった。

家族も警察もこの事件の顚末には戸惑いを隠せなかった。彼女の身柄は保護できたが、事件の背景を探ろうにも、彼女の記憶が抜き取られている。結論からいえば、犯人の目的は、根本ゆりあの過去を奪うことだった、ということになる。

目下、彼女の両親は、娘との絆を取り戻そうと、精神科医の力を借りて、失われた記憶の回復に努力している。誘拐事件の捜査本部は解散したが、家族からの強い要請を受け、彼女の過去を盗んだ犯人の捜索は継続中である。


女性刑事が説明を終えると、穴見警部はナルヒコに彼女を紹介した。

——私の部下の八朔すみれ君だ。今後、彼女と君と私の三人でチームを組む。

「よろしく」と握手を求める八朔すみれの顔をナルヒコは改めて、見つめる。

黒縁の眼鏡をかけ、地味なダークスーツを着ていたが、その美貌は隠しきれない。警察のようなむさ苦しい職場をわざわざ選ばなくても、このスタイルの持ち主なら、ほかの職場から引く手あまただっただろう。ナルヒコは鳩みたいに頭を下げ、「どーも」とごく簡単な自己紹介をした。その時、彼は八朔の眼鏡の奥の目に一抹の寂しさのようなものを敏感に感じ取った。

——何か、気付いたことはないかな？

穴見は事件の概要について問うたつもりだったが、ナルヒコはそれには答えず、もう一歩、八朔に接近し、その目を凝視した。意志の強そうな切れ長の、黒目が勝る目だが、脆さが潜んでいるように見える。その時、ナルヒコの視界に笑顔の男の顔が迫ってきた。初めて見る顔で、何か遺影のように黒い縁取りが施されていた。

——もしかして、お父さんも警察官でした？

八朔すみれは一瞬、怯んだように身構え、不気味なものを見る目でナルヒコを見ながら、「どうして、わかるの？」といった。

——お父さんは亡くなったんですね。

——彼女の父親の八朔警視は、七年前に捜査中の怪我とそれにともなう敗血症がもとで殉職した。私は彼の部下だった。そして、娘の彼女が今は私の部下だ。

——そうだったんですか。八朔さんはお父さんの遺志を継いで、刑事になったんですね。

——父が生きていたら、反対したと思いますけど。

——一目でそこまで見抜いたとはさすがだな。この直感の鋭さには大いに期待できる。

八朔すみれには強烈な印象を残す初対面となった。この直感力はマジックミラー越しに容疑者の表情を読み、ポーカーフェースに隠された真意を探るのにはうってつけだと彼女は思った。八朔が姉的な役割を果たせば、年下のナルヒコをうまく使いこなせるだろうと、穴見は踏んでいた。

穴見はナルヒコと八朔の二人に微笑みかけながら、さっきの質問を繰り返した。

——事件の方で、気付いたことは？

——どうすれば、他人の記憶を奪うことができるんですか？

ナルヒコの質問に八朔刑事が答える。

——事故で海馬に損傷を被った場合、あるいは過度の飲酒や睡眠導入剤の服用などが原因と考えられますが、意図的に記憶喪失を起こすには、海馬神経細胞を選択的に破壊するアミノ酸を投与するのが効果的です。ムラサキイガイなどに含まれる天然由来のアミノ酸ドウモイ酸は記憶障害を引き起こします。微量ですが、根本ゆりあの体からその成分が検出されています。

——今、彼女はどうしてる？

穴見警部が八朔に確認した。

——少女時代の記憶は取り戻したので、家族との関係は良好のようです。ただ、誘拐された時のことや銀座のクラブ勤めの記憶はまだ断片的にしか戻っていません。犯人像につながる何かを思い出してくれるのを待つしかないですね。

——君はかつて、誘拐された少女の記憶を回復させたことがあるだろう。この事件は君が関わった前回のケースと似ている。その霊能力で根本ゆりあの記憶も蘇らせてくれないか？

4

　目黒区の青葉台に根本ゆりあを訪ねた穴見警部と八朔刑事、ナルヒコは自動ピアノと蓄音機のある広い応接間でしばらく待たされた。母親とともに現れたゆりあは笑顔で三人に挨拶をした。事件からかなり時間が経過し、多少は落ち着きを取り戻したようだが、まだ外出には不安があるらしく、もっぱら家で読書や翻訳に明け暮れているらしかった。お茶を飲みながら、天気や庭の木や自動ピアノを巡る話を交わし、互いの緊張が解けた頃合いを見計らって、穴見警部が切り出した。

——ゆりあさん、ナルヒコ君に庭を見せてやってくれませんか？

　ゆりあが無意識の奥にしまい込んだ何かをナルヒコに感じ取ってもらうために、二人きりで向き合わせようというわけだった。

　ゆりあは午後の日差しを避け、庭の桜の巨木の木陰に立ち、眩しそうな目でナルヒコを見ていた。葉の隙間から差し込んでくる丸い太陽の形の光が彼女の髪や額を照らしていた。ナルヒコは深く息を吸い、瞳孔を広げて、ゆりあの右肩の後ろと瞳の奥に目を凝らした。悪霊や生霊が憑いているなら、右肩の後ろにおぼろげにその姿が浮かび上がってくるものだが、何も見えなかった。

彼女の網膜には、かつて彼女が見た光景の残像が焼き付いているはずだ。残像は油絵の塗り重ねられた絵具のように、無数の層をなしていて、その一つ一つの像が記憶の引き出しとつながっている。記憶の浅いところにある像はいつでも簡単に取り出せるが、無意識の奥底にしまい込まれ、鍵をかけられた像はそう簡単には取り出せない。

ゆりあは、やや斜視気味に自分を見つめるナルヒコの眼差(まなざ)しから顔をそらし、「何か私の顔についていますか？」といった。ただ、彼女の目を見ても何もわからないことは承知の上だった。ナルヒコはむしろ、彼女の視線の外し方と遠くを見る目付きに何か手掛かりがあると直感した。

犯人は彼女に何かしているし、彼女に姿を見られているが、自分にまつわる記憶にブロックをかけたので、彼女は犯人の顔すら思い出せないのだ。ＰＣに保存したデータを取り出すのにパスワードが必要なように、彼女の無意識の襞(ひだ)の奥に紛れた記憶を取り出すには何がしかのヒントを打ち込まなければならない。

——恋人はいるんですか？

ナルヒコが直球の質問をすると、ゆりあは微笑とともに「今はリハビリ中の身なので」と受け流した。言葉遣いは丁寧だが、童顔で猫背の挙動不審男には何も語ることはないと高飛車な態度が透けて見えた。

「ちょっとすいません」といって、ナルヒコはゆりあの手を握り、意識をその感触に集中させてみた。「やめてください」とその手を振り払われるまでの十秒間に、彼は一つの手掛かりを授かった。その頬や唇に触れることができれば、もっと多くを悟ることができたかもしれないが、ゆりあはナルヒコに自分の無意識の奥を覗(のぞ)かれることをひどく警戒しているようだった。

　穴見警部が型通りの事情聴取を済ませると、三人は一時間ほどで青葉台の家を後にした。ナルヒコは穴見が運転する車で自宅に送ってもらうことになったが、その道中でナルコレプシーの発作に襲われ、十五分間眠りこけていた。そのあいだにナルヒコは、根本ゆりあを夢に見ていた。

　草原の草花は風下に向かっていっせいにひれ伏している。ゆりあはその草の絨毯(じゅうたん)の上を、白いアオザイ姿でタンポポの綿毛とともになぜか漂っている。風に翻弄(ほんろう)され、何処かへ運び去られてゆく彼女は口を半開きにし、恍惚(こうこつ)の表情を浮かべていた。ふと、風下の方に目を向けると、そこには人の形をした黒い雲がやはり風に揺れていた。

　何ともメルヘンチックな夢から覚め、呆然(ぼうぜん)と車の窓の外を見ていると、穴見が訊ねた。

——根本ゆりあの手の感触はどうだった？

——細く滑らかでした。

——何かを感じ取ったんだろ。

――彼女は恋をしているようです。

――彼女が誰と恋をしようが、知ったことではないよ。

――いや、相手は誘拐した犯人なんですよ。

穴見は一瞬、間を置いて、ナルヒコの直感を論理的に説明するための道筋を考えた。

「ストックホルム症候群」というコトバもあるくらいだから、誘拐犯と恋仲になることは十分あり得る。

――犯人の秘密を漏らしたら、二度と会えなくなると思って、口をつぐんでいるというわけか。

――彼女は犯人を庇(かば)っていますね。強い暗示をかけられた上、薬も打たれているから、記憶は飛んでいるでしょうが、彼女は犯人との再会を願っているようです。

――なるほど。その誘拐犯はまた彼女に会いにきそうか？

――わかりません。でも、その気配は感じます。夢で怪しい人影を見ました。

――夢の中の人物は逮捕できないな。

――誘拐犯は今後、新たな犯罪に手を染めるかもしれません。いや、もうすでに別の罪を犯しているかも。

――どんな罪を犯しそうだ？

――そこまではわかりませんよ。

―犯罪も病気みたいに予防できればいいんだが……

ともあれ、過去の犯罪の洗い直しに慧眼のシャーマンを引きずり込むことができた。まだ、ナルヒコの本領は発揮されていないが、「銀座ホステス誘拐事件」では「秘められた恋」のニオイを嗅ぎつけたのはさすがだ。

5

翌日もナルヒコは特命捜査対策室に出向いた。どれでも興味の湧いた事件を選んでいいといわれたので、今度は「ジャーナリスト連続殺人事件」を選び、その概要を聞くことにした。穴見警部も捜査員として、この事件の初動捜査に加わったものの、何ら犯人の手掛かりを得られないまま、迷宮入りとなった。その苦々しさを思い出しながら、穴見自身が事件の背景を語った。

―あれは報道関係者たちを震撼させた事件だった。

最初に殺されたのは、テレビの報道番組のディレクターの勝沼だった。

勝沼は国会議員や大学教授、政治評論家、ルポライター、フリー編集者、新聞記者らをスタジオに集めて、いいたい放題をいわせる番組を作っていた。出演者たちの政治的立場もバラエティに富んでいて、極右や保守から、リベラル、中道右派、左派、社会民主主義、コミュニスト、アナーキストまでメンツを揃え、現内閣の政策を批判したり、外交問題や経済情勢を巡ってバトルを繰り広げていた。

——なぜ、最初にディレクターが狙われたんですか?

——その番組をつぶすにはディレクターを殺すのが一番手っ取り早いと考えたんだろう。犯人の目的が番組つぶしならね。

——番組は放送中止になりましたか?

——いや、テレビ局や出演者の方から強い希望が出て、番組は続行されることになった。言論封殺の圧力には屈しないというジャーナリスト魂をアピールしようと、局内の誰かがいい出したらしい。

しかし、誰もが明日は我が身と不安を募らせていたというのが実情だ。

悪い予感は当たり、二番目の犠牲者が出た。殺されたのは経済学が専門の大学教授、波川夏夫だった。波川は番組出演者の中ではもっともアメリカ寄りの自由競争論者だった。さすがに二人殺されると、番組継続の声もトーンダウンしてきたが、視聴率は高くなった。次は誰が殺されるか、ネット上では公然と噂され、密かに賭けも行われていた。

テレビ局と殺人犯は裏で手を組んで、公開処刑を行っているという声も聞こえてきた。

警察は即刻番組の放送を中止するよう要請したが、放送局側としては番組始まって以来の視聴率をみすみす逃す手はない。ディレクターが殺されて四十九日目に、追悼番組が放送されたが、その日、番組に出演しなかったブラックジャーナリズム系のウェブサイトを運営しているフリー編集者の家山広幸が三番目の犠牲者になった。テレビ局の殺人ほう助を疑う声も出始め、番組は中止になった。

——ほかのジャーナリストや論客たちはどうなったんですか？

——沈黙する者、今まで通り評論活動を続ける者、それまでの主張を百八十度変える者、人それぞれだった。

——犯人は何をしたかったんだろう？　なぜその三人が殺されて、報道番組に関わっていたほかの面々は殺されなかったんですか？

——まさに我々もそこを深く掘り下げようとした。殺された三人に共通点はないか、と。それぞれの政治的立場はバラバラだった。ディレクターは保守、経済学者はリベラルで、編集者はアナーキストだ。しかし、それはほかの面々と同様、簡単に撤回したり、転向したり、付け替えたりできる仮面に過ぎない。案の定、彼らの仮面を剝がすと、同じ顔が出てきた。

——同じ顔ってどんな顔ですか？

——一言でいえば、彼らは全員、「色つき」だった。特定の企業や団体の利益に合致するように政治や世論を誘導するロビイストだった。テレビディレクターはＣＩＡからカネと情報をもらっていた。大学教授はユダヤ系国際金融機関の御用学者。そして、フリー編集者には中国政府の後ろ盾があった。この国の世論はそんな「売国奴」たちに操作されていたんだよ。

――彼らがいなくなると、誰が得をするんですか？

――誰も得はしないだろう。一部の視聴者は自分たちが騙されていたことに気付いただろうが、絶対多数は無関心のままだ。

犯人は三つの売国奴の舌を抜き、一つの毒舌を残した。番組の出演者の中に、ただ一人、いかなる政党や団体、企業からもカネをもらわず、自分の意見を淡々と述べる政治学者がいた。犯人は藤原三六九というこの政治学者を生かした。藤原はその後、言論の世界の台風の目になった。政府や企業と癒着関係にある新聞社やテレビ局の内幕を暴露し、マスメディアがいかに権力の手先となって、世論操作や情報隠蔽に関与しているか、告発し始めたのだ。この事件を境に、カネをもらって、自分の意見をコロコロ変える節操のないジャーナリストや学者たちが沈黙するようになった。世界経済評議会「ブラックハウス」の忠実な犬と陰で噂される大学教授もほとんど表に出て来なくなった。結果からいえば、犯人は藤原の毒舌を使って、この国の言論や政治を正しく機能させようとしたことになるか。

――そういう人たちにとっては、毒舌の政治学者にこそ死んでもらいたかったのでは？

――確かにブラックハウスも中国系企業も政府も某宗教団体も、藤原の舌を抜きたがっていた。しかし、ここで藤原を殺されでもしたら、警察のメンツは丸つぶれだから、二十四時間態勢で彼を監視した。

――藤原は犯人と会ったことがあるんですか？

その質問には八朔が答える。

――そこは警察も一番興味を持った点です。藤原と犯人はグルではないかという疑いもあったので。しかし、犯人が藤原に接触してくることはなかった。

――藤原さんに会ってみたいです。彼の背後に犯人の姿が見えるかも。

――残念ですが、もう藤原は死んでしまいました。

――殺されたんですか？

穴見が苦々しく呟く。

――いや、膵臓癌だった。癌で余命が短いことを承知で毒舌を撒き散らしていたんだろうな。藤原が死んだせいで、犯人探しはいっそう難しくなった。

――犯人は同一人物ですね。

八朔が身を乗り出してくる。

――我々もそう睨んでいたんです。三人の殺害の手口は似通っていたから。

――どんな手口でしたか？

――細い金属棒のようなもので、後頭部を突き刺され、延髄を貫かれていた。魚を活き締めにする時に、そうするらしいな。

ナルヒコは延髄をえぐられる光景を想像し、しかめ面になっていた。

――被害者たちは殺される時、犯人の顔を見ているでしょうか?

――さあ、どうかな。犯人は背後から彼らに接近し、首の付け根のポイントに正確に金属棒を突き刺しただろう。

最初の被害者である番組のディレクターは自宅で殺された。二人目の大学教授は大学の研究棟の廊下で、三番目の編集者は行きつけのバーからほど近いところにある公園で、それぞれ襲われた。彼らにはボディガードこそ付いてはいなかったが、日頃から自分の背後や物陰を警戒していただろう。そういう相手をいとも簡単に真正面から殺すにはよほどの熟練が必要である。しかも、証拠を一切残していない。指紋や髪の毛や皮膚など徹底的に探してみたが、犯人を特定できる物は何も発見できなかった。目撃者もなしで、今のところ犯人は「黒い影」ということになっている。

――犯行現場に残されていたハンカチとか、吸殻とか、足跡とかないんですか?

――残念だが、何もない。

――犯行現場に行くことはできますか?

――番組ディレクターの自宅はもう取り壊されてしまったが、大学と公園にはいつでも案内できる。

6

ナルヒコの求めに応じ、穴見警部は二番目の犯行現場となったJ大学の経済学部キャンパスの六八年館に彼を案内した。事件が起きたのはもう三年前のこと。当時、このキャンパスで学んでいた学生はほとんどが卒業してしまい、事件の記憶はかなり薄れている。事件後、被害者の同僚教員らから、キャンパス内のセキュリティを強化するよう要望が出され、大学構内への入構を制限し、三つの入口それぞれに守衛を配置していた。しかし、穴見とナルヒコの二人は守衛の前を素通りできたし、事件のあった六八年館への立ち入りにも何の支障もなかった。

念のため、穴見は大学の庶務課に事件現場の検証を伝えておいた。大学教授が殺されたのは、十一階のエレベーターホールを左に曲がり、トイレとパントリーを通り過ぎた先の廊下の曲がり角だった。教授の研究室は曲がり角のすぐ先にあった。殺された教授の研究室とその両隣の部屋はいずれも資料室になっていて、当時よりさらに人が寄り付かない場所になっていた。

ナルヒコは殺人があった廊下の角に佇み、目を閉じ、天井や壁や床からかすかに聞こえてくる音や、立ちのぼってくるニオイや気配を感じ取ろうと、息を止めていた。やがて、息苦しくなったナルヒコは呼吸を整え、今度は壁と床に掌を押し当て、その感触を探り、また鼻や舌を突き出し、嗅覚や味覚に訴えかけてくるものをしきりに感じ取ろうとしていた。ナルヒコの挙動は警察犬にそっくりだった。検証に立ち会った大学職員は「いったい何の儀式だ」といわんばかりの怪訝な表情で、ナルヒコの行動を見守っていた。

——何か新たにわかったことはないか？

穴見警部の問いかけに、やや間を置いて、ナルヒコはこう答えた。

——何も残っていませんね。みんなこの事件のことを忘れたがっているようです。

——もう三年以上経っているからな。

——何年経とうが、恨みを抱いて死んだ場合は、被害者の怨念が現場に残っているものなんです。恐怖を感じながら死んだ場合も、その痕跡が残っているはずです。でも、どちらも感じ取れないということは、被害者は安らかに死んだんじゃないかな。

——安らかに死んだってどういうことだ？

——恐怖も痛みも恨みも感じずに即死したと思います。

穴見警部はナルヒコの霊感にどうも納得がいかないまま、もう一ヶ所の現場に彼を連れていった。そこは新宿二丁目と一丁目のあいだ、新宿御苑からほど近いところにある児童公園だ。ただし、児童公園というのは名ばかりで、ホームレスと男娼の溜まり場として有名な場所だ。昼も夜も胡散臭い連中が出入りしていて、絶えず人目に晒されているところではあるのだが、編集者はここで殺されている。公園は彼の行きつけの店二軒のちょうど中間の地点に位置していて、編集者はその夜、「これからそっちに行く」と二軒目の店に電話で告げ、一軒目の店を出た直後に殺されている。犯行が行われた時間帯の目撃証言をつぶさに取り、容疑者の特定を急いだ。一時期、捜査本部は目撃証言に基づいて、六人の容疑者の身柄を確保して、取り調べに当たったが、有力な証拠は上げられず、全員を釈放している。

夕方の早い時間帯、公園には三人のホームレスと二人の中華料理店の料理人がいた。穴見警部は公園内の椿の植木を指差し、「死体はこの木の下に倒れていた」と説明した。ナルヒコは一部始終を見ていたと思われる椿の木の幹に手を当て、自分に何か語りかけてくるのを待った。

——編集者の恨みを感じるか？

穴見の問いかけに、ナルヒコは静かに頷いた。今度は何か感じるところがあったようだ。

——ここは人がたくさん死ぬところですね。穴見さんにも見えますか？

——何が？

——ほら、ベンチや鉄棒や公衆便所の周りに、たくさんの死者たちがたむろしてますよ。

穴見は自分の目に映る人物の数を数え、「五人か？」と確認する。

——五人は生きている人たちです。ほかに一、二、三、四……七人いるじゃないですか。

穴見は一度、目を閉じてから、大きく見開いたり、薄目を開けたりしながら、公園全体を見渡してみるが、そこにいるのは五人だけだった。

——全部で何人いるって？

——五足す七の……

——十二人？

——はい。女の人は三人です。ガリガリに痩せてるオバさんが一人、派手な化粧の太めの女性が一人、ミニスカートでロングヘアの若い女性が一人。あとの四人はホームレスっぽい人が一人、スーツ姿の人が一人、ミュージシャン風の人が一人、それから角刈りの胡麻塩頭で、顔色が悪い痩せた人が一人……

——それだ。最後の胡麻塩頭が被害者の家山だと思う。

自分には見えないので、穴見は何処を向いたらいいかわからなかったが、ナルヒコに「被害者に話しかけることはできるか？」と訊ねた。ナルヒコは「やってみましょう」といって、女子用便所の入口の方へ歩み寄り、傍目には誰もいないところに向かって、何事か話しかけた。何らかのやり取りがあったように見えたが、ナルヒコはしきりに首を傾(かし)げている。彼は誰もいないベンチに向かっても、何事か囁(ささや)き、反応を探っていた。

不意にナルヒコは穴見を手招きし、ベンチの方に呼び寄せた。

——何かわかったのか？

穴見の問いかけにナルヒコは斜視気味に空を見つめながら、答えた。

——仕方なかったっていってます。

穴見はわけがわからず、「え？」と聞き返した。

——自分が殺されたのは仕方なかった、と。

——おい、いい加減なこというなよ。

——この人は人生に疲れ、死にたかったそうです。自分からすすんで生贄(いけにえ)になったともいってます。

——どういう意味だ？　自分が死ねば、この国の言論は正しく機能するとでも？

——はい。今、穴見さんがいったようなことも呟いていました。

穴見はわけがわからないまま、「何でそんなに物分かりがいいの？」と訊ねる。

——自分の耳で聞いてみてくださいよ。殺された人がそういってるんだから。

——無茶いうなよ。オレは霊能者じゃないんだから。もっと詳しく話を聞いてくれ。

穴見にいわれ、ナルヒコはもう一度、家山の霊に話しかけるべく、公園内をふらふらと歩き回ったが、「あれ」といって、穴見の方を振り返った。

――おかしいな。さっきまでその辺にいたのに。

――しっかりしてくれよ。

――すいません。見失いました。ほかの死者の話も聞きますか?

――いや、この件に無関係な死者はそっとしておこう。

穴見はナルヒコの袖を掴んで、足早に公園を後にした。本当に死者の霊がこの公園に集まっているのか、穴見は信じる気にはなれなかったが、公園に漂う妖気だけは肌身に感じていた。見た目頼りないこの霊能者を迷宮入り事件の再捜査に駆り出してしまったものの、果たして成果は出るものか、はなはだ心もとなかった。

7

ナルヒコが三つ目に選んだ迷宮入り事件は「山手線死体遺棄事件」だった。その概要はこうだ。

これは四年前に起きた、山手線の車内で男性の遺体が発見されたという表題通りの事件である。

遺体は四両目の後方にある優先席に腰掛けた状態で発見された。傍目には居眠りをしているようにしか見えず、大崎駅で車両が車庫に入る際に車掌が下車を促したが、反応がなかったことから死んでいることがわかった。

所轄の大崎署が死亡男性の身元確認を行った。腕にはロレックスの時計をつけ、指にはエメラルドの指輪などつけた成金趣味の遺体は、アルマーニのジャケットを着ていて、そのポケットには財布やパスポート、手帳などが入っていた。財布には現金が八万円と小銭、名義が異なるクレジットカードやマイレージカードなど計五枚、フィットネス・ジムの会員証などが収まっていた。パスポートの名義は「星野尚之」となっていたが、この名前に一致するクレジットカードは一枚だけだった。年齢は四十四歳で、住所は港区高輪と記されていた。

死因究明のための司法解剖を行ったところ、左手から心臓に向かって、約五十アンペアの電流が流れ、心室細動が引き起こされ、心停止したとする報告が出された。左手には通電の痕跡である火傷（やけど）が残っていた。また被害者は多汗症だったらしく、死亡当時、かなりの汗をかき、全身が湿った状態だったため、通例よりも感電しやすくなっていたと見られる。何者かが意図的に、つまり殺意を持って、スタンガンのような通電装置を使って、被害者を感電させ、車内に放置したと結論付けた。その時点で捜査本部が設置され、穴見とは別の班が捜査に当たった。所持品が残されていることから、犯人は被害者から金品を奪う意図はなかったと見られる。

――そんなに簡単に他人の心臓って止められるものなんですか?

ナルヒコは感電の話を聞いているうちに、胸にその痛みがうつったような気がした。

――感電死につながる条件は揃っていたようだ。一度、心室細動を起こしたところで、もう一度電気ショックを与えてやれば、助かったかもしれないが、被害者は誰にも気付かれずに心停止したようだ。

――その事件、覚えています。星野尚之という人は、非実在人物だったんですよね。

八朔すみれが口にした「非実在人物」という聞き慣れないコトバにナルヒコは首を傾げる。

――その通り。星野尚之の遺族と連絡を取ろうと、パスポートに記された住所に問い合わせると、彼の妻だという女がいて、「夫は二年前に亡くなりました」といった。つまり、被害者の男はとっくの昔に死んだ人間だったということだ。

――え、その人は二回死んだということですか?

ナルヒコらしいシュールな反応に、穴見警部はニヤリと笑い、こう答えた。

――そのためには生き返らなければならないが、星野は死んだままだった。つまり、感電した被害者は星野尚之になり済ました別人物だったということだ。その男は星野名義の偽造パスポートを持っていたんだ。

では感電死した男は何者だったのか？　その正体のヒントは彼が所持していた手帳にあった。手帳の書き込みはハングルで、打ち合わせの時間と場所、仲間や取引相手の連絡先などのメモだが、あるページを開くと、そこには日本語によるこんな走り書きがあった。

私こと朴尊寿は北朝鮮の秘密工作員で、破壊活動を企てたので、心臓を止められました。死体の後始末をよろしく。

犯人からのメッセージに違いないが、被害者に一人称で語らせる悪趣味から、ガセネタに決まっている、と捜査員はまともに取り合おうとしなかった。だが、この件を聞きつけた公安の幹部が熱心に情報収集を始めた。その結果、感電死した男はその走り書きが伝える通り、北朝鮮の工作員であることが判明した。

――その男は日本人ビジネスマンになり済まし、日本やアメリカ、韓国の企業の海外駐在員を誘拐し、身代金を要求したり、工場やオフィスで爆弾テロを実行していた人物だった。韓国の国家情報院がその男を一年以上に亘（わた）って追いかけていた。国家情報院は朴尊寿を生け捕りにして、みっちり取り調べをしたかったのだが、誰とも知れない人物に先を越され、悔しがっている。

韓国の諜報機関が捕まえられなかったテロリストを山手線の優先席に座らせ、感電死させる……確実にいえるのは、それがかなりの難業であるということだ。犯人はテロリストを尾行し、山手線に誘導し、一切の抵抗を封じ、心臓を止めた。おそらくは公衆の面前で、誰にも気付かれることなく。

警視庁は韓国政府からの強い要請を受け、テロリスト殺害の犯人の逮捕に努めているが、今日までめぼしい手掛かりは得られていない。

――そこで、我らがナルヒコ殿の霊感を拝借したい。君はこの事件から何を感じ取るか?

穴見警部の質問に、ナルヒコはぽつりと呟いた。

――四年前といえば、サナダ先生がビルを爆破した年です。もし、先生がその人に狙われていたら、テロをする前に殺されていたでしょうね。

ナルヒコはテロという自分のコトバに反応し、自分も関わったこの事件のことを思い出していた。何らかのニアミスがあったことを彼は感じているのだろう。

――犯人の具体的なイメージが浮かぶか?

――その人はまるで、この世とあの世を自在に出入りできる悪霊みたいな人物です。だから、神出鬼没なんです。

――犯人は幽霊だなんていうなよ。

——この事件の犯人にはジャーナリスト連続殺人事件の犯人と似たところがあります。

——我々も、この二つの事件の犯人は似ていると睨んでいた。あいにく、両者をつなげる線は何も出てきていないが。

8

謎が謎のまま放りだされている迷宮入り事件は、下手に捜査の幅を広げるとますます深く迷い込む恐れがある。証拠や情報は初動捜査の際に集めた以上のものはまず出て来ない。断片的な証拠や情報を組み合わせるパズルを何度もやり直しながら、煮詰まった結果が迷宮入りだ。そこから脱出するには何か大きな方針転換、もっといえば、パラダイム・シフトが必要になってくる。これまでの捜査過程で囚(とら)われていた偏見、思い込みを払拭し、新鮮な気分で事件を見つめ直す必要がある。そのきっかけをナルヒコの霊感から授かりたいというのが、穴見警部の狙いだった。

けれども、ナルヒコは脇から料理に余分な調味料を加えるように、事件に新たな謎を付け足そうとする。霊能者のお告げは第三者からの裏付けを取れないから、困る。とにもかくにもその霊感を信じ、そこに何らかの解釈を補い、事件の背後に隠された因果関係を読み解くことができれば、犯人逮捕に一気に近づくのだが……

ナルヒコが四つ目に選んだ未解決事件は「中央線沿線通り魔殺人事件」だ。

五年前の十一月から翌年一月にかけての三ヶ月間に、中央線の沿線各駅で通行人が通り魔に襲われ、死傷する事件が相次いで起きた。被害者は飯田橋、四ツ谷、新宿、中野、吉祥寺、三鷹、八王子の各駅で一人ずつの計七人。カッとなって無差別に襲いかかる突発性の通り魔は近年、増加傾向にあり、この事件もその一種かと思われた。七人の被害者たちは互いに見知らぬ者同士で、年齢も性別も職業もばらばらで、何一つ彼らを結びつける線はなかった。典型的な無秩序型殺人犯のイメージを想定して、警視庁も捜査に当たっていた。殺害の手口は相手によって異なり、理容室で使う剃刀で被害者の頸動脈を切り裂いたケースが三、素手で首の骨を折ったケースと金槌で頭蓋骨を陥没させたケースがともに二である。

被害者七人のうち六人は即死もしくは搬送先の病院で死亡したが、一人だけ奇跡的に一命を取り留めた被害者がいた。佐々木カンナ（当時三十八歳）である。捜査本部は彼女の回復を待って、事情聴取を行い、犯人像の特定を急いだ。

彼女は深夜、吉祥寺の井の頭公園を通り抜け、徒歩で帰宅途中、不意に羽交い締めにされ、頸動脈に剃刀を当てられた。殺されると思い、思わず合掌したのだという。その後のことは覚えておらず、意識が戻ったら、首に包帯を巻かれ、病院のベッドに横たわっていた。咄嗟(とっさ)の命乞いが功を奏したかは定かではないが、犯人が頸動脈を切り裂くのを一瞬、躊躇(ちゅうちょ)したために、致命傷には至らなかった。

証言から浮かび上がって来た犯人像は、身長百八十から百八十五センチ、痩せ形で長髪、身軽で、走るのが速く、いいニオイのする男だった、という。遠のく意識の中でも逃走する犯人の特徴を覚えていたようだ。自分をぎりぎりのところで助けてくれた相手に恩を感じていたのか、被害者は犯人に敬意を抱いているようでもあった。殺そうとした相手にそんな感情を抱かせるとは、犯人はよほど魅力的なのだろう、と捜査官のあいだでは噂になった。中央線沿線に「切り裂きジャック」が出没するという噂は瞬く間に世間に広がった。しかも、そいつはイケメンらしい、という尾ひれもついた。

中央線は飛び込み自殺が多い路線として知られる。皇居のある東京と大正天皇、昭和天皇の御陵のある高尾のあいだを結ぶ中央線はいわば、この世とあの世を結ぶ路線ゆえ、死に誘惑されやすいのだ、とまことしやかな説もあるくらいだ。そこに新たに通り魔が現れ、沿線住民を血祭りに上げているとなれば、不安をいっそう駆り立てることになる。新たな都市伝説が広まるのを防ぐためにも、模倣犯が出現するのを避けるためにも、早期の犯人逮捕は急務だったが、七人目の犠牲者が出たところで、その男は完全に姿を消してしまった。

一命を取り留めた佐々木カンナの証言と一致する目撃情報も集まり、それをもとにモンタージュ写真を作った。穴見警部はそれをPCのディスプレー上に映し出してみせる。いち早く八朔すみれ刑事が目を一回り大きく見開いて反応した。

——この顔、何処かで見たことがあります。

——誰かに似ているのか?

——シュガーレス・キャンディズのヴォーカルの子です。

——バンドの名前か。

——売り出し中のバンドで、高校生や大学生にかなり人気があります。

——その子が犯人なら、大スキャンダルだがな……

例によって、ナルヒコは被害者の七人にはどんな共通点があるのかが気になっていた。穴見警部もそこにこの事件の核心があると思っていた。だが、被害者は全員、中央線沿線の駅周辺で襲われた以外に、共通点を見出すのは困難を極めた。次に示すのは事件発生の順に並べた七人の履歴である。通り魔に狙われなければならなかった共通の理由があるだろうか?

1、栗田大樹　二十八歳　大学院生　専攻は都市計画　独身　趣味・写真撮影　飯田橋駅付近の外濠(そとぼり)公園で殺害。

2、金本順平　四十歳　化学薬品工場勤務　妻と二人の娘あり　趣味・空手　新宿駅西口地下構内で殺害。
3、桑田秋奈　二十五歳　テレビ局アナウンサー　独身　趣味・クレー射撃　四ツ谷駅近くの土手で殺害。
4、三浦卓也　三十四歳　ネットワーク管理会社勤務　既婚　趣味・鉄道旅行　中野駅南口線路脇で殺害。
5、長瀬司　四十四歳　運送会社勤務　妻と三人の息子あり　趣味・日曜大工　三鷹駅近くの路上で殺害。
6、佐々木カンナ　三十八歳　外科医　独身　趣味・トライアスロン　吉祥寺井の頭公園で殺人未遂。
7、柳一真　五十歳　印刷会社勤務　妻と一人の娘あり　趣味・無線　八王子駅構内で殺害。

こんな単純な履歴から七人の関係を類推するのは至難の業だが、ナルヒコは斜視気味の目付きでＰＣのディスプレーを眺め、時々、質問を投げかけてきた。

——この人たちはお互いに会ったことはないんですかね。

——どうもその形跡はないようだ。

——本当は会ったことがあるけど、秘密にしているとか……

——秘密にしなければならない事情があると睨んでいるわけだね。

——今、気付いたんですが、この人たちがチームを作ったら、最強でしょうね。それぞれの職業や趣味を生かして、互いに助け合って、何か大きな仕事ができるような気がします。

——なるほど。互いに全然、接点がないことにばかり気を取られていたが、彼らがチームを組んでいたら、何かをやらかしていたかもしれない。

——彼らを殺した犯人は彼らの企みを未然に防ごうとしていたと考えられませんかね。

——君もよく知っているサナダ先生のようにテロを計画していたとでも？

穴見のコトバにナルヒコは黙ってしまう。彼の読みを否定するわけではないが、それを裏付ける証拠は何一つなかった。捜査に当たった刑事たちはもっぱら、殺人犯の行方を追い、被害者たちと犯人との関係、怨恨について調べはしたものの、被害者たちの企みを勘繰ろうとはしなかった。

——生き残った女性に会ってみれば、何かわかるかもしれません。

ナルヒコの要望を断る理由はなかった。

通り魔に襲われたショックから、しばらくは自宅療養していた佐々木カンナは半年前に復帰し、以前とは別の総合病院で勤務医として働いていた。手術の合間の十五分だけという条件で、穴見の面会要請に応じた。

　白衣姿で現れた佐々木カンナは穴見、ナルヒコ、八朔の三人を食堂に案内しながら、「犯人逮捕につながるなら、どんなことでも聞いてください」といった。表向き協力的だったが、通り魔殺人の捜査に何ら進展がないことに対する苛立ちが、棘のある早口に露骨に表れていた。

——殺された被害者の人たちとは面識がありましたか？

　単刀直入にナルヒコが訊ねる。佐々木カンナは答えを用意していたかのように即答する。

——いいえ。でも、私一人が生きていることに罪悪感を感じています。近頃は亡くなった方々の分まで生きなければならないと思うようになりました。

——何度も聞かれて、不愉快に感じたかもしれませんが、これまでストーカー被害に遭われたり、誰かの恨みを買った覚えはありませんか？

　八朔刑事が口調に配慮しながら、訊ねると、相手は素っ気なくこう返した。

——ありません。暴力の捌け口は誰でもよかったんでしょう。私が襲われていなければ、誰か別の人が犠牲になっていた。一刻も早く犯人を逮捕してください。

——むろん、日々努力しています。

——私を含めて七人も襲ったのだから、どこかに必ず証拠を残しているはずです。犯人のＤＮＡは採取できたんですか？

医師らしい突っ込みを入れられ、穴見はやや俯（うつむ）き気味に「犯人のものと思われるＤＮＡは保存してあります。しかし、そのＤＮＡに一致する人物を探し出すのは至難の業なんです」と答えた。ナルヒコは上目遣いに佐々木カンナの表情を見つめ、その右肩の後ろにも目を凝らしていた。やがて、彼女の背後に背中合わせに佇んでいる影がおぼろげに見えてきた。だが、影は曖昧なままで、その姿を露（あら）わにすることはなかった。

「そろそろ仕事に戻らなければなりませんので」と佐々木カンナが立ち上がったところで、その影は消えた。穴見、八朔が「貴重な時間をどうも」と頭を下げる中、ナルヒコは佐々木カンナに握手を求めた。ためらいがちに握手に応じた彼女の掌の感触から、ナルヒコはあることに気付いた。

病院を後にし、自宅まで車で送ってもらう道すがら、ナルヒコは穴見に告げた。

――あの人は今まで何度も殺意を抱いたことのある人です。

ナルヒコが突拍子もないことをいい出すことには慣れていたが、そのコトバにはいつだって何らかの根拠があった。被害者佐々木カンナが隠している秘密をナルヒコは握手を通じて、敏感に感じ取ったのだろう。

――誰に対する殺意だ？

――誰かはわかりませんが、重要人物です。

――重要人物？

穴見は漠然と首相や大臣ら、この国の有力政治家たちの顔を思い浮かべながら、「暗殺でも企んでいたというのか？」と訊ねてみた。

――通り魔に殺されたほかの被害者たちと協力し合って、誰かを殺そうとしていたと思います。あの人は自分の殺気を消そうとしていましたが、警察には強い不信感を抱いていて、それが敵意の形で漏れてしまったようです。

――そんな物騒な被害者だったのか？

被害者たちは実は暗殺集団で、その暗殺計画を未然に防ぐために、通り魔は彼らを皆殺しにした……そんな報告書を提出したら、「精神科へ行け」といわれる。

――本当にそう思うのか？

――そんな気がします。

ただ、そんな気がするだけでは警察は動きようがないのだが、これまでのケースとは違い、ナルヒコは確信を持っておのが霊感を告げている。霊感は捜査などよりも遥かに遠くを見通しているのかもしれないが、何かしらの裏付けがなければ、警察は黙って見ているほかない。

もし、ナルヒコの見立てが正しければ、彼女はいずれ怪しい行動を見せるはずだが、今のところその兆候はない。とりあえず、彼女には保護をかねた監視が必要と、穴見は考えておくことにした。

9

さて、五番目にナルヒコが選んだ事件は誰の記憶にも鮮やかに刻まれているに違いない。一昨年に起きたそれは事件というよりは、珍事といった方がしっくりくる。災害とか天罰と呼ぶ人もいる。現に巷(ちまた)では「噴水の祟(たた)り」とか「怨念の川」などと噂されている。しかし、それは天災でも都市伝説の類でもない。警視庁は「歌舞伎町水難事件」と名付け、あくまでも人の手で行われた犯罪として捜査に当たった。

二年前の九月、台風七号が首都圏に上陸した時のことだ。都心にも午後の二時間に亘り、集中豪雨が降った。だが、洪水を心配するほどの大雨でもなく、アスファルトの上に降り注いだ雨は全て暗渠(あんきょ)に流れ、近隣の川へ、あるいは巨大な地下放水路へと吐き出されてゆくはずだった。

ところが、都心部の雨が止(や)み、西の空から晴れ間が見え始めた頃になって、突然、歌舞伎町シネシティ広場の排水溝から水があふれ出てきた。歌舞伎町のほかの個所(かしょ)でも同様に道路面に溜まった水を排出する穴から水が逆流し始めた。中には噴水のように水を垂直に噴き上げる排水溝もあり、通行人や商店主らは最初のうちはこの珍現象を笑って受け止めていた。豪雨も止んだので、これから水浸しになる心配はないと誰もが甘く見ていた。ところが、それから三十分後には歌舞伎町の東西を貫く花道通りに水があふれ、誰もが靴を濡らし、車もしぶきを上げて、通り過ぎるようになった。この花道通りからあふれ出た水は、交差する一番街やさくら通りや区役所通りも潤し、路地という路地を水浸しにした。歌舞伎町はわずか一時間のあいだにヴェネチアさながらの水都に変わってしまった。

慌てたのは道路面より下、つまり地下室にいる人々だった。道路にあふれ出した水は人と同様、低きを好む。滝のように階段を流れ落ちてくる水の浸入を防ごうと、地下の住人たちは必死の攻防戦を繰り広げたが、心の準備や防水対策ができていた人はわずかだった。歌舞伎町は元々低地で、地下室を作る場合には認可が必要だが、無許可で作られた地下室も多く、それらはほとんどが水没した。むろん、排水設備はなく、ポンプで地道に排水するしかなかったが、地下には水とともに汚物も流れ込み、もう使い物にならなくなった。逃げ場のない地下室に閉じ込められ、溺死した人は十一人に及んだ。いずれも浸水した地下室の扉が開かず、そのまま閉じ込められ、死んだケースだ。

「歌舞伎町洪水」の実態を伝えるビデオが資料室に残されていたのを、八朔刑事が見つけてきた。それを特命捜査対策室のプロジェクターに映した映像を見ながら、ナルヒコは穴見警部に訊ねる。

――ヴェネチアになったのは歌舞伎町だけですか？

――そうだ。渋谷でも銀座でも赤羽でもない。新宿歌舞伎町だけだ。

――どういうメカニズムで歌舞伎町に洪水が起きたんですか？

八朔刑事も好奇心も露わに訊ねた。

――八朔もナルヒコ君も若いから、知らないだろうが、歌舞伎町シネシティ広場には昔、噴水があった。ずいぶん前に取り壊されたが、ここは若者の溜まり場になっていて、家出少女や大学生たちがたむろし、ギターを弾いたり、歌を歌ったり、酒盛りをしたり、ナンパをしたり、若者がやりそうなこと全てが行われていた。

――それを知っているのは何歳以上ですか？

――四十歳以上かな。

――噴水が復活すると、嬉しいものですか？

――まあ、懐かしかったな。

そんな個人的な思いを語っても意味はないが、もしかすると、この事件の犯人も歌舞伎町の噴水の記憶を共有している人物かもしれない。

――撤去した噴水が自然に復活したわけじゃないですよね。

――幸か不幸か、自然災害ではなかった。

　実は噴水のあった場所にはもっと古くは池があったといわれている。長崎大村藩主の大村氏が江戸に上った折の住まいをここに置いていた時期があり、明治維新以後もその大村氏が邸宅を構えていた。当時の地図によれば、この一帯には大きな池があった。現在、大久保病院があるあたりまで池だったというから、歌舞伎町は元々、池のほとりの湿った土地だったのである。明治時代になって、近隣の淀橋（よどばし）の荒れ地に浄水場が建設されることになり、その工事現場で生じた大量の土砂でこの湿地帯は埋め立てられたのである。ちなみに現在、浄水場はそこになく、代わりに都庁がそびえている。新宿は戦時中、空襲で焼かれたが、戦後になって、この土地に復興のシンボルを誘致しようという話が持ち上がった。ここに歌舞伎座を建設し、芸能の拠点にしようという計画だった。

　それが歌舞伎町の名前の由来なのだが、誘致計画自体は頓挫した。それでも、コマ劇場を始めとする劇場や映画館、夜毎、美女たちが饗宴（きょうえん）を繰り広げるキャバレーやナイトクラブ、美男たちがしのぎを削るホストクラブ、露骨な下半身へのサービスを行う風俗産業の数々、恋人たちの仮寝の宿ラブホテルなどが林立する欲望センターになった。

　湿地帯は人が欲望を吐き出すのにふさわしい場所なのだろうか？　この湿った土地が歓楽街になったのは、決して偶然ではあるまい。だが、ここで体液にまみれ、粘膜をこすり合わせ、精液を漏らしている人々は、自分たちが池の上、川の上にいることなど知る由もないだろう。実際、ここにあった池を水源とする川も流れていた。蟹川（かにかわ）と呼ばれていて、その流れはちょうど花道通りと重なるらしい。花道通りは自分の前世が川だったことを思い出しただろう。「歌舞伎町洪水」はそれこそ、暗渠と化した蟹川が一時的に復活した結果というわけだった。

——なるほど、だから「噴水の祟り」であり、「怨念の川」なんですね。

八朔刑事が納得したように深く頷いた。

——誰も歌舞伎町の過去なんて知らないし、興味もなかったのだが、こうして誰もが忘れられた土地の由来を思い知ることになった。むろん、初めは警察の出る幕ではなく、消防署と水道局が扱う案件だった。だが、彼らの調査が進むにつれ、これは人災だということになった。

——洪水の原因になった暗渠は何処をどう流れているんですか？

ナルヒコの質問に穴見は自慢げに答えた。

——誰の目にも触れないこのどぶ川、旧蟹川は全長五キロで、大久保病院から花道通りを流れ、区役所通りやゴールデン街を通り、明治通りを渡り、蛇行しながら、職安通り下、戸山公園、穴八幡宮、馬場下町、早稲田鶴巻町の地下を流れ、江戸川橋で神田川に注いでいる。問題は花道通りの地下を流れている暗渠がなぜ氾濫したかだ。

——何処かで水がせき止められていたんですね。

——そう。暗渠は職安通り下で完全にコンクリートで塞がれていた。神田川に流れ落ちるはずの水はせき止められ、雨や生活排水、地下水を集めて、どんどん水かさを増していった。そこに集中豪雨が重なれば、逃げ場のない水は町にあふれ出すしかなかった。

——犯人は水の時限爆弾を仕掛けたわけですね。

——そう、雨が降れば、確実に起爆する時限爆弾だった。

——犯人の手掛かりはないんですか？

——残念ながら、何もない。

——結構大掛かりな工事をしないと、暗渠をせき止めるなんてできませんよね。目撃者はいないんですか？

自らは捜査に当たっていない八朔刑事が問いかけると、穴見は憮然とした表情で答える。

——目撃者は大勢いる。だが、作業員の顔を覚えている通行人なんていない。水道工事なんて都内のいたるところでやっているから、誰も気に留めなかった。

——なぜ、そんなことしたんですかね？

——それを知りたくて、君に相談している。何か気付いたことはないか？

——現場に行ってみないとわかりません。

というわけで、穴見、八朔、ナルヒコの三人は再び、全てが終わった後の現場で、何かを感じ取ろうと、「散歩」に出かけるのだった。傍目にはほとんど暇つぶしにしか見えない再捜査だ。

10

三人は大久保病院から花道通りを辿り、浸水した区画を見て回った。洪水から二年、この町の何が変わったのかを知れば、洪水を引き起こした犯人が何を目論んでいたかが透けて見えるはずだ。

——今はもう臭わなくなったが、洪水が起きてから二ヶ月間は歌舞伎町全体が悪臭に満ちていて、ひどかったよ。何しろ、せき止められた暗渠には雨水だけでなく、生活排水、下水の汚い水や浄化槽からあふれ出た糞尿まで全て流れ込んでいて、それが町全体にぶちまけられたわけだから。

一階と地下はほとんどその汚水に浸かった。床も壁も家具も商品も、汚水にまみれた物は全て使い物にならず、水が引いた後は大量のゴミで町が埋め尽くされた。ここには飲食店も多いが、客が寄り付かなくなり、店を閉じるところが相次いだ。色気を売る商売も客離れが深刻だった。中国系、韓国系の暴力団のしのぎも減った。彼らの大きな資金源になっていた地下カジノも、麻薬密売も打撃を受けた。ねずみは事前に地震や洪水を察知して、いっせいに避難を始めるというが、歌舞伎町の住人、テナントは洪水の危害を被ってから、遅まきながら、避難を始めた。ビルは空き部屋だらけになり、家賃も大幅に下がった。「不夜城」も目に見えて暗くなったと噂された。洪水は結果からいえば、歌舞伎町の地下に蓄えられていた邪悪な物を全て水で洗い流したことになる。

――ここは警察もヤクザも下手に手出しができない治外法権みたいな町だった。だが、洪水を境にかなり状況が変わったよ。一度、町を出ていった中国、韓国系の連中は去年あたりから戻り出したんだが、その前に日本やアメリカの不動産大手がビルの空き部屋を押さえて、中国、韓国系の住民の露骨な閉め出しを行うようになった。

――再開発……ですか？

八朔すみれの問いかけに穴見が頷く。

――歌舞伎町を中国人や韓国人の手から奪い返し、別の町に生まれ変わらせたかったんだろう。それはある程度までは成功した。

洪水前の町を知っている穴見は何が変わったのかを知っている。アジアのソドムと誰かがいったように、二十四時間、欲望を垂れ流し続けてきたこの町は、今更ながら禁欲に向かおうとしているかに見える。けばけばしいネオンは消え、カクテルドレスの女性たちも目立たなくなり、ナイトクラブや風俗店が入っていたビルには、金融コンサルタントや宝石ブローカーや画廊主がオフィスを構えるようになり、ラブホテルや古い雑居ビルは取り壊され、新しいオフィスビルやショッピングモールなどが建設されている。洪水によって、地価が下がったのを機に土地やビルの買収が水面下で活発にすすめられたようだ。ソドムの市にはビジネスマンたちが押し寄せてきて、町の過去を消去し、第二の丸の内か、銀座に作り替えようとしていた。

おそらく歌舞伎町では、見えない戦争があったのだろう。中国、韓国の勢力を駆逐しようとして、アメリカ系の、もしくはユダヤ系の資本と手を組んだ誰かが町の浄化作戦を実行したのだ。犯人はあの洪水で儲けた奴のそばにいる。

穴見警部はそう睨んではいたものの、容疑者を特定するまでには至らなかった。

ナルヒコは路地裏やビルの谷間に立ち込めた瘴気にむせていた。なまじ霊的感度を上げてしまうと、見たくないもの、おどろおどろしいものを見る羽目になるので、伏し目で八朔刑事の後ろについて歩いていた。

――具合が悪そうだけど。

背後で息苦しそうにしているナルヒコを心配して、八朔が振り返る。「大丈夫です」というが、とても大丈夫そうには見えなかった。ナルヒコは何かに行く手を阻まれたように、立ち往生し、両手で見えない何かを押しのけようとしていた。

――どうした？　何か見えるのか？

ナルヒコは虚空の一点を見つめ、彼の目にだけ見える相手と何か話をしていた。やがて、彼はしきりに腕や腰をひねって、自分にまとわりついてくるものを振り払おうとした。

――誰かいるのか？

穴見が訊ねると、ナルヒコは「早くここを出ましょう」と彼の袖を摑んだ。八朔は気を利かせて、そこに走り込んできたタクシーを捕まえ、明治通りから渋谷方面に向かった。車が走り出すと、ナルヒコは「いやなデコボコ道だな」と呟いた。

――舗装された道路を走ってるぞ。

穴見がいうと、ナルヒコは「全然、感じませんか？」と逆に聞き返した。

――何を？

――この車は骨を踏みつぶしながら走ってるじゃないですか。骨が砕ける感触が腰やお尻に響いて、気持ちが悪い。

――この道路の下には無数の死体が埋まっているということかな？

自身は霊感に強くはない穴見だが、さしずめそんなところだろうと話を振ってみた。

――いますね。いっぱい。

――戦時中は空襲で大勢死んでるしな。

――それだけじゃありません。水が低きに流れるように、人も霊も低地に集まってくるんです。繁華街のあるところは昔、湿地とか沼だったところです。

——歌舞伎町では誰かと話していたようだが……

——自分がまだ死んだと思っていない霊たちがデモをしているのにぶつかりました。一人の中国人の女の霊がしつこくぼくに絡んできて、復讐してくれ、復讐してくれっていうんです。その女は雑居ビルの地下にあったマッサージ店で働いていたんですが、あの洪水の時に逃げ遅れて、水死したらしいんです。

——十一人の犠牲者の一人だな。

——彼女がいうには、この洪水を引き起こしたのは、歌舞伎町の再開発を一気に進めたがっていた不動産業者だそうです。連中が一人の男を雇ったみたいです。

——雇われた男というのは？

——わかりませんが、その男一人で暗渠の流れをせき止めて、町全体を水没させたようです。

——たった一人の男の仕業だったたって？　そいつは自在に天災を引き起こせる天才か？

依然、犯人像は曖昧なままだったが、ナルヒコの霊感は事件の核心を透視していた。

——どうやら、犯人と彼を雇った不動産屋は賭けをしたようです。一週間で歌舞伎町の大掃除ができるか、どうか。犯人は見事にそれをやってのけ、賭けに勝ったんです。

——なぜそんなことがわかる。

——ぼくは死んだマッサージ嬢がいっていたことをそのまま伝えているだけです。

——マッサージ嬢がどうしてそんなことを知っているんだ。

——死者はこの世の営みを裏側から見ることができるからです。

　あの世のメカニズムなんて知るはずもない穴見は小鼻を掻きながら、この話をまともに取り合うべきかどうか迷った。しかし、ナルヒコがマッサージ嬢から聞いた話は事件の背景説明として充分に説得力があった。もし、賭けをした不動産業者が特定できれば、一気に犯人逮捕に持っていける。穴見警部は洪水で儲けた不動産業者を探し出し、税務署や国税局の協力も要請し、カネの流れも追うことにした。

11

　ナルヒコの指摘を受け、穴見は部下に命じ、不当な儲けを出した不動産業者を洗い出していたが、別件で捜査を進めていた同時期に起きた殺人事件との関連が浮かび上がって来た。その殺人事件の被害者というのが、まさに歌舞伎町の再開発利権を手にしていた元暴力団系の不動産業者だったのである。この事件の合同捜査本部長である月本警部は穴見もよく知っていて、彼から直接話を聞くことができた。

　その不動産業者は洪水によって、地価の下がった歌舞伎町の物件を安く買い漁り、大規模な再開発計画を進めようとしていた。オフィスビルだけでなく、周囲を高い塀で囲った高級リゾートマンションを建設し、ここに中国、ロシア、ベトナムの富豪たちを通わせようとしていた。日本人の秘書兼愛人を斡旋し、ビジネスや社交を全て塀の中で行えるようにし、会員制のカジノやレストランを併設し、カネを落としてもらうつもりでいた。

だが、その計画には、都から「待った」がかかった。都の方針として、今後、歌舞伎町は犯罪の温床にならないよう規制を強化し、また本来の土地の由来を思い出してもらうためにも水路を復活するという案を議会に通すことにしたのである。その企画書には「歌舞伎町にせせらぎを」という、いかにも市民受けしそうなキャッチコピーが付いていた。

もし、その案が市民の了解を得て、都議会で承認されたりしたら、不動産業者は当初の目論見通りには開発を行うことはできず、せっかく買収した歌舞伎町の物件を高値で売ることも叶わない。

不動産業者は都知事に働きかけて、都の計画を白紙撤回させようとした。そもそも、その業者は再開発のシナリオを都知事とともに練り、利権を山分けする約束だった。そして、その計画を早期に実現させるために、ある男を雇い、歌舞伎町に洪水を起こさせた。その結果、地価は下がり、思い通りの買収ができたところまではよかった。

だが、その後、急に雲行きが怪しくなった。

「何があったんだ？」と身を乗り出す穴見に月本警部はこう答える。

——不動産業者と洪水を引き起こした男のあいだにはある契約が交わされていたらしい。

——賭けをしたんじゃないのか？

穴見がやや先走りして呟くと、「オレ、話したっけ？」と月本警部は首を傾げる。

——歌舞伎町に洪水を起こせるかどうかを賭けたんじゃないのか？

穴見が得意げにいうと、月本は真顔で訊ねた。

——その情報、何処から仕入れた？

——特命捜査対策室には秘密兵器があってね。今度、紹介しよう。それで賭けに勝った男は、ちゃんとカネをもらったのか？

——どうやら、不動産業者とその男とのあいだには金銭トラブルがあったらしい。

——つまり、賭けに負けたカネを払わなかったというんだな。

——そうだ。再三の請求にも応じなかったので、いつの間にか再開発計画は白紙になっていたというわけだ。

——ちょっと待ってくれ。その謎の男は都知事を脅して、計画を見直せと迫ったというのか？

——それはわからない。都知事はこの件で口を割ることはないだろう。都知事は次の選挙のことで頭がいっぱいだ。今のうちから有権者に受けがいい政策を打ち出しておかないと、再選はないから、不動産屋を切ることにしたんだ。

——その不動産業者だが、ひょっとして洪水を起こした奴に殺されたんじゃないのか？

——証拠はないが、実はオレたちもそう睨んでいるんだ。たぶん、先に手を出したのは不動産業者の方だ。賭けに負けたカネを請求され、しかも再開発計画をつぶそうとする当の男には、とっとと消えてもらいたかっただろう。暴力団出身の奴が考えそうなことだ。だが、その男を始末する前に、自分が始末されてしまったというわけだ。

奇しくも、「歌舞伎町水難事件」にはそんな後日談がセットになっていた。

——不動産業者を返り討ちにした男は早急に捕まえられそうか？

こちらの犯人が捕まれば、「歌舞伎町水難事件」も自動的に解決に導けるのだが……

——残念だが、誰もそいつの姿を見ていない。なかなかの曲者だぞ。流行りのあれに似ている。

——あれって何だよ。

——『えるきゅーる』。

——はあ？

——聞いたことないか？　家の娘は今、そのコミックにはまってるよ。「英雄なき時代の英雄」とか「神を嫉妬させた男」とか「彼だけはいかなる罪も許される」なんてコトバを耳にしたら、それは『えるきゅーる』からの引用だよ。

「家はまだ子どもが小さいから」といいわけする穴見に月本はいった。

――参考のために見ておけ。十二の奇跡的な難業を行うヒーローの話だ。つまり、現代のヘラクレスの物語ってとこだな。

それにしても、ナルヒコの霊感は見事だった。謎めいた洪水男の影はしっかりと霊視し、不動産業者との関係もお見通しだった。

そのナルヒコに穴見は訊ねてみた。

――『えるきゅーる』って知ってる？

――ええ、知ってますよ。特命捜査対策室に回ってくる事件はどれも、その漫画みたいだなって思ってたんですよ。

八朔刑事もその漫画の隠れ愛読者だった。

――確かにいわれてみれば、そんな気がします。でも、それは『えるきゅーる』の作者が重要未解決事件を素材にして、描いてるからじゃないんですか。

読んでいないのは自分だけだと知って、穴見警部はその日の帰りがけに書店に立ち寄り、単行本八巻をまとめ買いした。寝る前にベッドで斜め読みしてみて、この漫画は侮れない、よく調べている、と感心した。引退した警部あたりがアドバイザーについていて、重要未解決事件の情報を提供しているに違いない。ＩＱ２００の若き天才警部が、特命捜査対策室に赴任するや、迷宮入りしていた事件を次々と解決に導く、という設定だ。まるで、現実の特命捜査対策室が無能集団と暗に揶揄されているようで腹立たしかった。

しかし、この漫画の主人公は、エルキュール・ポアロの生まれ変わりともいわれる、その天才警部ではなく、警部が追いかけている悪の天才の方なのだ。神出鬼没の悪漢は警察を翻弄し、捜査網をかいくぐりながら、次々と難事件を起こしてゆくが、それは全て世直しのためなのである。

犯罪者を救世主のように描くことに、穴見は感心しなかったが、警察を一方的に正義の側に置くことはできないことも認めていた。警察における正義と悪の割合は六対四といったところだ。この割合が逆転しないことを祈りつつ、穴見ら現場の刑事たちは職務に励んでいるつもりだった。

日曜日の夜、穴見は眠りが丘の自宅から一人で散歩に出ると、ナルヒコの母ナミがやっている「スナックはーです」に顔を出した。客は一人もおらず、ナミとナルヒコはテレビのクイズ番組を見ながら、焼きうどんを食べていた。

穴見は理髪用の椅子に座り、ビールを注文すると、しばらく親子と一緒にクイズ番組を見ていた。頭脳明晰で知られる芸能人も頭を抱える出題に対して、穴見がことごとく正解を呟くので、一問も正解できない母と息子は尊敬の眼差しを向けていた。

――すごく頭がいいんですね。顔も体も素敵ですけど。

穴見には妻子があることを承知の上で、ナミは彼に秋波を送っていた。それを受け流しながら、穴見はナルヒコに『えるきゅーる』を読んだ感想を伝えると、彼はボソッとこんなことをいった。

――電車が六両編成で走っています。

――何のこと？

クイズには難なく正解を答えられる穴見だが、ナルヒコの霊感にはついてゆけない。きっと使っている脳の部位が違うのだろう。

――最初の車両には誘拐された女性が乗っています。二両目にはジャーナリストたちが乗っています。三両目には通り魔に殺された人たちが、四両目には山手線内で発見された死体が乗っています。

――五両目は水浸しで、六両目には不動産業者が乗っている、というわけだな。迷宮入り事件が六両編成で連結されているということは……

――運転手が犯人です。

――おいおい、ちょっと待ってくれよ。六件の犯罪全て、同一人物の犯行だというのか？

――そうです。穴見さんも気付いたでしょ。

意表を突かれ、穴見は絶句するしかなかった。

事件の概要を知らされた時点で、ナルヒコの霊感は告げていた。「中央線沿線通り魔殺人事件」と「山手線死体遺棄事件」は地下でつながりがあること、「歌舞伎町水難事件」と「新宿不動産業者殺害事件」は連動していることを。だが、ナルヒコの目はそれぞれの事件がさらに深く癒着していることを見抜いていた。

その犯人は、「ジャーナリスト連続殺人事件」で三人、「山手線死体遺棄事件」で一人、「中央線沿線通り魔殺人事件」で六人を殺害し、「歌舞伎町水難事件」では直接、手を下したわけではないが、十一人が犠牲になっている。これに「新宿不動産業者殺害事件」の一人を足すと、すでに二十二人もの命を、たった一人で奪った計算になる。これはもはや虐殺というべき数だ。

こんな凶暴な犯罪者が野放しになっていることはあくまで秘密にしておくべきだろう。いたずらに社会不安を煽（あお）ることになるから。穴見もナルヒコも、そうと気付かぬままに、この六両編成の列車に乗り込んでしまった。殺人列車は今も何処かに向かって走り続けている以上、犯人を逮捕せずに途中下車するわけにはいかない。

――君がいっていることが真実なら、歓迎すべき点もある。犯人が一人なら、どれか一件の事件を解決できれば、ほか五件も自動的に解決することになるからな。捜査の手間が六分の一になり、犯人逮捕の確率は六倍になったと考えればいい。

穴見は珍しく楽観的な感想を漏らした。今まで無関係と思われていた証拠や手掛かりを使い回せるから、おぼろげな影でしかなかった犯人像に目や鼻を描き込めるかもしれない。そんな期待に警部は小鼻を膨らませていた。むろん、自分が感じているプレッシャーをはじき返すための虚勢だった。

——そう簡単にはいきませんよ。

ナルヒコは額に浮き出た汗をしきりにおしぼりで拭っていた。

——障害がいっぱいありそうか？

——何しろ、相手は神に愛されていますからね。

——それは漫画の話だろ。

——ぼくたちの犯人もそうです。何か途轍もない相手だという気がします。正直いって、ぼくは怖いです。

——捕まえる相手を怖がってちゃ、警官は務まらないよ。

——ぼくは警官じゃないから。

明日から再び、六つの事件の関連を丹念に洗い出し、「途轍もない相手」とナルヒコがいう犯人に一センチずつ近づいていかなければならない。

12

六つの事件は発生した場所も年月日も異なり、手口にも共通点はなく、証拠の隠滅も入念に図られているだろう。だが、犯人が同一人物ならば、六つの現場から回収された証拠物件は全て、一人の犯人へと導いてくれるはずだ。警視庁の倉庫に保管された遺留品をもう一度、徹底的に調べ、科学的に犯人を同定する作業に最優先で取り組むことにした。ビニール袋に収められた毛髪や、被害者の衣服や床の絨毯についていた体液や、現場の壁や窓から採取した指紋から、犯人像は再現されてゆく。もし、現場に残された遺留品からＤＮＡが採取できれば、それはもう犯人の影を逮捕したも同然だ。

もし、ナルヒコが六つの事件が六両編成の電車のように連結していることを霊視していなければ、何ら捜査に進展が見られないまま、いたずらに時間ばかりが流れていたところだ。彼の指摘から、これまで無駄に費やされた歳月を一気に取り戻そうと、穴見は特命捜査対策室の面々に発破をかけた。

すでに「山手線死体遺棄事件」と「中央線沿線通り魔殺人事件」では犯人のものと思（おぼ）しきＤＮＡが採取されていて、穴見警部は早速、両者を比較するよう指示した。

「山手線死体遺棄事件」では被害者が所持していた手帳に、加害者の筆跡と思われる走り書きが残されていたことから、初動捜査の折に担当の捜査員は、その手帳に付着していた汗から丹念にＤＮＡの採取を試みていた。その結果、のちに北朝鮮の秘密工作員であることが判明した被害者のＤＮＡとは別に、もう一種類のＤＮＡを検出することができた。

また、「中央線沿線通り魔殺人事件」の被害者の一人で、四ツ谷駅近くの土手で殺害されたテレビ局アナウンサー桑田秋奈の右手の爪の中から発見された加害者のものと思われる皮膚と微量の血液からもＤＮＡを採取していた。

どちらも初動捜査時には、犯人逮捕の直接の手掛かりにはならなかったようだが、サンプルは保存されていた。今度の再検査で両者のパターンが同じで、同一人物のＤＮＡであることが判明すれば、ナルヒコの指摘は科学的に裏打ちされたことになる。

穴見警部は「ジャーナリスト連続殺人事件」や「歌舞伎町水難事件」にも、同じ人物の暗躍を裏付ける証拠が見つかるはずだから、それを探し出すまで倉庫に籠っていろと部下たちに命じた。

穴見警部は今回のナルヒコの働きに対して、個人的に報いたいと考え、彼を食事に誘い出した。特命捜査対策室に配属されて、最初の大きな成果に対する前祝いの気分だった。部下の八朔刑事も呼び、今後の捜査方針を今一度、確認しつつ、ナルヒコが漠然と思い描いている犯人のイメージを共有し、犯人像をより鮮明に際立たせたかった。

――DNAを採取すれば、犯人は逮捕できるんですか？

ナルヒコはDNA捜査の何たるかをよくわかっていないようだった。

――私たちはすでに犯人のDNAを握っている。DNAの型が同じ別人が現れる確率は四兆七千億分の一だ。だから、同じ型のDNAの持ち主を見つけたら、そいつが犯人だよ。

――そんなに簡単に見つかるものなら、今頃、犯人は捕まってないといけませんね。

ナルヒコは時々、至極まっとうなことをいう。

――確かに、警察に保存されているDNAのデータベースは規模が小さいので、犯人を特定することは事実上不可能だ。しかし、容疑者の絞り込みはできる。性別や血液型、血縁関係、人種民族系統、人獣の別までわかる。今は姿形が全く見えない透明人間みたいな犯人に、様々な特徴をあてはめてゆく段階だ。複雑なモザイクみたいに、小さなかけらを寄せ集め、その正体が見えたところで逮捕となるわけだ。

――犯人像はどれくらい絞り込めたんですか？

――詳しい結果はあさってにでも出るだろう。

たんぱく質や脂肪分を分解消化し、不純物を除去し、精製したDNAをエタノールで結晶化し、その中の特定の遺伝子を選んで増幅する作業を二、三十回繰り返し、複製を作る。この方法をＰＣＲ（Polymerase Chain Reaction）法と呼ぶ。現場から採取できる試料は極めて微量であることが多いので、熟練の技師の手で入念に作業が行われる。男女を識別するＸ染色体、Ｙ染色体の有無や血液型の判定もできるだろう。

――まあ、犯人は女ということはないだろう。『モルグ街の殺人』じゃないんだから、犯人が動物だという線もないな。血液型はどうかな。何となく、Ｏ型に賭けてみたい気がするね。君はどう思う？

　話を振られた八朔刑事は「ユーラシア大陸系に多いタイプのＤＮＡとか朝鮮半島系に多いとか、そういうことまでわかりますかね」といった。

――考古学の研究ではそういうこともいわれているね。ナルヒコ君、君はどんな犯人像を思い浮かべる？

――難しいですね。事件から時間が経過しているせいもあって、犯人のイメージは浮かんできません。その人は文字通り神出鬼没で、自分の気配を消すこともできるでしょう。いや、別人になり代わったり、人間じゃないものに変身したりもできるんじゃないかな。

　ナルヒコが突拍子もないことをいうので、穴見警部は彼の肩を小突いて「それは飛躍し過ぎだよ」と笑った。

――悪霊が人を犯罪に駆り立てることもあります。

――勘弁してくれ。犯人は人間であることを望むよ。幽霊だの悪霊だのは逮捕できないからね。

13

二日後、二つの事件現場から採取されたDNAの再検査結果が出たと連絡があり、早速、穴見は八朔刑事を伴い、法医学研究所に出向き、検査に当たった技師の話を直接聞くことにした。午後に会議を開き、その結果報告をしがてら、今後の捜査方針の立て直しを図る考えだった。

技師が二人の前に現れると、深々と頭を下げ、「DNA鑑定士の高梨(たかなし)です」とごく簡単な自己紹介をした後、なぜかため息を一つついた。まだ三十代の高梨技師は「実は大変申し上げにくいんですが……」と口ごもり、上目遣いで穴見警部の表情をうかがった。

――どうした？　DNAが逃げ出したとかいうなよ。

穴見が軽口をたたくと、いっそう技師は恐縮して、こう告げた。

――仰(おっしゃ)る通り、DNAが逃げ出したも同然です。

穴見が真意を問い質すと、技師はプリントアウトした資料を広げ、おもむろに説明を始めた。

――AとBを見較べてください。これらは今回、精密に再検査した二種類のDNAのデータです。この二つのDNAは「山手線死体遺棄事件」と「中央線沿線通り魔殺人事件」の現場で採取され、今まで冷凍庫に保存されていたものに間違いありません。ご覧の通り、タイプが同じだということはおわかりいただけると思います。

――つまり、同一人物のDNAと判明したんじゃないのか？

――同一は同一なんですが、非常に面白いDNAだったんです。

――面白いDNAってどういう意味？

――つまり、非常に珍しいというか、懐かしいというか、現代の日本人にはほとんど見られないDNAだったんです。というか、現在の世界に存在するはずのないDNAだったんです。

――ナルヒコ君と結託して、オレを担ごうとしていないか？

高梨技師は八朔刑事の顔をちらりと見ながら、こういった。

――二つのDNAが同一人物のものだということはすぐにわかったんです。それだけでは何か物足りない気がして、そちらの刑事さんがいわれたように、いただいたDNAのサンプルから人種とか系統まで割り出せないものかと思ったんですよ。今後の科学捜査の方向性として、DNAサンプリングを積極的に活用して欲しいという思いもあったものですから。

高梨の口調には自分の方針に対する揺るぎない自信があふれてはいた。だが、その結果には戸惑いを隠し切れないといったところか。

――いや、わかるよ。容疑者の人種やＤＮＡの系統がわかれば、その身体的特徴とか、容貌、性格、行動傾向まで、ある程度の絞り込みが可能になるからね。

――ご存知と思いますが、日本人は案外、ＤＮＡの多様性に富んでいるんです。大陸や半島では絶滅してしまった古い人種特有のＤＮＡも残っているんです。ＤＮＡ人類学の世界では、Ｙ遺伝子Ｄ系統と分類されるタイプです。北方モンゴロイドの古いタイプ、いわゆる古モンゴロイドのＤＮＡです。

――それって珍しいの？

――わかりやすくいえば、縄文人のＤＮＡに近いです。このＤ系統のＤＮＡは世界的に見ても、非常に稀な系統で、例外的に日本には多く残されているんです。いわば、日本人には大陸ではほとんど絶滅した希少な血統が残っているんですね。類似の系統は日本から遠く離れたチベット人のあいだにわずかに存続しているだけです。生存競争が激しかった大陸ではほとんど駆逐されてしまったＤ系統のＤＮＡは、極東の列島である日本と深い山里のチベットにのみ残ったと考えられています。このＤ系統はさらに三つのグループに分けられており、それぞれＤ１、Ｄ２、Ｄ３としますと、Ｄ１とＤ３はチベットに多く見られ、Ｄ２系統だけがアイヌ人・本土日本人・沖縄人に特徴的に見られます。

——それと似た話は聞いたことがあるよ。それを根拠に日本人は中国人や韓国人とは元々、ルーツが違う希少な民族だという。

——Dタイプの古モンゴロイドは、人類がシベリアや極東地域で寒冷地適応し、アメリカ大陸に渡る前の特徴を残しているといわれています。つまり、アフリカを出た人類がコーカサスに一度集まり、その後、ヨーロッパに向かった人種とアジアに広く拡散した人種に分かれるんですが、D系統は三万年以上前に枝分かれし、まだ寒冷地に適応していなかった頃の痕跡を残しているのです。

——人類学講義はその辺で切り上げてもらうとして、結論からいうと、君が調べたDNAはどういうものだったというの？

——世界的に珍しいD系統ではありますが、その中でも新たにD4タイプというカテゴリーを設けなければならないと思います。研究者としてはとても嬉しい状況で、至急、次の学会で発表する準備を進めているところです。

——その新発見のDNAタイプは日本以外だとどのあたりに多く見られるわけ？

——それがどこにもない系統なんです。かつてシベリアや極東地域に生存していたかもしれませんが、現代では見られない。おそらく、すでに絶滅した人種のDNAです。

——おいおい、どうして絶滅した人種のDNAが事件現場から出てくるんだよ。

知性ある者は、かくもナンセンスな報告に対しては、脱力系の笑いで返すしかなかっった。穴見警部は事務用の椅子の上で反り返り、「ＤＮＡ分析は無駄だったな」といい放ったが、高梨技師には別のいい分があるようだった。

――人種としてはほぼ絶滅したけれども、例外的に生き残った個体があって、細々と現代に至るまでその血統を残した、と考えることもできます。

なぜか、八朔刑事がその話に食いつき、高梨技師を援護した。

――絶滅したと思われていた種がかろうじて命脈を保っていたという話はあります。このあいだも、七十年前に絶滅したと思われていたクニマスが西湖で発見されたじゃないですか。犯人も何とか無事に保護したいですね。

絶滅危惧種の魚と犯人を一緒くたにする部下の議論に、穴見は「容疑者は魚じゃないんだから」と釘を刺しておいた。いずれにせよ、困惑は変わらない。「犯人は石器時代の人間である」と書かれている報告書を読んだ上層部の一人一人の表情が思い浮かぶ。理解に苦しむ事象や報告に対して、決めゼリフを持っている人たちがいる。「報告書で受け狙いをするな、といつもいっているだろう」と諭す人が一名、「こんな分析で犯人が逮捕できたら、警察なんていらないんだよ」と怒鳴る人が一名。

穴見警部は、その特殊なＤＮＡの持ち主である容疑者を仮に「Ｄ４」と名付け、その人物像と犯罪の動機の推測を本格的に進めることにした。

午後、特命捜査対策室にナルヒコがやってきて、DNA分析の結果を聞かされると、開口一番、こう呟いた。

——よかったじゃないですか。

何がよかったのか、と穴見が問い質すと、彼はこう答えた。

——ぼくも滅びゆくシャーマンの末裔なので、その人に親近感を抱きます。お互い頑張らないと、滅びてしまうから。

——原始人の友情か？　君は容疑者を「途轍もない相手」と恐れていたじゃないか。

——もちろん、恐ろしいです。でも、その人も自分が滅ぼされることを恐れています。戦わなければ、滅びてしまう、そんなピリピリとした緊張感を感じるんです。

——この一連の事件は、犯人の生存を賭けた戦いだったということかな？

——そうです。穴見さんはいつも、ぼくがいおうとしたことを、ぼくよりうまくいってくれます。後出しジャンケンみたいでずるい。

穴見にそんなつもりはなかったが、警部とシャーマンの末裔のコンビも板についてきたということか。

——ほかに何か感じたことはないか？　彼を滅ぼそうとしているのは、どんな相手だろう？

——たとえば、警察です。

——警察は彼を逮捕したいだけで、滅ぼそうとは思っていない。警察のほかにも彼を抹殺しようとしている奴らがいるんじゃないのか？　もし、そういう連中の具体的なイメージが浮かんでいたら、教えて欲しい。

ナルヒコは穴見の顔をやや上目遣いに見ていた。何かいおうとしてはいるのだが、躊躇が勝る感じだった。「遠慮することはない。何でも思ったことをいってくれ」と穴見が促すと、ナルヒコはこう呟いた。

——Ｄ４は巨悪と戦っているんです。敵も本気で彼を叩きつぶそうとしている。

——だが、一連の事件の被害者たちが巨悪の一味だとは思えないが……

——遠いところでつながっているんです。背後では糸が複雑に絡まっています。その糸を辿っていくと、Ｄ４の敵に行き着きます。

14

犯人はほとんど絶滅した人種の系統だという事実をどう受け止めたらいいか戸惑う。捜査当局がおちょくられている感は否めないものの、相手はどんなに原始的な顔をしているのか、どれだけ特異な容姿なのか、ぜひこの目で拝んでみたい。

これは特命捜査対策室の総意といってもいいくらいで、いまや穴見警部を筆頭にメンバー全員の好奇心がＤ４の素顔に注がれていた。ＤＮＡの塩基配列上の特徴や血液型は明らかになったものの、その身体的、容貌的特徴、住所、氏名、年齢、職業は全く想像もつかない。ちなみに血液型はＯ型だった。

ナルヒコが霊感に導かれて引っ張り出してきた六件の事件を再検証すれば、さらにいくつもの具体的な手掛かりが出てくる。それらをパズル的に組み合わせれば、その実体がおぼろげながら、浮かび上がってくるだろう。相手はガスでも、液体でもなく、おそらくは手足や顔、声や名前を持った等身大の人物である。

穴見警部は八朔、ナルヒコ、六つの事件の担当捜査員を会議室に集め、今後の捜査方針の確認を行った。担当ごとにバラバラに行っていた捜査を一本化し、各事件での容疑者の目撃情報を照らし合わせ、その特徴、行動の分析を行い、一括してプロファイリングにかけることにした。

また、穴見はＤ４に実際に遭遇している二人の女性から再度、事情聴取を行うつもりだった。「中央線沿線通り魔殺人事件」の唯一の生き残り佐々木カンナの証言を元に、犯人と思しき人物のモンタージュ写真ができている。

それを「銀座ホステス誘拐事件」の根本ゆりあに見せ、無意識の奥底に封印した犯人像を引きずり出すとか、二人の被害者ゆりあとカンナの記憶の照合を図るなどすれば、より詳細な犯人イメージが得られると考えた。

「中央線沿線通り魔殺人事件」の捜査では、身長百八十から百八十五センチの長身、瘦せ形の男で、長い髪を風になびかせ、身軽に障害物をかわし、飛び越し、なぎ倒して、疾走する犯人の様子が報告されている。目撃者たちは一様に走る速さや身のこなしの軽快さを指摘した。身体能力の高さから察するに、年齢は四十を越えることはあるまい、と穴見は推測した。だが、その見解に八朔刑事は疑問を挟んだ。

――四十を過ぎても、鍛えていれば、体は動きますよ。

「いや」と穴見は首を振った。

――誰が見ても切れのいい動きができるのは、三十代前半までだ。四十近くなると、跳躍力もスピードもかなり落ちる。人を驚かすような身のこなしはもう無理だ。しかも、敵は長身だし、いいニオイのする男だったというじゃないか。四十代になれば、加齢臭が出てくるもんだぜ。

自身、四十になり、体力の衰えをひしひしと感じ、かつ耳の後ろのニオイを気にしている穴見は、自嘲的に呟いた。

――容疑者は自分の体臭を消すためにオーデコロンをつけていたんでしょう。

――ニオイはもうとっくに消えているから、手掛かりにはならない。佐々木カンナの証言と一致する目撃情報の中で、気になるのは、やはり顔だ。モンタージュ写真は人気バンドのヴォーカルに似ているといっていたな。

——もし本当に容疑者の顔がシュガーレス・キャンディズのタカに似ているなら、かなり若いですね。タカは二十三歳ですから。

——年齢は四十歳以下と絞っていいだろう。でも、あのモンタージュはあまり信用しない方がいいかもしれない。

八朔刑事は眉間に皺を寄せ、穴見警部に「なぜですか？」と食い下がった。

——容疑者は身軽で、走るのも速かった。殺人が行われたのはいずれも夕方から夜にかけてだ。しかも、長髪だった。暗いうえに、顔が隠れていただろうから、顔が見えたとしても、一瞬だろう。

「反論ばかりするようですが」と八朔刑事は断ってから、穴見に「顔の中で一番印象に残りやすいのはどこですか？」と訊ねた。

——やはり、目だろうな。何でオレに聞く？

八朔は「念のためです」といいながら、自信をもってこう続けた。

——もし、目撃者と容疑者の目が一瞬でも合っていれば、その印象は記憶に残りやすいでしょう。たぶん、突き刺さってくるような鋭い眼差しだったんだと思います。タカも目に特徴があります。コンサートではみんな彼に見つめられたい一心で、かぶりつきに殺到するんです。

――なるほどね。おまえもそのタカに見つめられたいなら、会いに行って来い。

――本当ですか？　あの、タカも容疑者の一人ということですか？

――可能性は低いと思うが、念のためそいつのＤＮＡを採取してきてくれ。

八朔のトレードマークともいえる戸惑いの表情には「いただきます」という時の無邪気な笑みが混じっていた。

15

穴見とナルヒコはモンタージュ写真を切り札にと携え、元ホステス根本ゆりあを再訪した。ゆりあはまだ完全に記憶を回復するには至っていなかったが、両親との共同生活にもようやく慣れてきたところだという。

思い出したくない過去を蒸し返されると、せっかく平穏を取り戻した彼女の心に波風が立つ。だから、できるだけ関わらないで欲しい。

両親からはそんな強い要請があった。だが、誘拐犯は別の殺人事件の容疑者でもあり、その逮捕は急を要すると説得し、再度の面会を迫った。先方は精神科医の立ち会いを条件に、面会に応じてくれることになった。

ナルヒコは以前、根本ゆりあと接触した時、彼女の思いをかすかに感じ取ることができた。ゆりあは誘拐犯に恋をしていて、彼を庇おうとしている。捜査は実質、彼女の恋心に邪魔をされ、膠着(こうちゃく)状態になっている。果たして、彼女はモンタージュ写真を見て、どのような反応をするか？　もし、ゆりあが夢の中に囲っている誘拐犯のイメージとモンタージュ写真が一致すれば、彼女自身が封印した記憶の扉も開かれ、犯人を夢の中から引きずり出すことができる。彼女は自ら誘拐犯に対する思いや彼に関する事実を呟き始めるかもしれない。

ナルヒコは穴見とはやや違った展開を思い描いているようだった。

――根本ゆりあの夢の中に入り込むことができたら、誘拐犯をこの目で見ることができるんですけどね。

他人の家やベッドならいざ知らず、他人の夢に侵入するなんてことはできるはずがない。

それが穴見始め、一般人の常識というものだが、ナルヒコは「優れたシャーマンならば、それは可能だ」という前提で話していた。もっとも、ナルヒコの夢見る力はまだそこまでは磨き上げられていなかった。

前回と同様、青葉台の邸宅の応接間でゆりあに会った。やつれは消え、肌の艶や張りが戻り、美貌は冴(さ)えていた。外見から見る限り、社会復帰は近いという印象を受けた。

約束通り、カウンセリングと記憶回復を請け負っている精神科の主治医が会見の場に居合わせた。穴見警部は主治医にも挨拶をし、早速、例のモンタージュ写真をゆりあに見せた。

次の瞬間、彼女は短く「あ」といった。彼女の反応に警部とナルヒコの目は釘付けになった。期待して次のコトバを待っていると、彼女はこういった。

――夢で会った人に似ています。

――現実でも会っているでしょう。この人について知っていることを何でもいいですから、教えてください。

ゆりあは一度目を閉じ、またゆっくりと大きな目を開き、写真を見つめ直すと、意味深なため息を一つついた。それから何かいいかけたように見えたが、意識して口をつぐんだ。それは明らかに何かを隠そうとしている意思の表れだ、と穴見警部は睨んだ。

――あなたを誘拐したのはその男じゃありませんか?

――私は本当にその人に会ったことがあるのかどうか、わからないんです。

――夢に見たのだから、前に会ったことがあるのでしょう。

――架空の人物かもしれません。

――そんなことはない。あなたの記憶にしっかりと刻まれている人物なんですよ。私たちはその人に用があります。どうか思い出してください。

穴見警部の強い押しを制し、主治医がいった。

——強引に記憶を引き出そうとすると、手掛かりの糸が切れてしまう。釣りと同じですよ、警部さん。

穴見警部は苦笑いを浮かべ、医師とゆりあを交互に見ていた。

——捜査に協力するつもりで、私はこうして立ち会っています。私は記憶回復の専門家です。どうでしょう、警部さん、催眠状態でリラックスしてもらった方が、ゆりあさんの記憶も鮮明に蘇ると思います。質問も私にお任せくださいませんか？

穴見警部がナルヒコを覗き込み、「どうする？」と訊ねると、彼は声を潜めて「催眠状態になってくれた方が、ぼくも夢の中に入りやすいです」と答えた。

——それでは先生にお任せすることにします。

穴見からバトンを受け取った精神科医は穏やかな口調でゆりあに深呼吸を促した。

——いつもと同じですよ。リラックスしてください。三つ数えたら、手足が温かくなり、瞼（まぶた）が重くなってきます。

ナルヒコはゆりあの隣のソファに深々と座っていたが、彼自身にも睡魔が迫っているようで、さっきからあくびを重ねている。隣でゆりあが浅い催眠状態に入ると、ナルヒコも一緒に夢の領域に入ってしまった。果たして、他人の夢の中に入れるものか、ここはナルヒコのお手並みを拝見することにした。

精神科医とゆりあの問答が始まった。ゆりあは明瞭な発音で医師の質問に応える。

――あなたは写真の男性に会ったことがありますね。さあ、思い出してみましょう。最初にその男性が現れたのはいつですか?

――顧客とハワイに飛ぶはずだったんです。関西空港のビジネスラウンジで搭乗を待っているうちに眠気に誘われたところまでは覚えています。気が付いた時は、飛行機の座席に座っていました。隣の席には一緒に行くはずの顧客ではなく、その人が座っていて、「心配はいらない」といったのです。しばらくして、飛行機が東ではなく西に進んでいることに気付きました。

――あなたは関空で出国手続きをしたあとに別の飛行機に乗せられたのですね。あなたを誘拐したその男の名前を覚えていますか?

――彼は私を誘惑したのです。確か、Kで始まる名前だったような……でも本当の名前は知らない。覚えているのは、その声です。たとえ嘘をいっていても、信じたくなる、不思議な説得力のある声でした。

――日本人ですか?

――たぶん。訛りのない日本語を話していました。

――写真と違うところはありますか?

――あんな刺すような眼差しではなく、もっと優しい目でした。大きな手と太い首、逞しい背中を持っていて、ほのかにローズマリーのニオイがしました。

——あなたは逃げ出そうとはしなかったのですか？

——その気になれば、いつでも逃げ出すことができた。でも、彼はいいました。今までの自分を残しておくと、誰かが君を消しに来る。死にたくなかったら、自分をリセットした方がいい。

——そういって、彼はあなたの記憶を奪ったのですね。

——私は何もかも忘れなければならなかった。でも、私が記憶喪失になるのと引き換えに、あの人も消えてしまった。波に洗われる砂の城のように。

——もう一度、彼に会いたいですか？

——会いたい。いつか必ず迎えに行くと彼はいいました。

——彼のことを教えてくれれば、再会の手助けをします。

——駄目。あの人を夢の外に出したら、大変なことが起きる。

——大変なこと、それは何ですか？

主治医の冷静過ぎる口調がやや間抜けに聞こえた。ゆりあは苦渋の表情を浮かべていて、それがまたうっとりするほど美しかった。こんな美女と期限付きでも一緒に暮らせるのなら、どんな犠牲も厭わない、そんな男が世の中にはたくさんいるだろう。この男はその絶世の美女に愛され、待ち望まれているのだ。

ゆりあはうなだれ、押し黙ってしまった。限界と見て、主治医は「三つ数えたら、終わりにしましょう」といって、催眠術を解いた。ゆりあは流し目で穴見の方を見た。もう完全に催眠は解けている目付きだった。催眠中に話したことを彼女が覚えているのなら、是非確かめておきたいことがあった。穴見は単刀直入に訊ねた。

——その男はあなたとベトナムで一緒に暮らしていたが、あなたの記憶を奪って、行方をくらました。そういうことですね？

——ようやく、それが現実だったと思えるようになったというのが正直なところです。

当初からナルヒコが睨んでいた通り、ゆりあはその男を愛し、庇おうとしていることが明らかになった。問題はこの誘拐あるいは誘惑の動機だ。なぜ、彼はゆりあの記憶を奪う必要があったのか？

この先の尋問でゆりあは肝心なことを証言するだろう、と穴見の勘は告げていた。ちょうど、ナルヒコも目覚めた。彼も短い夢を見、何かを悟ったらしい。ナルヒコは穴見の袖を引っ張り、耳元でこう囁いた。

——あの人は思い出したんですか？　自分がスパイだということを。

穴見が「え」と真顔で聞き返すと、ナルヒコはニヤリと笑い、「記憶を取り戻したら、落ち着いていらんないと思いますよ」といった。

彼女はロシア人の実業家の愛人だったという事実はすでに警察も摑んでいた。彼女がスパイではないかという疑惑は公安警察が抱いていたが、根拠は乏しかった。

――彼女の夢の中に侵入できたのか？

――濃い霧が立ち込める藪の中をかき分けて進むんです。霧を吹き払い、目を凝らすと、男に抱かれているゆりあさんの姿が見えました。真っ裸でした。とても気持ちよさそうでした。綺麗だったなあ。でも、夢から覚める間際はとても不安そうでした。彼女自身がスパイだったと認めれば、隠れた事実が明るみに出てくるでしょう。

16

その後、ゆりあから再度の事情聴取を行った。彼女の新たな供述からわかった事実を整理すると、こうなる。

ゆりあは警察が摑んでいた通り、ロシアの鉱山開発会社社長の愛人だった。日頃の懇意な付き合いの中から、ロシア企業やロシア政府の思惑を探りだし、それをこっそりと外務省に流していた。同時に日本政府との交渉を有利に進めたいロシア人にも機密情報を流していた。日本政府もロシア企業もともにゆりあは自分たちのために情報提供していると信じて疑わなかった。

彼女が勤める会員制クラブ「ラ・トラヴィアータ」はホステスの口の固さ、顧客の秘密保持を売りにしながら、その裏で顧客同士の密談や、客とホステスのあいだの世間話から、カネになりそうな情報を仕入れ、横流しするようなことをやっていた。もっとも秘密にしなければならないのは、情報漏れがあるという事実だった。

クラブのプリマ・ドンナだったゆりあの耳はそれ自体が高性能の盗聴マイクだった。客あしらいの天才だった彼女の前では誰もがガードを緩める。彼女の気を引こうと、つい職務上の機密まで口走ってしまう客も少なくなかった。機密というのは往々にして、思わず人に話したくなるような笑い話なのだ。自分の口は固く閉ざし、相手の口を軽くするのが、スパイに必要不可欠な資質だ。

漏らされる情報の重要度や機密レベルが低ければ、特に問題は生じなかった。しかし、彼女の耳には高度な国家機密まで飛び込んできた。クラブに集う顧客たちの情報管理がずさんだったこともあるが、誰ひとり、彼女をスパイと疑う者はおらず、ホステスにその機密が漏れたところで、猫に現金の隠し場所を教えるようなものだとタカをくっていたようなのだ。

その結果、「ラ・トラヴィアータ」のフロアでは、外部に漏れると、大企業経営者の首が飛び、首相や大統領の地位さえ危うくなるような情報が飛び交っていった。その中で一人、ゆりあだけがそれらの情報の価値を正しく値踏みし、様々な顧客相手に売買していたのである。

　やがて、顧客の中に機密の漏洩(ろうえい)を疑う者が現れる。クラブ「ラ・トラヴィアータ」が怪しいと目をつけられれば、そのプリマ・ドンナであるゆりあが真っ先に疑惑の対象になる。まさに身に危険が迫っていたその時期に、彼女は「誘拐」されたのである。「誘拐」した男は、彼女がPCや携帯電話に残していたデータを全て消去し、また彼女を記憶喪失に陥らせ、脳に刻んだ機密情報さえも消した。

　ゆりあは自分がホステスを務めながら、諜報(ちょうほう)活動を行っていたことを認めた。そして、その男に「誘惑」されてから、およそ半年のあいだ、同棲生活を送っていたが、そのあいだに少しずつ記憶を抜き取られたという。実際には誘拐、監禁されていたのだろうが、彼女にはその自覚はなく、あくまで誘惑され、一緒に暮らしていたと認識している。

　被害者意識がなければ、この一件は誘拐事件として成立しない。行方不明だったゆりあが戻り、その記憶が蘇ったところで、実質、事件は解決と考えていいはずだった。彼女は、自分を誘拐し、監禁し、記憶を奪った男が再び自分を迎えに来てくれる日を待ち望んでいる。他方、警察は、同じ日に、その男が殺人容疑等の別件で逮捕されることを期待している。

——結局、この男は何をしたかったんだと思う？

　穴見の独り言にナルヒコが応える。

――ゆりあさんが聞き出した機密を全て回収したんじゃないですか？

――それをネタに誰かをゆすっていたとも考えられるな。

――「ジャーナリスト連続殺人事件」と関係がありますよ。ほら、三人のジャーナリストが殺された後、一人生き残った人がいたでしょう。

――藤原三六九のことか？

――彼が晩年にテレビやネットで暴露していた情報はここが発信源ですよ。

――おいおい、ちょっと待ってくれ。

ナルヒコが捜査の新たな糸口を提示してくれるのはありがたいのだが、あまりにさりげなく、しかも唐突なので、ついていけない。穴見は一呼吸置いて、「なぜ、そう思った？」と訊ねた。

――前にもいったでしょ。犯人は六両編成の電車に乗っているって。

D4はゆりあ経由で機密情報を仕入れ、藤原とマスメディアを使って、それらを暴露させた。情報のリークをあらかじめ計画していたのかどうかはわからないが、彼の行動には一切の無駄がない。しかも、戦う敵を自分から指名しているかのようだ。

「ジャーナリスト連続殺人事件」では、D4に三人のジャーナリストの殺害容疑がかかっている。彼らはそれぞれ、CIA、ユダヤ系の国際金融機関、中国政府の息のかかったロビイストたちだった。これら三つの手強い機関に公然と敵対するとは、よほどの命知らず、かつ愚か者と見做さなければなるまい。その正義の味方気取りは果たして、いつまで続けられるだろうか？

特命捜査対策室では八朔刑事が報告書の作成にいそしんでいた。人気バンド「シュガーレス・キャンディズ」のヴォーカル、タカとの接触はうまくいったようだ。ちゃっかり彼が吸った煙草の吸殻を手に入れ、検査に回しているという。

次に穴見警部とナルヒコがすべきことは、D4と接触した経験のあるもう一人の女性、通り魔事件の生き残りの女医から再度事情を聞くことだった。前回は勤務先の病院を訪ねたが、今回は休日の午後に時間を作ってもらった。

私服姿の佐々木カンナは午前中に十キロ走り、一風呂浴びたとかで、前回会った時よりも機嫌がよかった。穴見がDNA鑑定の結果を報告し、彼に誘拐された女性の記憶が蘇ったために、犯人の輪郭が浮かび上がってきたと告げると、「ああ、そうですか」と捜査の進展を喜ぶ反応をしながらも、眉間の皺は消えなかった。

「佐々木さんが襲われた時の状況をもう少し詳しく教えて欲しいのですが」と穴見警部が切り出すその傍らで、ナルヒコは佐々木カンナの右肩の後ろを見つめていた。

ナルヒコはこの医師との初対面の折に、物騒な気配を感じ取っていた。佐々木カンナからは殺意を感じるというのである。それも重要人物の暗殺という具体的なイメージをナルヒコは幻視した。今回はそんな彼の直感の裏付けを取りたい、というのが穴見の本音だった。

――被害者とＤ４は何かコトバを交わしたんじゃないかと思います。そのあたりを確かめてください。

あらかじめナルヒコからはそんな注文を受けていた。穴見警部は佐々木カンナにコーヒーを勧めながら、質問を始めた。

――あなたは容疑者のモンタージュ写真制作に協力してくれましたし、その具体的な印象を証言してくれました。またあなたが命乞いをしたので、相手は殺すのをためらったのではないか、とも仰ってます。なぜ彼はあなただけを助けたのか、そこに私たちは引っ掛かりを感じています。何かいい説明はないですか？

――さあ。私は剃刀で首を切られましたが、たまたまそれが致命傷にならなかっただけかもしれません。

――あなたは意識が遠のく中、逃走する犯人の後ろ姿とその顔をはっきり見ていますね。

――はい。その時はもう自分は助からないと思いました。

――九死に一生を得たというわけですね。あなたが襲われた時、犯人と何かコトバを交わしたりしませんでしたか？

佐々木カンナは穴見の顔を凝視したまま、何かを躊躇している様子だった。ナルヒコは目を閉じ、彼女が何を迷っているのか、感じ取ろうとしてみた。意識の周波数を合わせ、彼女の思念を読み取ろうとすると、先ずは彼女の息遣いが聞こえてきた。ジョギングの時と同様、「吸って、吸って、吐く」その呼吸の合間から、かすかに男の声が聞こえてくる。ナルヒコはその声をオウム返しに発音してみる。

——リサ、イ、クル。

そのコトバに佐々木カンナは眼を見開き、首を横に振る仕草をした。自分の口の中に他人の舌が侵入し、これから発音しようとしていた音を掠め取られたことに対する拒絶反応だった。ナルヒコに誘導され、仕方なく、といった感じで、彼女は呟いた。

——「リサイクルできる女は生かしておく」。

——相手はそういったのですね。それはどういう意味ですか？

——その前にこうもいったのです。「今、殺されておけば、楽に死ねる」と。「だが、リサイクルできる女は生かしておく」と続くんです。

——結果からいえば、あなたはリサイクルできる女で、殺されたほかの六人はリサイクルできない男女だったというわけですか。その差は何だったんでしょうね？

——わかりません。何のことでしょう。

カンナの額にはうっすらと汗が滲み出ていた。ここは攻めどころと見て、穴見は質問を畳みかけてみた。

——あなたは殺された六人の被害者とは面識がないといいましたね。でも、本当はお互いを知っていたんじゃないですか？

——何を根拠にそう仰るんですか？

——根拠はたくさんあります。全員が中央線沿線で被害に遭っていますが、それは偶然ではない。あなた方はある計画を実行しようとしていた。それが事前に発覚し、通り魔に襲われることになった。実は警察はこの事件の背景を探るうちに、不穏な計画が進行中だったことを摑んでしまったんですよ。

佐々木カンナは額をハンカチで拭い、息を荒らげた。まるで、悪酔いしたみたいに、顔が真っ白になっていた。

——しかし、その計画は頓挫してしまった。あの男のせいです。仲間は全員殺されてしまい、残ったのはあなただけです。あなた一人ではもはや計画の実行は無理だ。正直にいいましょう。警察は未遂に終わったその計画に興味はありません。知りたいのは、通り魔の正体と、殺人の動機、そしてあなた一人を生かした理由です。ご協力いただけますか？

ようやくカンナは重い口を開く決心がついたのか、今までとは異なる表情で、穴見とナルヒコの顔を交互に見つめ、静かに頷きを返した。

——その人は、私が医者だから、殺さなかったのだと思います。

——医者だから、生かされた？

――はい。私を生かしておけば、人の命を助けるからです。リサイクルできる女というのはそういう意味です。

――つまり、人殺しよりも人助けをしろ、とその男はあなたに命じた?

カンナは一瞬、挑みかかるような眼差しに戻ったが、すぐに伏し目になり、きっぱりと「私は人を殺したことはありません」と宣言した。それは嘘ではないだろう。まだ人を殺していなかったから、あの男も命乞いに応じたのだろう。

――「今、殺されておけば、楽に死ねる」というコトバを、あなたはどう解釈しました?

――次に彼が私を殺す時は、もっと苦しませるという意味でしょう。

――あなたはなぜ、その男に狙われたのか、わかっていますね。

カンナは伏し目のまま黙りこくっていた。穴見は彼女の決心を促すように、こうコトバを継いだ。

――その通り魔を捕まえることができれば、あなたも安眠できるでしょう。あなたが関与していた計画について詳しく話してくれれば……

カンナは静かに頷いた。ナルヒコは彼女の右肩後ろを凝視し続けていた。そこには半透明の人影が浮かび上がっていた。誰の霊かはわからないが、ナルヒコに何かを告げようとしていたので、彼は耳を澄ませた。しわがれた囁き声でその人影はこういった。

——ミイラ取りがミイラになった。

17

ナルヒコは最初にカンナに会った時から、この通り魔事件には複雑な裏があることを嗅ぎつけていた。穴見はその線に沿って、殺された六人プラス生き残り一人の七人がどんなグループだったのか、そして、そのグループが何を企んでいたのか、ある仮説を立てていた。

まず、七人の個人データを凝視しながら、彼らに共通する要素をあぶり出そうとしたところ、彼らが全員、在日朝鮮人であることがわかった。これが仮説の前提となる。むろん、それだけでは通り魔殺人の動機の説明にはならない。朝鮮人に対するヘイト・クライムの可能性もあるが、その場合は相手が朝鮮人なら誰でもよかったはずだ。だが、通り魔は、この七人をターゲットにし、うち一人を助けている。そこで、このグループはある計画を実行しようとし、通り魔はそれを未然に防ごうとした、という仮説が成り立つ。その計画とは、中央線沿線でのテロ活動の展開だったのではないか?

穴見の誘導尋問は功を奏し、佐々木カンナは自らが関与していた破壊工作の内幕を話し出した。ここにその要約がある。

これは北朝鮮の指導部の命令によるテロ計画か？

「偉大なる同志」の意を汲んだ七人の在日コマンドによる破壊活動だ。我々は「七人の侍作戦」と呼んでいた。

具体的にどのような破壊活動を企んでいたのか？

通勤ラッシュ時、複数の駅で同時に飛び込み自殺を誘発させる。つまりは乗客の背中を押す。中央線は自殺が多発するブルジョア路線だ。こうして電車を停め、駅構内に人があふれたところで、爆弾を爆発させる。

その破壊活動の目的は？

北朝鮮と日本の二国間の交渉で、日本政府に譲歩を迫るためだった。

それは両国関係を悪化させるだけではないのか？

このような衝撃をきっかけに、日本は北朝鮮の手によっていつでも分断されるということを思い知るべきだと考えていた。

このテロ計画は事前に察知されたが、内通者がいたのではないか？

どこかから情報が漏れたのは確かだが、決して私ではない。

その計画を阻止した「通り魔」に心当たりは？

ない。そんな辣腕のコマンドが自分たちの仲間にいれば、計画は首尾よく進んでいた。今後、北朝鮮は同様の破壊活動を継続するつもりか？　日本社会に溶け込んで、暮らしている在日朝鮮人の中には、もはや北朝鮮政府に忠誠を誓う者はいない。あれが最初にして最後のチャンスだった。

Ｄ４には見る角度によって全く異なる二つの顔がある。善良な市民を無差別に襲撃する通り魔と、テロの実行犯を一人ずつ処刑した正義の味方。一般には前者で通り、後者の顔は誰も知らない。もちろん、その素顔も。

人気バンドのヴォーカルのＤＮＡ鑑定の結果が出たが、Ｄ４とは全く縁がないことがわかった。果たして、一連の捜査はＤ４に近づいているのか、心もとないところもあったが、人物像を想像する際のヒントはいくつか得られた。

「銀座ホステス誘拐事件」でも「ジャーナリスト連続殺人事件」でも「中央線沿線通り魔殺人事件」でも、この容疑者は国家の中枢に近いところにその存在が見え隠れしている。国家機密にも自在に触れることができ、権力者の思惑を理解できる。ナルヒコはその点を指して、「神出鬼没」といっていた。本来、悪というものは偽善の陰に隠れ、見えにくくなっているものだが、Ｄ４には巨悪の顔がはっきりと見えているようだ。

Ｄ４が関与したと見られる六つの事件の捜査では、専門家によるプロファイリングがすでに行われていた。そして、それぞれのケースで予想される犯人像が出てきているのだが、いずれもあまり重なり合うところがない。「中央線沿線通り魔殺人事件」では典型的な無秩序型の犯人イメージが出ている。調書にはこうある。

「残虐で、行き当たりばったり、相手は誰でもよく、後始末のことは考えていない」

このプロファイラーは事件のごく表面しか見ていない。事件の複雑な背景を知っていれば、「用意周到で、計画的、臨機応変にして、先々のことまでよく考えて行動するかなりの知性の持ち主」と見做していただろう。しかも、銀座のクラブのナンバー1やプライドの高い女医も手玉に取るほどの男性的魅力を兼ね備えているとなれば、007とジェームズ・ボンドのイメージをこそあてはめなければなるまい。

穴見警部はほかの事件の背景も洗い出し、別ルートからD4にアプローチする手立てを考えていた。ここでもナルヒコは重要なヒントを差し出してくれた。

――中央線だけでなく、山手線にも北朝鮮の工作員が乗っていたじゃないですか。

確かに「中央線沿線通り魔殺人事件」の被害者たちと同じく、「山手線死体遺棄事件」で車両に遺棄された死体の身元もまた北朝鮮のスパイだった。

――朴尊寿は七人のテロリストたちの仲間だったというのか？

――中央線沿線で七人が襲われたのが、五年前ですよね。山手線に死体が遺棄されたのは、四年前です。

——もし、朴尊寿もコマンドの一員なら、奴もＤ４に狙われていたというわけだな。

——その可能性もあります。でも、ぼくは逆のことを考えていたんですよ。

——というと？

——朴尊寿は殺された同志たちの復讐をしようとしたんじゃないか、と。

——その場合、北朝鮮はＤ４の正体を摑んでいたことになるぞ。

——ええ、朴尊寿はＤ４を殺すために派遣された殺し屋だったんじゃないかと思うんですよ。

——朴尊寿はＤ４を殺し損なったというわけか？

——二人は決闘をして、Ｄ４が勝った。

即座に穴見の頭にコミックの決闘シーンのイメージが浮かんだ。それぞれの複雑な胸中を映し出す表情のアップに、双方が一撃必殺の攻め手を繰り出すカットが続く。

——どうかな。それは深読みし過ぎじゃないか。

——感電死させられた朴尊寿の手帳には走り書きが残されていたでしょう。

——ああ、ご親切にも「私は北朝鮮の秘密工作員だ」と。

——警察が、通り魔殺人事件の被害者たちも北朝鮮の工作員だったことに全く気付かなかったので、わざわざそれを指摘したんじゃないですか？

——だからといって、北朝鮮がＤ４の正体を知っていたことにはならないぞ。

——生き残りの佐々木カンナが報告したんでしょ。彼女の証言で作成したモンタージュはかなり精度が高かったと見ていいでしょう。顔を見たのはほんの一瞬なのに、すごい観察力です。さすがコマンドの訓練を受けただけのことはある。

ナルヒコの物いいは、警察の捜査能力の低さを皮肉っているように聞こえないこともなかったが、一理を認めざるを得なかった。

——モンタージュだけで神出鬼没のＤ４の所在を突き止められたとは思えないが……

日本の警察が北朝鮮の諜報機関に劣ることを認めたくない穴見は、誰か別の存在がＤ４の正体を知っていて、その情報を北朝鮮に売ったのではないか、と読んでいた。ナルヒコも同様の読みをしていたようで、こんな指摘もした。

——Ｄ４の情報は別の人物からもたらされたかもしれません。それが誰かはわかりませんが、その人もＤ４を抹殺したかったんですよ。だから、北朝鮮の諜報部を焚きつけて、朴尊寿という殺し屋に暗殺させようとしたんです。

——いい勘だ。いつも同じ質問ばかりしているようで悪いが、なぜそんなことがわかるんだ？

——死者が教えてくれるんですよ。

——普通は死人に口なしなんだがな。

——死人にはないけど、霊にはあります。おととい、佐々木カンナに会った時、彼女の背後に半透明の人影が見えました。それがぼくにこう囁いたんです。「ミイラ取りがミイラになった」って。それは朴尊寿の霊だったんじゃないかと思うんです。

——おととい はそんなこと一言もいわなかったじゃないか。

——そのコトバが何を意味しているか、わからなかったから、黙ってたんです。でも、朴尊寿がＤ４を殺そうとして、逆に返り討ちに遭ったと考えれば、辻褄が合うじゃないですか。

ナルヒコの直感を信じていいものか？　いや、信じなければ、捜査は前に進まない。ナルヒコの仮説の裏付けを取るのは警察の仕事だ。

18

誰が朴尊寿にＤ４の暗殺を依頼したか？

その第三者がＤ４の正体を知っている。

もう一度、佐々木カンナを絞り上げて、暗殺を指令した人物を突き止めなければならない。しかし、自分を殺そうとした相手をＤ４がいつまでも生かしておくとは限らない。その人物はもう消されてしまったかもしれない。もし、まだ生きているなら、Ｄ４はその人物の動向を近過ぎず、遠過ぎないところから、観察しているに違いない。その人物はＤ４をおびき寄せる絶好の囮（おとり）になるだろう。

　穴見警部は佐々木カンナを任意の取り調べで、署に呼び、朴尊寿や北朝鮮の秘密工作員の背後で暗躍する人物に心当たりはないか、確かめることにした。母国への忠誠が薄れたカンナは警察に協力的ではあったが、「刺客」を送った第三者に関しては、考えたことすらないようだった。念のため嘘発見器も使い、ナルヒコも同席させて、彼女の表情、瞳孔や脈拍の変化を観察したものの、隠し事はなさそうだった。

　折しも、穴見警部は部下たちに、ほかの事件現場から集められた証拠や遺留品の徹底調査を命じていたが、その報告が続々と上がってきていた。「新宿不動産業者殺害事件」の現場で押収したナプキンについていた少量の唾液から、ＤＮＡを検出することができたが、それがＤ４と同一であることが判明した。あいにく、残る二つ、「ジャーナリスト連続殺人事件」と「歌舞伎町水難事件」の証拠物件からはＤ４のＤＮＡは検出されなかったが、いずれもナルヒコの見立て通り、「銀座ホステス誘拐事件」や「新宿不動産業者殺害事件」と深い因果関係が認められる。穴見警部はＤ４のモンタージュ写真を各班に配り、それを素材に事件関係者たちから広く情報を集めてくるよう指示を出していた。

　いくつかの有力情報が集まった中で、穴見が注目したのは、「ジャーナリスト連続殺人事件」の捜査担当が摑んだ目撃情報だった。その捜査員は、D4から提供されたと思われる情報をマスメディアで公表していた藤原三六九が生前、よく足を運んだバーで聞き込みをしていたのだが、新宿五丁目にある老舗のバーのマダムがモンタージュ写真を見て、「一度、藤原さんと店にいらしたことがある」と証言したというのだ。

早速、穴見はナルヒコ、八朔を伴って、その店を訪れた。看板もなく、客も一人もおらず、ベートーベンのチェロ・ソナタ第二番が流れる薄暗い店内に、六十代半ばと思われるマダムがカウンターの向こうで微笑んでいた。ナルヒコは店に入るなり、「うああ」とため息交じりの呻き声を漏らした。誰もいないはずの席に陣取っている霊たちの姿を見てしまったのだという。老舗のバーには飲み足りずに死んだ客たちが夜毎集うものだ。だから、生きている客が一人もいなくても、店には宴(うたげ)の直後の余韻が漂っている。

簡単な自己紹介の後、穴見はマダムに故藤原氏と一緒に店に来た男の印象を訊ねた。

――若くて、物静かな人でしたよ。少年時代はサッカー選手になりたかったそうです。十代の頃、ヨーロッパのクラブチームからも引き合いがあったけれども、ほかにやりたいことがあったので、断ったんですって。

身体能力が極めて高い人物であることは予想していたが、サッカーをやっていたというのは初耳だった。

――ほかに何か記憶に残っている印象はありますか？

――藤原さんがしきりに心配していました。微妙なお話のようだったので、詳しくは聞いていませんが、敵の目につかない安全なところに潜伏した方がいいというようなこともいっていました。でも、その人はむしろ、敵の目につくところにいた方が安全だ、と答えていたのを覚えています。もう三年近くも前のことです。

当時、政府やマスメディアの内部情報をリークしまくっていた藤原には何処からともなく殺害の手が及ぶと見て、彼を二十四時間態勢で監視していたはずだ。時期的にD４は警察が見ているところで、藤原に会っていたことになる。その男が本当にD４なら、何と大胆かつ挑発的な行動か。

――お会いになったのはその一回だけですか？

――お会いしたのはその時限りでしたが、その後、小田急線の豪徳寺駅で電車を待っているのをお見かけしたことがあります。去年の夏です。ほんの一瞬のことだったんですけど、だいぶ、印象が違っていました。三年前より目立たなくなっていたというか、周囲に溶け込んで見えたというか。

――間違いないですね。よく似た別人だったとか。

――記憶力には自信があります。一度会った人の顔は忘れません。

――整形手術を施していた可能性はありませんか？

――さあ、どうでしょう。手術しなくても、人の顔は年とともに変わりますからね。私もここ数年ですっかりお婆さんになってしまって……

――その人の名前を覚えていませんか？

――名刺をもらいました。ちょっとお待ちください。

それを聞いて、穴見も八朔も身を乗り出した。マダムの証言は、架空の人物ではないかとさえ疑われていたD４が紛れもなく、身近な隣人として実在することを裏付ける。その上、名刺があるとなれば、俄然、実在感が増す。

マダムは何冊か分の名刺ホルダーをめくり、三年近く前に来店したというD４の痕跡を探し当ててくれた。彼女が差し出した名刺には「フリーライター　佐藤一郎」とあった。薄っぺらな名刺にはその軽い職業や名前が似合っていたが、D４のイメージとは永遠にすれ違う印象を、穴見も八朔もナルヒコも抱いた。ともあれ、偽名であっても、初めてD４には実在人物の名前が与えられた。

ナルヒコはバーのカウンター席の一つ一つに座ってみた。そうやって、客がこの店に残していった思念を読み取ろうとするのだが、有象無象の客たちの思念が強過ぎて、D４と思しき人物の思念を読み取ることはできなかった。だが、マダムが保管していた名刺はおそらく、D４が手ずから差し出したものだ。ナルヒコはその名刺に自分の掌を重ね、目を閉じてみた。何か明るい空のイメージが頭に浮かんだ。高原の澄んだ青空には絹雲がたなびいている。モンタージュ写真の男が屈託のない笑顔を浮かべている。まるで、テニス同好会の合宿に集った同級生みたいに、無邪気な顔だ。

ナルヒコは今自分の頭に浮かんだ想念を穴見に伝えようとする。

――友達付き合いをしています。下らない駄洒落に笑ったり、カラオケを歌ったりします。駅で立ち食いそばを食べたり、コンビニでジャンボフランクを食べたりもします。

――何のこと？

――サトウイチローですよ。

――単にありふれた名前から連想しているだけじゃないか。

――いや、今日もどこかですれ違ったかもしれない本当にごく普通の人です。表面上はそう見せていますが、実は神出鬼没の、途轍もない男です。

偽名がわかっても、人物にまつわる具体的なイメージがいくつか浮かび上がって来ても、依然、Ｄ４ことサトウイチローは人の形をした雲のようなものだった。

今後、捜査を展開してゆくにあたり、決定的な手掛かりが得られるとすれば、六つの事件の背後に隠れている人々からだろう。たとえば、殺された不動産業者のバックにいる黒幕たち、あるいはＤ４と藤原三六九に不都合な真実を暴露された政財界の実力者たちに捜査協力を請うしかない。

Ｄ４を生かしておくと、自分たちに不利だと思っているなら、警察を利用してでも、彼を逮捕させた方がいいと考えるだろう。しかし、下手に警察に協力すれば、痛くもない腹を探られる。痛い腹なら、なおさら探られたくないだろう。万事において表に顔を出したくない彼らにしてみれば、「君子危うきに近寄らず」だろう。警察の手を借りずに、自分たちの手でＤ４の抹殺を企んでいるとも考えられる。一切を表沙汰にせず、邪魔者を闇に葬るのが連中の常套手段だ。ただ、彼らがそう願っていても、Ｄ４は彼らの追跡を巧みに逃れているようだ。連中が安眠できるのはまだ少し先といったところだ。

彼らが焦りを感じ始めている今なら、警察との取引に応じる可能性もある。

彼らに捜査協力を決心させる最も手っ取り早い方法は何か、と穴見は考えた。折角、モンタージュ写真ができているのだから、「佐藤一郎」の名前でＤ４を全国指名手配してしまうことだ。そうすれば、闇に葬ることを諦め、公然と葬る方法に協力するだろうという考えだった。

穴見は翌日には自分の方針を上層部に打診した。短期間に積み上げた継続捜査の報告書を添えて。穴見はこの成果が認められ、すぐに指名手配の措置が取られるものと確信していたが、二日待たされたあげくに、上層部から返ってきたのは「時期尚早」の答えだった。警視正の考えはこうだった。

モンタージュ写真には信憑性に問題があるし、サトウイチローの名前も偽名であることが明らかだ。また、迷宮入り寸前の六つの事件全ての容疑をかけるのも問題だ。これまで警察は何を捜査していたのか、という批判が出る。

それは理由として全く説得力がなかった。おそらく警視庁上層部に強い影響力を持つ政治家から圧力がかけられたに違いない。警視正に他言はしない約束で、裏事情を聞くと、こんな説明が返ってきた。

——指名手配をすると、容疑者がこれまでやってきたことに市民の関心が寄せられる。容疑者を英雄扱いする奴も出てくるだろう。

実際、「歌舞伎町水難事件」では結果的に歌舞伎町に水路が復活し、雰囲気ががらりと変わったことに対する歓迎の声も耳に入ってくる。洪水はそのきっかけになったので、その犯人を英雄視する世論がネットでは盛り上がっている。それを考えると、あくまでもこの容疑者は匿名扱いにしておいた方が無難という判断だ。密かに容疑者を逮捕し、内々に事件の解決を図りたいというのが、上層部の考えだ。

相変わらず、面倒くさい連中だ。上層部の趣味は捜査の妨害か？　穴見は何としてでも、現場の意地を見せてやろうという気になった。こちらには夢見る天才がついているのだから。

19

それから二週間というもの、容疑者にまつわるめぼしい情報は全く入ってこなくなり、特命捜査対策室に漲(みなぎ)っていた活気も沈滞し、定時に帰宅する捜査員が増えた。穴見もこういう我慢の時期に、できるだけ家族サービスに努めようと、夕食の時間には帰宅した。ナルヒコも「スナックはーです」の専属占い師として、客の運勢を見たり、近隣の森や丹沢、奥多摩の山に出かけ、夢見る力の補給を行ったりしていた。一人、八朔刑事だけは捜査への熱意を失わず、非番の時も事件現場に足を運んだ。

彼女はかねてより、「歌舞伎町水難事件」の容疑者目撃情報が少ないことに疑問を抱いており、その疑問を自ら晴らすために洪水が起きた暗渠周辺で、地道な聞き込みを繰り返していた。その成果が実り、彼女は花園神社で、D4に会ったことがあるというホームレスに話を聞くことができた。

モンタージュ写真を見せ、この人を見たことはないか、と訊ねると、酒臭いしわがれ声で「おお、佐藤さんじゃねえか」といった。八朔刑事が「知ってるんですね」と色めき立つと、「あ、いけね。秘密にしとく約束だった」と舌を出した。

二年前の夏、花園神社で佐藤と名乗る男に「あんたは口が固いか？」と声をかけられたそうだ。

「ご覧の通り、話し相手なんていない」と答えると、「秘密の仕事があるんだが、手伝ってくれないか」と誘われた。

仕事というのは夜間の下水道工事の現場での交通整理だった。来る予定のアルバイトが来られなくなったので、臨時で雇われたのだという。交通整理なら経験があったので、どうせ神社でゴロゴロしているだけだったから、引き受けた。ところが現場には作業員がおらず、手配師だと思っていた佐藤自身がマンホールの下に入り、作業をしていた。作業は二時間ほどで終わり、佐藤が上に上がってくると、今度はそこにミキサー車が来て、マンホールから生コンを入れ始めた。「なんかおかしいな」とは思ったが、下水道工事であることは疑わなかった。ミキサー車が去ると、現場の後片付けを手伝い、佐藤が乗ってきた車に乗せられ、甲州街道をしばらく行った先のファミレスで下ろされ、カネの入った封筒を渡された。佐藤は「これでしばらく新宿を離れていろ。今夜の仕事のことは誰にもいうな」と告げ、去っていった。封筒の中には十万の現金が入っていた。わずか四時間の軽作業で十万もくれたので、捨てる神あれば、拾う神ありだなと思い、何も勘繰ることなく、久しく帰っていなかった故郷の福島に帰った。その時に稼いだカネを元手に再起を図ったが、最近になってまた怠け癖が出て、カネが底をつき、新宿の路上に舞い戻ってしまったという。

当のホームレスは、テレビも見ないし、新聞も読まないので、自分が手伝った下水道工事が歌舞伎町に洪水を引き起こす工事だったなどとは知るよしもなかった。

Ｄ４はほとんど一人で、洪水を起こしていた事実が、このホームレスの証言で裏付けられた。

八朔刑事の地道な聞き込みは穴見警部の刑事魂に火をつけた。警部は自らの迷いを振り払い、これまで警察の捜査の及ばなかった暗部に一歩踏み込む決意を固めた。Ｄ４に殺された不動産業者のバックについている暴力団から直接、情報を取る。捜査の進展には現場責任者の独断と暴走が必要不可欠だと思い切ったのである。

ちょうど、一週間前に「新宿不動産業者殺害事件」の合同捜査本部も解散され、特命捜査対策室に引き継がれることになった。起きた順からいえば、もっとも新しい事件ゆえ、Ｄ４の最近の動向が読める。

先ずは事件に関わりのある暴力団の組長に、捜査担当が代わった報告と挨拶がてら、面会に出かけることにした。関東連合系の伊木組の事務所は今も歌舞伎町にある。現在は芸能界でのトラブルの解決と熟女系のアダルト・ビデオ販売の収益を主な収入源としている。歌舞伎町再開発に失敗して以降は、構成員も減り、何処かに吸収合併される噂も出るほど落ちぶれている。実質、そのきっかけを作ったＤ４には相当の恨みを抱いているはずで、彼の所在を突き止めたいという一点では警視庁と利害が一致する。穴見は伊木組と暗黙の協力関係を築き、D４の逮捕につなげたいと考えていた。

　伊木組の組長伊木芯太郎は殺された不動産業者の異母兄で、兄弟仲は悪かったものの、損失のとばっちりを被った恨みは深く、仇を取る気は満々だった。穴見が型通り犯人逮捕の協力を申し出ると、「警察に逮捕されたら、復讐できなくなるじゃねえか」と組長は鼻息を荒くした。

——取引というのは、互いに欠けているところを補い合うことです。日本が車を輸出し、外国から食料を輸入するように持ちつ持たれつで行こうじゃないですか。

　相手を無学と決めてかかるインテリ口調が嫌いなのだろう。組長は「近頃は大卒のヤクザも多いんだぜ」と穴見をたしなめつつ、「いい出しっぺのそっちから、知ってることを教えな」と返した。

　穴見はモンタージュ写真、名刺のコピーを示しながら、目撃証言、別事件の概要、DNAの特徴など、これまでにわかっている情報を整理して、組長に伝えた。大卒と思しき組長秘書は穴見の説明をPCにダイレクトに打ち込んでいた。一通り、特命捜査対策室で押さえている情報を伝えると、組長はある程度、穴見の誠意を感じ取ったようで、やや態度を軟化させ、殺された弟の生前の話として、こんなことを教えてくれた。

　組長の弟は歌舞伎町再開発の利権を得ようとしたユダヤ系の金貸しと陰でその便宜を

図っていた都知事の使い走りだった。戦後復興の象徴的な場でもあった歌舞伎町が中国人と韓国人の植民地になっている現状に不満を抱いていた組長には、いつか連中の手から歌舞伎町を奪い返してやりたいという悲願があった。そこはユダヤ系金融機関や右翼系の都知事とも利害が一致した。

さて、その手っ取り早い方法だが、弟は一度地価を下げてから、買収するのがいいといい出した。どんな方法がいいか、思いあぐねているところに、件の人物が現れた。自分からは素性を明かさなかったが、「そちらに都合がいいように、歌舞伎町の地価を下げてみせる」とその男は請け合った。たぶん、ユダヤ系の金融業者とつるんでいる策士だろう。信用のおけない奴だったが、歌舞伎町に洪水を起こしてみせると突拍子もないことをいい出すので、弟は「そんなことができるはずもない」と鼻で笑った。じゃあ、できるか、できないか、賭けをしようということになった。

——その情報は警察でも摑んでいます。亡くなった弟さんは賭けに負けたカネを払わなかったそうじゃないですか。

——まあ聞け。そいつは見事に歌舞伎町に洪水を引き起こした。水攻めは功を奏し、中国人や韓国人たちが逃げ出すところまではよかった。しかし、結果的には、オレたちの思惑から一番遠いところに着地しちまった。再開発といっても、オレたちは少しも潤わず、水路復活、治安回復とか、くだらねえ展開になって、日和見野郎の都知事もそっちに寝返りやがった。

組長は口角に泡を飛ばしながら、力説していた。

――つまりは、誰も得をしなかったということですか。

――ああ、中国人も韓国人もしてやられた。再開発で儲けようと思っていたユダヤ人もアメリカ人も、都知事もオレたちも大損こいた。賭けに負けたカネなんて払えるか。

――賭け金を払わなかったから、弟さんは殺されたと考えていいですか？

――いや、違うね。そいつは自分の正体を隠すために、弟の口を封じたとオレは見ている。弟はそいつが何者か知っていた。

――弟さんを殺したその男は何者だと思いますか？

――最初はユダヤ系の黒幕に頼まれて、歌舞伎町の大掃除を引き受けたんだろう。だが、ユダヤ系でも、アメリカ系でもない。むろん中国、韓国とも無関係だろう。ヤクザの仲間でもないし、カルト教団でもない。全く思い当たらんわけでもないがね。そもそも、あいつは何の得をしたのかね。歌舞伎町をテーマパークにしたかったわけでもあるまい。こうなることを最初から見越していたんじゃねえか。

――おたくの組で誰か、その男と接触した人はいませんか？

――弟の舎弟で、村上ってのがいて、そいつと何度か会ったはずだが、行方をくらましちまった。奉公する相手を替えたかもしれん。組にいても、どうせ食っていけねえしな。

最後に穴見は伊木組長にこんな質問を投げかける。

——ひょっとして、その男の背後には誰か有力者がついているんですか？

——世界の政治や経済を牛耳っている連中なら、その男のことを知っているだろう。昔は奴も秘密組織の一員だったんだろうが、今じゃ奴は裏切り者扱いで、その首には懸賞金がかかっている。奴の暗殺に成功すれば、一億の賞金が出る。弟はそれを狙っていたが、逆に殺されちまったというのが真相だ。裏社会では懸賞金欲しさに奴の首を狙っている奴らが大勢いる。だが、同じ数だけそいつを助け、かくまい、資金援助する連中がいることを忘れるな。

——ほお、どんな連中がその男の味方になるんです？

——敵の敵は友というだろ。ユダヤ人やアメリカ人を憎んでいる中東のカネ持ちやテロリストなら、自分たちの敵に一泡吹かせてくれるその男を喜んで援助するだろう。中国やロシアが困惑するのを喜ぶ連中だって大勢いる。そんな連中から見れば、奴は英雄だ。一見、世界は静かに安定しているように見えるが、実は強力な力で押し合い、引っ張り合っているからだ。ちょっとでも力のバランスが崩れると、すぐに殺し合いや暴動や戦争が始まる。この世界に絶対の権力なんてものは存在しない。どんな実力者だって、ピンと張りつめた綱の上を渡っていくしかねえんだからな。

いくたびも修羅場をくぐってきただろう組長から、そんな人生訓とも世界観ともつかぬ話を聞かされてしまった。どうやら、Ｄ４は全くの孤立無援というわけでもなさそうだった。彼をかくまい、支援する連中がいるのは厄介だが、彼を闇に葬るのもそう簡単ではないという事実に何となく励まされた。

20

特命捜査対策室に戻ってきた穴見はＰＣ画面上のモンタージュ写真を前にコーヒーをすすりながら、しきりにため息をついていた。「そんなにため息ばかりつかないでください」と注文する八朔刑事に対し、穴見は「ため息は深呼吸の準備だ。深呼吸は行動の原動力だ」と屁理屈を呟き、深呼吸もしてみせた。

――Ｄ４が起こした一連の事件はいずれも、彼と敵対勢力との暗闘だったと見て、間違いなさそうだ。

ナルヒコは頷きを返しながら、「彼は巨悪と戦っているんですよ」と自分のコトバに翻訳しないと気が済まないようだった。

――そういえば、Ｄ４はサッカー少年だったんですよね。少年時代から辿っていけば、現在のＤ４に辿り着けませんかね。

八朔刑事がふと思いついたようにそんなことをいった。穴見は盲点を突くその発言に食らいついた。捜査が煮詰まった時には発想の転換が必要だ、と穴見はよく部下の八朔を教育していたが、しばしば、教師の方が原則を忘れるものだ。

新宿のバーのマダムは、Ｄ４本人がヨーロッパのクラブチームからのオファーを断ったという話を聞いている。サッカーの世界では選手の青田刈りが盛んではあるが、日本人の少年に欧州のクラブチームから声がかかることなど滅多にない。ユースの選手のスカウトに長年携わってきた人物なら、Ｄ４のことを覚えているかもしれない。

捜査員五人で手分けして、少年時代のＤ４を知るサッカー関係者を探し出すことにした。日本サッカー協会会長から始め、強化部長、人事部長に話を通し、次いで国内のクラブチームのスカウト部長に次々と面会し、その紹介で個人の交渉代理人たちにも話を聞いた。手掛かりがモンタージュ写真一枚というのが心もとなかったが、かろうじて一人の代理人が、Ｄ４のことを覚えていた。小石兼蔵という六十過ぎの人で、現在はスカウトの一線からは退いているが、ドイツのブンデスリーガやイタリアのセリエA所属の下部チームにこれまで多くの日本人選手を送り込んできたという。Ｄ４に出会ったのは二十年以上前のことで、彼はまだ十三歳だった。

写真を見て、小石氏は「少年時代の顔とはだいぶ違うようだけど」といいながら、

「目は似ている」といった。

――体はあまり大きくなかったが、すばしこくてドリブル突破が得意でした。ユベントスのスカウトがいいFWになるといって、ユースチームで育てたがったが、当人はサッカーにはあまり興味がなく、そのオファーを蹴ってしまった。ずいぶんもったいないことをしたという強烈な記憶がありますね。

穴見がその少年の名前を訊ねてみたが、あいにく小石氏の記憶には残っていなかった。

――サッカー以外の何をやりたかったんでしょうね。

穴見の問いかけに小石氏はこう答えた。

――頭のいい子だった。誰よりも戦術の理解が早いし、自分で局面を切り開いていく能力があった。今頃はビジネスの世界で活躍してるんじゃないかな。

その子の両親のことを何か覚えていないか、と聞くと、父親には会ったことがないが、母親と一度だけ話したことがあるといった。

――遠目からも目立つ美女でしたよ。モデルだったそうです。彼女が現れると、みんなゲームそっちのけで、彼女に釘付けだった。美しい母親、身体能力抜群の息子、父親は一体何者か、と誰もが好奇心を抱いたよ。しかし、一度も姿を見せなかったな。その子が幼い頃に、病気で亡くなったという噂は耳にしたが、確かめていない。

ほかにどんなことでもいいから、覚えていることがあったら、教えて欲しい、とさらに食い下がると、「そういえば」と小石氏は遠くを見る目をした。

――その子には弟がいると聞いた。しかも双子だというから、そっちもきっとサッカーがうまいんだろうと期待したんだが、弟の方は何一つ目立つところがなかったね。顔も体格も全く似たところがない。双子なのに、全然違うというのはおかしな話だと思ったんだが……

もし、母親に会えるなら、会っておきたいと穴見は思い、連絡先を聞き出そうとした。

少年D4は当時、FC横浜のユースにいたから、そこに問い合わせれば、わかるだろうということだった。

翌日、FC横浜のクラブハウスを訪ね、二十年前の記録の閲覧を許され、八朔刑事ら捜査員四人で手分けして、少年時代のD4の記録を探した。午前十時から始め、昼過ぎにはわずかだが成果が出た。一つはユースチームの親善試合の折に撮影された集合写真だった。その中で二十年前のD4と思しき少年が中腰の姿勢を取っていた。D4が写っている部分を拡大し、小石氏に確認を取ると、その子に間違いないという返事だった。クラブのコーチ、事務職員の中には二十年前のユースチームのメンバーを覚えている人は一人もいなかったが、写真の胸番号と名簿に記された番号を照合し、少年の名前を割り出すことはできた。ゼッケン10番をつけていたその少年は「佐藤一郎」という名前だった。

Ｄ４という非凡な容疑者にこのありふれた名前は似つかわしくないとつい思ってしまう。その字面を前に、穴見は脱力の笑いを漏らした。新宿のバーのマダムに差し出した名刺には本名を印刷していたのか？　よもや、十三歳の頃から偽名を使っていたとは思えない。この平凡過ぎる名前はむしろ、おのが邪悪な本質を隠すのには適している、と彼は考えたかもしれない。

名簿には二十年前の住所も記されていた。Ｄ４ことサトウイチローは二十年前、横浜の山手に母寧々、弟健次とともに暮らしていたようだ。佐藤ファミリーがかつて住んでいた場所は外人墓地からほど近い住宅街の一角だが、今は全く別の家族が暮らしていた。近隣の住人で、誰か佐藤ファミリーのことを覚えている人はいないか、聞き込みを行ったところ、同じ界隈に暮らす老婆が覚えていた。

その老婆は種田みねといい、当時、飼っていた犬を散歩に連れ出すと、よく「港の見える丘公園」で一郎少年を見かけたという。やはり、サッカーが上手な子という評判を取っていたようだ。双子の弟について、訊ねると、「あの兄弟は全然似ていないって近所でもよく噂されていましたよ」といった。ほかにどんな噂があったか、踏み込んでみると、「もういらっしゃらないから、いいかしらね」と前置きし、老婆はこんなエピソードを教えてくれた。

——噂好きの人がね、あの兄弟は父親が違うんじゃないかといってましたよ。お母さんは元モデルだというしね。いい寄ってくる男の人もたくさんいたでしょうからねえ。

噂好きの人というのは、おそらくご本人のことだろう、と思いながら、穴見は彼女の話を聞いていた。全く似ていない双子の兄弟が近所に暮らしていれば、否が応でも隣人の好奇心は刺激されるということなのだろう。

父親が違っていれば、兄弟が似ていなくても不思議はないが、父親の違う双子というのはあり得るのだろうか？　そこは大いに首を傾げるところだった。

あとで八朔刑事にこの話をしたら、こんなケースなら、あり得るといい出した。

基本、女性の体は、排卵日に交われば、妊娠するようにできている。だから、排卵日に二人以上の相手と交わって、それぞれの子を妊娠すれば、二卵性の双生児が生まれることもある。

――それは確率的にかなり低いだろう？

――でも、そういうケースは何例か報告されています。

――君は同じ日に別々の男と交わったりする？　あるいは三人でプレーしたりする？

――しません。セクハラですよ。

――すまん。普通はしないよな。でも、その母親はしたかもしれない、と近所の噂好きは勘繰っているわけだ。

よもやサトウイチローの出生の秘密にいたるまで、想像をたくましくすることになるとは予想外だった。弟との、また父親との微妙な関係は、彼が犯した罪に影を落としているると考えるべきなのか、直接的には関係がないと見るべきなのか、迷うところだ。どちらにしても、双子の弟がいるという事実、父親が二人いるという噂には興味をそそられる。さらに彼のＤ４タイプの希少なＤＮＡは、両親のどちらから受け継いだのかも気になる。

ナルヒコはこのことをどう受け止めるだろうか？　ナルヒコの勘は今後の捜査の方向づけに欠かせない。

彼が夢や死者の世界で受け取ってくるお告げを聞きに、穴見は八朔刑事を連れて「スナックはーです」に足を運んだ。サッカークラブや引退したスカウトマンから仕入れた情報、さらにかつての隣人の噂話を総合し、穴見はこんな報告をした。

——サトウイチローというのはＤ４の本名らしい。彼には双子の弟がいて、少年時代は横浜の山手に住んでいたようだ。八朔がいうには、双子の兄弟には別々の父親がいる。佐藤というのは一方の父親の姓だ。もう一人の父親のことは何もわからない。

やや性急に過ぎる報告を聞かされたナルヒコだが、その内容をある程度予知していたのか、驚く気配もなく、自分の脳裏に浮かんだ直感をこんなコトバで表した。

——父親が二人いるのはよくない。

そのコトバが意味するところをよく理解できない穴見と八朔は、笑い損ねた顔のまま固まってしまった。

――あら、子どもがまだ小さいうちは父親代わりになってくれる人は貴重よ。

ナルヒコの母親ナミが事情を知らないまま一般論を繰り出す。それを無言でやり過ごすと、八朔刑事が一言差し挟んだ。

――双子の兄弟に二人の父親がいるかどうかはまだわかりません。ただその可能性があるといっただけです。

ナルヒコは八朔の顔を覗き込み、改まった口調で「八朔さん、何でそう思ったんですか?」と訊ねた。

――似たような話を聞いたことがあるから。

――例の漫画のことか?

――ヘラクレスの神話です。漫画の『えるきゅーる』もヘラクレスを下敷きにしてるんですよ。ヘラクレスの母親がまさに父親が違う双子の兄弟を産んだんです。

「どんな話だっけ?」と訊ねる穴見に八朔がにわかに神話講釈を始める。

ミュケナイの王妃アルクメネは貞淑な女で、長期遠征に出かけた婚約者のアムピトリュオンが無事に帰還するのを待つ日々を送っていた。かねてから、この人間の美女に思いを寄せていたゼウスはあの手この手で彼女を口説こうとしたが、貞淑なアルクメネはアムピトリュオン一人を愛し、頑なにゼウスの誘惑を拒んでいた。いよいよタポスとの戦争に勝利し、アムピトリュオンは女の元に戻ることになった。その前の夜、諦めきれないゼウスはアムピトリュオンに化け、夜を三倍の長さにし、アルクメネと一夜をともにした。翌日、本物の婚約者が戻り、タポスとの戦争の経過を語って聞かせたが、前夜に同じ話を聞いていたアルクメネと話がかみ合わないことをいぶかった。やがて、夫婦となった二人はゼウスの陰謀に気付いたが、すでにアルクメネは二人の子を孕んでいた。一晩だけ年上のゼウスの息子ヘラクレスとアムピトリュオンの息子イピクレスである。

――サトウイチローをヘラクレスに重ね合わせているわけか。容疑者を英雄扱いするのは考えものだな。

穴見の口調には神話や漫画を引き合いにして、容疑者を語ろうとする八朔へのからかいが込められていた。事件を面白おかしく解釈するのは、野次馬の仕事であって、刑事の仕事ではない。だが、ナルヒコはさっきからしきりに頷いていた。

――八朔さんの読みは当たってます。確かにＤ４には二人の父親がいます。一緒に暮らしていたのは弟の父親で、Ｄ４自身の父親は別にいます。Ｄ４が関わっている事件の背後には、誰か黒幕がいる気配をずっと感じてたんですが、それがぼやけていて、よくわからなかった。今の話を聞いていて、ピンと来ましたよ。

――事件にはもう一人の父親が絡んでいるといいたいのか？

――たぶん、深く関係しています。今、調べている事件の全てに強烈な憎しみを感じ取っていたんです。Ｄ４が抱いている憎しみの矛先はもう一人の父親に向いています。父親を憎むあまり、やむを得ず、犯罪に手を染めているんじゃないかと思います。父親も息子を亡き者にしようとしています。朴尊寿を刺客に差し向け、Ｄ４を消そうとした第三の人物というのも、その父親だという気がする。

ドロドロした家族の愛憎劇を嗅ぎつけたナルヒコは青ざめた顔で、虚空を見つめていた。穴見警部は「他人の家庭問題には鼻を突っ込みたくないな」と呟いたが、誰も笑わないのを見て、「しかし、そうもいっていられないようだ」と付け足した。

――どうして、親子なのに憎しみ合うんだろう。

八朔刑事の素朴な一言と寂しげな横顔に一同は不意を突かれ、黙りこくった。親子の対立をほとんど経験しないまま父を亡くしている彼女には理解しがたいことかもしれない。しばしの沈黙を置いて、穴見警部が呟いた。

――父を憎む者、母を恨む者はしばしば大きな犯罪に手を染めるものだ。

それは一般論に過ぎなかったが、穴見がこれまで関わってきた事件の犯人にはそういう人物が少なからずいた。

ともあれ、最初は気配や人の形をした影に過ぎなかった犯人像に肉や表情や特徴が加えられ、さらには容姿と名前が与えられ、過去の来歴が伴ってきた。そして、家族の肖像までもが浮かび上がってきた。その行方は依然、不明だが、随所に網を仕掛けることはできるようになった。彼の弟や母親の所在を突き止めれば、家族を囮に使うこともできる。容疑者捕捉の可能性は確実に高まっている。

21

心身両方のリハビリになるから、と主治医に勧められ、毎週水曜日にヨガ教室に通い始めるようになると、生活にリズムが生まれ、何事も前向きに考えられるようになった。記憶の回復は順調で、この分なら仕事への復帰も早まりそうだった。その日も、根本ゆりあはフィットネス・ジムでヨガのメニューを一通りこなした。シャワーで汗を流し、渇いた喉をアイスティーで潤すと、久しぶりに車で遠出してみようかという気分になった。

愛車のBMWに乗り込み、カーナビを前に行き先を考えているところに携帯電話が鳴った。電話番号表示が非通知になっていたので、直接話すことは憚(はばか)られたが、「ひょっとしたら」という思いが頭をよぎり、呼び出し音を四回聞いたところで、応答してみた。

相手はゆりあが返事をするのを待って、「元気そうだね」といった。

その声は聞き間違いようもなかった。誘拐される前に使っていた携帯電話の番号を頑なに変えなかったのは、その声をもう一度聞くためだったのだから。

――何処にいるの？　とても近くにいるような気がするんだけど。

――身体は離れていても、心はいつも君のそばに。

――夢の中でしか会えないじゃない。実在するなら、会いに来て。

――今から会いに来る？　神社にいるんだ。

――神社？　なぜ？

――何事も思い通りに行かないので、神頼みをしたくなった。二十分後に大宮八幡の境内で待っている。

「ちょっと待って」という間もなく、電話は切れた。ゆりあがカーナビに目的地を入力すると、大宮八幡まで二十分と表示が出た。鋭い読みだ。彼には神頼みなんて似つかわしくないが、祈る姿も見てみたかった。ゆりあは勇んで車を永福町方面に飛ばした。彼はいつだって不意を突いてくる。近いうちに会いに行くと約束したくせに、長いあいだ放ったらかしにされ、ゆりあは彼に何かを期待することの空しさを痛感していたが、たった一本の電話で恨みは消えてしまった。ふと、自分のいで立ちを見て、久しぶりの再会にそぐわない普段着であることに困惑した。家に寄って、着替えたかったが、その猶予さえ彼は与えてくれなかった。

　大宮八幡の参拝者用駐車場に車を止めると、逸る気持ちを抑えるために深呼吸をし、サンバイザーの裏についている鏡に自分の顔を映すと、ルージュをさし直した。車を降り、参道を進み、先ず手水舎に寄った。柄杓を手に取り、両手を清め、口を漱ぎ、濡れた手と口元をハンカチで拭っていると、背後に人の気配がした。笑顔で振り返ったが、彼ではなく、見知らぬ中年女性だった。

　彼が何処から現れるか、周囲を見回しながら、境内を進んだ。午後四時、参拝者の姿はまばらで、若いカップルが二組、中年女性が二人、幼稚園児とその母親がいるだけで、彼の姿は見当たらなかった。せっかく来たのだからと、ゆりあは賽銭を入れ、参拝を済ませておいた。お御籤を引いてみると、小吉で、よくも悪くもないことが連ねてある中、「待ち人来る」と書いてあったので、信じることにした。

　彼と自分のためにお守りを一つずつ買い、しばらく松の大木を見上げたり、神殿の方から漂ってくる気持ちのいい風に吹かれたりしていた。その風にほのかにローズマリーの香りがついていることに気付くと、ゆりあの傍らに彼が立っていた。

——尾行がついていないか、一応確かめさせてもらった。ちょっと、川の方に行ってみないか。

　彼はそういうと、そそくさと先に歩き始めるので、また不意にいなくなられると困るとばかりに、ゆりあは彼の腕に自分の腕を絡ませた。善福寺川沿いの道は犬を連れた散歩者や老人、中学生たちの誰もが心ここにあらずという表情で歩いているように見えた。五年前、彼がそばにいた頃のゆりあがそうだったからか？　だが、かつての記憶をほぼ取り戻しつつある今、彼女はこの存在、この肉体を所有しているのはほかでもない自分だという確信を持てるようになっていた。

——変わったでしょ、私。

——変わった。もっと綺麗になった。

ゆりあの顔を覗き込み、微笑む彼の顔を見返しながら、ゆりあは思った。この笑顔は以前と同じだけれど、少し陰りがある、と。いったい何処で何をしていたのか？　それを聞きたいのはやまやまだったが、答えをはぐらかされることもわかっていた。

——天災みたいに、忘れた頃にやって来るのね。

——すぐにでも会いに行きたかったが、島流しに遭っていてね。

——嘘ばっかり。しばらく一緒にいられるの？

——君はどうしたい？　もう一度、誘拐しようか？

——あなたになら、何度、誘拐されてもいい。

彼の表情にかすかに漂う哀愁に、ゆりあは心をくすぐられる。この男には一度、生殺与奪の権利を委ねている。実際、彼に殺されてもやむを得ない状況に置かれていた。今は解放され、長いリハビリ期間を経て、明日にも社会復帰できるところまで回復したもののの、依然、彼に生かされているという思いを拭い去れなかった。ゆりあは彼との再会を無意識に願い続けてきたが、それも一種の依存症の症状だったのかもしれない。

——ちょっと遠出しないか？　おいしい魚でも食べに。

彼を助手席に乗せ、目指した先は熱海だった。「隠れ家に案内しよう」と彼はいった。ゆりあが遠出したい気分になっていたのを、どうやって見透かしたのか？　何の目的も企みもなく、ゆりあに会いに来たとはとても思えない。再会の喜びには一抹の不安が混じっていた。

——何を企んでいるのかしら？

——ぼくの仕事は複雑で、説明すると長くなるし、理解できる人はほとんどいない。ぼく自身も自分が何をやっているのか、わからなくなる。

——はぐらかさないで。近頃、私のところに警察がよく訪ねて来るの。あなたによく似た人の写真を見せられたわ。警察に追われているんでしょ。

——さあ、警察はぼくが何をしているのかわかるのかな。君はぼくが何の罪に問われているか、知っている？

——私を誘拐し、私の記憶を奪った。でも、警察はほかの罪でもあなたを追っている。

――ぼくは意外と人気者なんだな。

自分が置かれている状況に無頓着なのか、その呑気な口調からはほとんど危機感を感じられなかった。

――あなたがどんな罪を犯していても、私はあなたを守ります。私に何ができるか教えて。

彼は含み笑いで、ゆりあのコトバを受け流し、窓から吹き込んでくる風に目を細めていた。

熱海へ向かう道はまるで、二人のために空けてくれたように、空いていて、一時間後にはお宮の松付近に到着していた。ここからそう遠くない南向きの斜面は、古くから開けた熱海の山の手に当たる。ひなびた佇まいの温泉宿、企業等の保養施設、個人住宅などが軒を連ねている細い路地を進むと、不意に石を積み上げた壁が現れた。彼は車を降り、壁に埋め込まれている操作盤をいじると、壁が左右に割れ、道が開けた。

ガレージに車を止めると、壁は閉じた。ガレージの先には生垣があり、相模湾を一望できる庭になっていた。柚と椿と松が控えめに枝を張る庭の左側には木造の日本家屋があり、そこが目下の彼の隠れ家になっているらしかった。

――ここはどういうところなの？

――祖父の別荘だった。今はアメリカ人の銀行家が所有している。管理人はいるけど、ほとんど使われることがないから、ぼくが隠れ家に使っている。温泉にでも入って、寛いでくれ。そのあいだにおいしい魚を用意してもらうから。

温泉に浸かり、地魚を中心にした刺身の舟盛りや金目鯛の煮つけなどを食べながら、彼はしきりにゆりあからホステス時代の話を聞き出そうとした。一度、記憶から失われた過去は主治医の尽力によって、八割以上取り戻すことができたので、彼の質問には要領よく答えることができた。でも、遠い過去を蒸し返すことに何の意味があるだろう。二人の絆は誘拐によって深まったとはいえ、忌まわしい過去は消去して、未来に向けた関係を築きたいというのが、ゆりあの本音だった。

「ラ・トラヴィアータ」に集っていたかつての顧客たちの名前と、彼らの当時の役職を確認し、その後の消息まで彼は知りたがった。覚えていることは全て正直に話した。それで彼が満足するなら、リハビリのためにつけていた日記も、携帯電話の通話記録も見せるつもりだった。ゆりあの記憶の回復ぶりには満足してくれたようで、「君の主治医は優秀だ」ともいった。

――私はあなたに秘密はない。ありのままの私を見て欲しいから。でも、あなたは秘密だらけ。私はあなたの本名さえ知らない。私に名乗った名前も数ある名前のうちの一つに過ぎないんでしょう？

――名前は使い捨てるものだ。君だって、自分の名前を忘れていたじゃないか。

それも彼特有のはぐらかしだった。

――私の記憶がどれくらい戻ったのかを確認したかったんでしょ。でも、何のために？

――覚えておかなければならないことがあり過ぎて困る。時々、記憶が混濁して、仕事に支障をきたす。せめて、誰が生きていて、誰が死んだのかくらいは覚えておきたいと思ってね。ところで、君は自分の渾名（あだな）を知っているか？ クラブの経営者は君のことを「メモリー・スティック」をもじって、「メモリー・ティッツ（おっぱい）」と呼んでいた。クラブに集う客の会話から極秘情報を盗み出すのが君の仕事だったからね。それも思い出した？

確かに自分はスパイだった。その記憶が最近になって蘇ったが、まだスパイだった自分と今の自分のあいだには齟齬（そご）を感じていた。そして、ゆりあは彼の前では一人の心乱れる女に過ぎなかった。

――私にはあなたを愛した記憶の方が大事。記憶が戻れば、あなたも戻って来ると信じていた。

無言でゆりあの顔を凝視する彼の瞳は、ガラスの硬さ、冷たさを連想させた。その眼差しから意思を読み取るのは難しい。彼は時々、こういうポーカーフェースを呈する。いや、それは相手を出し抜くための無表情とは違う。その証にゆりあは何ら疑いも警戒も抱いていなかった。その表情には人を安心させ、信頼させる無垢（むく）なものが備わっていた。山奥の深い谷間でひっそりと周囲の緑陰を映し出す湖に見つめられているような、不思議な気分だった。

不意に彼は立ち上がり、ゆりあの全身を両腕に抱え、そのまま何処かに運び出そうとする。緩やかで無駄のない一連の動作で、いつのまにかゆりあは彼の深い懐に抱かれていた。彼の逞しい腕に次第に力が籠ってくる。息苦しくもしっかりと肉の厚みを感じる抱擁にゆりあは思わず、「はう」と声を漏らす。唇が重ねられたかと思うと、ため息ごと吸い取られる。次の瞬間には、ゆりあは高々と抱き上げられ、薄暗い奥の部屋へと連れ去られる。体の芯に残っていた官能の記憶がまざまざと蘇る。涸れた泉から再び湧き水があふれ出す。彼が自分の中に入って来ると、とたんに彼我の区別がつかなくなる。二人の鼓動が同期し始める。彼と私が混じり合い、マーブル模様を描き出し、そして乳液のようになる。ようやく自分を取り戻したばかりなのに、また我を失ってしまう。私が彼の中に溶けてゆく、この快感には逆らえない。なぜか自分の体の中から潮騒が聞こえてくる。もうきのうまでの自分には戻れないかもしれない。きっと彼は私を殺しに来たんだわ。

22

水曜日にヨガ教室に出かけたきり、娘が帰宅しない。根本ゆりあの家族から報告を受けた時、すでに穴見警部は捜索を部下に指示していた。というのも、前日にそのことを予見したナルヒコから、早めに手を打った方がいいと進言されていたからだ。愛車ＢＭＷにはＧＰＳもついていて、報告が届いたその日のうちに彼女は無事、熱海で保護された。

――ゆりあさんは抜け殻にされてしまうかもしれない。

事態はナルヒコの予言通りに進んでいた。彼女は人工海浜のボードウォークで一人、放心しているところを発見された。警官の質問に対し、自分の名前をいうことはできたが、なぜここにいるのかは説明できなかったという。彼女のハンドバッグには一枚のメモが入っていて、こう書かれてあった。

未来を与える代わりに過去をもらった。もう以前の自分には戻るな。

そのメモを前に穴見、ナルヒコ、八朔の三人はそれぞれの流儀でため息をついていた。

――これってどういう意味ですか？

ナルヒコの問いかけに穴見警部が答える。

――彼女の記憶を蘇らせるな、といっているんだ。コンピューターの初期化じゃあるまいし、一体どうすれば、そんなことができるんだ。また貝毒に当たらせて、海馬を破壊したのか？

穴見警部の呟きに八朔刑事が反応する。

――病院で検査中ですが、五年前よりはもっと確実な方法で彼女の記憶を失わせたようです。詳しい検査の結果を待つ必要がありますが、医師と電話で話したところ、特定の記憶を選択的に抹消できる薬を使ったのではないか、と。

――そんな薬があるなら、オレも欲しい。その薬を飲んで、嫌なことを全部忘れたいね。

――実際にあるそうです。

八朔のコトバに穴見は「本当か」と色めき立った。

翌日、三人は根本ゆりあの診察に当たった主治医に会いに病院に出向いた。穴見警部を筆頭に、その魔法の薬に興味津々だった。実際、そんな薬が簡単に手に入るものなら、誰もがこぞって服用し、おのが人生に暗い影を落とす過去の傷ときっぱり縁を切って、今よりもう少し前向きな人生を目指したかろう。

しかし、そんなスケベ心は前にも会った根本ゆりあの主治医にあっさり否定されてしまった。

――この薬はバイアグラやレビトラと違って、市販はされていません。自分に都合の悪い記憶を消したい気持ちは誰しも持っているでしょうが、そんな安易に人生を薔薇色に染めることなんてできません。

医師の説教よりもそれを手に入れるルートがあるのかどうかを、穴見は聞き出したかった。そのルートを辿り、購買者を特定するという捜査の定石を打っておくためだ。

――医師の処方があれば、手に入ります。ルノプロラロープという薬で、ゆりあさんも同じ薬を飲まされています。もとは心臓病患者の高血圧治療薬として用いられてきましたが、以前から、記憶喪失を招く副作用が指摘されていました。

――記憶を選択的に消すなんてどうして可能なんですか？　消しゴムじゃあるまいし。

――記憶は脳に保存されていますが、それを取り出す作業を追想とか想起といいます。想起を繰り返すと、記憶は強化されます。ところが、この薬には記憶の保存を邪魔する作用があるのです。特定の記憶を取り出して、それをもう一度保存するタイミングを見計らって、薬を投与すれば、その記憶だけ抜き取ることができるのです。

――そんな風に他人の手で記憶を操作されちゃ敵わないな。

――記憶は水に似ています。地下水のように脳の中に貯まっている記憶をポンプで汲み上げる作業が追想です。そして、表面に上がってきた水を鍋に入れて熱したら、どうなりますか？　水は蒸発するでしょう。ルノプロラロープという薬はまさに記憶を蒸発させる効果があるのです。

穴見は腕を組み、うなりながら、「やはりその薬は市販すべきではないな」と呟いた。

人は常に消せない過去と戦っている。心の傷や嫌な記憶を背負って生きてゆくものだ。だからこそ、同じ過ちを繰り返さないよう努めることもできるのだ。でも、薬で過去の過ちや不都合な記憶を忘れることができるなら、いくら過ちや罪を重ねてもいい、と考える奴も出てくるだろう。

いや、今は薬の善し悪しを論じている場合ではない。誰がその薬をゆりあに盛ったか、だ。ナルヒコはすでにその「記憶泥棒」の目星をつけているようだった。

――サトウイチローが現れたんですよ。もう一度、ゆりあさんの記憶を奪うために。

ナルヒコの推理が正しいとして、次に問題になるのは彼女のどの記憶を奪ったかということだ。記憶の回復をサポートした主治医がすでにその検査を始めていた。自分の苦労を水泡に帰した相手を恨みながら、主治医はゆりあにいくつかのテーマに分けた想起を促し、盗まれた記憶を同定しようとした。その結果、家族にまつわる記憶、自分の少女時代、学生時代の記憶などは無傷のまま残っていたが、クラブ勤めを始めてからの記憶がところどころ抜け落ちていることがわかった。最も注目すべきは、彼女が拉致され、しばらくのあいだベトナムで暮らしていた近過去の記憶がすっぽり抜き取られていた点だ。「記憶泥棒」は自分にまつわる記憶を根こそぎ引き剝がしていったと思われる。

——普通、口封じをする場合は命を奪うものだがな。命を助け、記憶だけ奪うというのは……何というか……

——切ないですよね。

八朔は上司のいい淀みを補おうとしたが、「いや、そういう話じゃなくて」と否定された。さらにそれを否定して、八朔がいう。

——切ないですよ。ゆりあさんは密かにサトウイチローを愛していたんですよ。その恋の思い出が消されちゃったんですから。しかも、愛する人自身の手で。

二人のやり取りに介入するように医師が口を挟んだ。

——実はその相手は記憶を奪うだけでなく、ゆりあさんにメッセージを残していったようです。

——ハンドバッグの中のメモとは別に?

穴見が医師の答えを聞く前に、ナルヒコは「そのメッセージなら、ぼくも聞きました」といった。三人の目がナルヒコの眠そうな顔に向けられる。ナルヒコはこめかみの血管あたりから漏れてくるかすかな声を聞きとり、それをリフレインした。

——オレを追うな。オレの敵がおまえたちの敵だ。真の敵を滅ぼせ。

医師は刮目して、そのコトバを聞いていた。それは検査の時にゆりあの口から漏れたメッセージと一言一句同じだった。

ナルヒコが正しくサトウイチローことD4のメッセージを伝えているとしたら、穴見はそれを正しく解釈しなければならない。

――真の敵というのは、CIAとかモサドとか中国公安警察とか、そういう連中のことか？

穴見の問いかけにナルヒコはこう答える。

――ブラックハウスという組織じゃないかと思います。

以前にナルヒコと付き合いのあったサナダ先生が敢行した自爆テロの標的もまた、ブラックハウスすなわち世界経済評議会だった。むろん、その組織は各国の諜報機関や金融機関と連動しているが、ほとんど表には出て来ない機関ゆえ、警察としては何ら関わりを持ちようがない。

――D4はいったい何をしたいのか、わからない。

――警察は真の敵ブラックハウスと戦うべきだと、彼はいっているんですよ。彼は誰かの命令を受けて行動していますが、同時にその命令に背いているんじゃないかと思うんです。

――命令を下しているのはブラックハウス？

——その組織に深く関わる人物です。

——ナルヒコ君、前に奇妙なことをいっていたな。彼には二人の父親がいて、その片方が息子に敵対しているとか。

——いいました。敵は父親じゃないか、と。その父親はサトウイチローに無理難題を突き付けて、その解決に当たらせながら、葬ろうとしているんです。おそらく、彼はゆりあさんを殺すよう命令されたのでしょう。もちろん、いつでも殺すことはできたが、そうしなかった。彼女の記憶を奪って、無害な存在にすることで、その命令をはぐらかそうとしたんじゃないか。

ナルヒコの推理に八朔は「そう考えると納得がいきますね」と頷いた。だが、穴見は今一つ腑に落ちない様子なので、八朔はこんな見解を述べた。

——警部はなぜサトウイチローが危険を冒して、ゆりあさんの前に姿を現したかを疑問に思っているんじゃないですか？　警察が待ち伏せしているところに自分から出向くようなものですからね。

——それも疑問だ。君はなぜだと思う？

穴見の問いかけに八朔はポーカーフェースのまま「彼はゆりあさんを愛しているからです」と答えた。

——会いたくて会いたくてたまらなかったわけか。ずいぶんとロマンティックだな。

――愛する人を救うのは人として当たり前の行動です。

――まあ、そうかもしれないが……ところで、君もサトウイチローに魅力を感じているんじゃないのか？

そういわれて、八朔は憤慨し、「容疑者に恋心を抱くのは御法度です」ときっぱり宣言した。でも、それは建前で、実際に彼に口説かれたらわかりません、と彼女の赤くなった顔が正直に語っていた。

――どんなに忙しくても、やることはやる奴なんだな。

穴見の独り言は露骨に八朔刑事に無視された。

23

代理人を名乗る男はこれまで何人も現れたが、どれも信用の置けない奴らばかりだった。「命に代えても約束を守る」といいながら、「約束は破るためにある」とほざいた奴、都合が悪くなると、別人格にすり替わり、記憶をなくしたふりをする奴、依頼主が激怒していると聞いて、早々に行方をくらました奴など、嘘つき、腰抜け、人格障害のオン・パレードだった。今回、コンタクトしてきた代理人には一度だけ会ったことがあり、その時にサトウイチローが抱いた印象は「子どもの使いに毛が生えた程度」だった。依頼主の意向を忠実に伝えに来るのが代理人の仕事ではあるのだが、請負人の話もよく聞き、時々、本音もいい、ギリギリの妥協点を探るべきだ。当然、代理人は依頼主のところに帰って、請負人との交渉の結果を報告しつつ、先方にも妥協を強いることになる。よほどの説得力がないと、「おまえはどちらに雇われているのだ」と責められるだろう。

　イチローが指定した交渉場所は羽田空港国内線の第二ターミナル内にある和食レストランだ。常時、多くの旅客で賑わう空港では人混みや施設に紛れ込むのがたやすいし、逃走先や逃走手段の選択肢が多い。最悪の場合は空港施設内で混乱を引き起こし、追跡を逃れることもできる。

　銀座に本店のある鰻屋がターミナルに出している支店はそれぞれのテーブルが衝立で仕切られていた。その一角で代理人はイチローが現れるのを待っていた。彼は約束の時間から二十分遅れで現れ、代理人の顔を見ると、「早速お手並みを拝見しよう」と英語でいった。代理人もまたニューヨーク訛りの早口の英語で話す。

——前にあなたと交渉した時、依頼主からきついお叱りを受けました。あなたに譲歩し過ぎだと。今回はあまり譲歩できないことをあらかじめお断りしておきます。

——譲歩なんて求めていない。オレのメッセージを正しく伝えてくれればそれでいい。

代理人は四十代半ばの白人男性。ジョシュア・ホワイトヘッドという名前がその男にふさわしいかどうかはわからない。ニューヨークの法律事務所に勤める弁護士だったと聞いている。二倍のギャラを約束され、ブラックハウスこと世界経済評議会に引き抜かれたというから、優秀ではあろうが、とどのつまりは「カネで動く男」に違いない。もっとも、これまでＣＩＡだの、ＦＢＩだの、モサドだのの出身だという代理人たちはどれもカスばかりだったから、弁護士上がりにも多くは期待できまい。

——リア王は元気にしているかい？

——リア王？

——あんたのボス、ブラックハウスの**デウス**のことだよ。

——お元気です。いつから**デウス**をリア王と呼んでいるんですか？

——あんたが仕えているのはコトバの綾も読めないボケた王だ。そして、オレはそのボケた王の息子で、とんだ迷惑を被っている。そのことはご存知かな？

——あなたは**デウス**から多くの指令を受け、それを実行する立場にありながら、ことごとくそれを裏切ってきましたね。それはどういう意図なのでしょう？　あなたの真意を質してくるようにいわれています。

——今さら真意を質すも何もないだろう。オレが裏切っているのは、世界を裏切っている男だ。裏切り者に仕えることと裏切り者を裏切ることは、どっちが正義で、どっちが悪か？　中学生にはわかるが、あんたは弁護士だから、わからないだろうね。

男は口の右側だけで笑う。ホワイトヘッドにもブラックユーモアは通じるようだ。

――これを見てください。新しいミッションです。

ジョシュア・ホワイトヘッドはバッグの中から、ファイルを取り出し、サトウイチローに突き出した。興味なさそうにそれを一瞥すると、イチローはメニューの方を手に取った。

――このミッションを指令通りに実行すれば、これまでの裏切りは不問にすると、**デウス**はいっています。

――鰻でも食べないか？　酒はどうする？

イチローは店員を呼び、鰻重の松二つとう巻き、純米吟醸酒を二合注文した。イチローがファイルを手に取ろうとしないので、「では、私から説明をしましょう」とホワイトヘッドはいった。

――もうやめにしよう。イチローは深いため息をつき、彼から目をそらした。

――あなたはこの指令を断ることはできないのです。

この男は前に会った時より、わからず屋になっている。「子どもの使い」の汚名返上に賭けているようだ。

――もう何もしなくても、奴らの権力は揺るがない。下手にこの世界に手出しをするから、死ななくてもいい人までたくさん死んでいるし、オレは永遠にその後始末をし続けなければならない。

――あなたが命令に従わないせいです。ミカラデタサビ……日本語ではそういうのでしょう？

　これまでミッションを伝えに来た代理人たちは誰もが、**デウス**の権威を借りたロバみたいな連中だった。このホワイトヘッドもイチローを責める語気を強めることで、**デウス**の怒りを伝えようとしていた。

――同じコトバをそのまま**デウス**に返してやれ。そもそも**デウス**の指令が矛盾だらけなんだ。全く先が読めていない。オレはその矛盾を最小限にとどめるために、ミッションにオレなりのアレンジを加えているんだ。この国にも独自の流儀があるのでね。「郷に入っては、郷に従え」だ。

――銀座のホステスには暗殺指令が出ていたのに、あなたはその指令に背き、彼女を生かした。のみならず、彼女が握っていた情報をジャーナリストに流し、その情報をメディアで公表させた。いずれも**デウス**にとっては不都合な真実ばかりだった。

　酒を猪口（ちょこ）に注ぎ、一気にあおると、サトウイチローは投げやりに笑った。

――彼女はスパイじゃない。客のいうことを黙って聞いていただけだ。極秘の情報をペラペラ喋（しゃべ）ったバカを罰したらいいじゃないか。オレは彼女が何を知っているかを調べ、あんた方に都合の悪い記憶は全部抜き取った。

だ。

——しかし、いつその記憶が蘇るかしれない。

——精神科医の力を借りて、記憶を取り戻そうとしていたから、もう一度記憶を抜き取っておいた。この案件はもう終了だ。オレが彼女から仕入れ、ジャーナリストに流した情報も、マスメディアではガセネタ扱いされた。あんたらは痛くも痒（かゆ）くもなかったはずだ。

——しかし、あなたは我々の息のかかったジャーナリストたちを殺した。

——ああ、殺したよ。ジャーナリスト暗殺の指令には「嘘つきを消し、健全な言論を回復せよ」とあったからだ。あんたらの流すガセネタを受け売りしているジャーナリストこそが嘘つきだ。連中を排除して、健全なことをいう奴を生かしただけの話だ。

——そのアレンジが問題です。結論からいえば、指令とは正反対のことをした。**デウス**はいたく御立腹でした。

——あいにくそのジャーナリストも癌で死んだ。その後は再び、あんたらブラックハウスに都合のいいことばかりいう奴らがのさばっているじゃないか。もう文句はあるまい。

そこに注文していた鰻重が運ばれてきた。イチローが旺盛な食欲を見せる一方で、ホワイトヘッドは重箱の蓋さえ開けず、続けた。

——あなたは北朝鮮コマンドの暗殺指令にも奇妙なアレンジを加えた。

——その件はかなり忠実に指令に従ったつもりだ。この国を思うがままに操る**デウス**の指令だが、珍しくこの国を守ることにもなるから。でも、このミッションには裏があったはずだ。コマンドに東京でテロを遂行するよう指令を出した張本人こそ**デウス**だったんじゃないのか？

ホワイトヘッドのポーカーフェースに見え隠れするわざとらしさをイチローは見逃さなかった。おのが動揺を気取られまいと、食欲がないはずなのに鰻に手をつけようとしていた。

——何の根拠があって、そのようなことを疑うのですか？

——東京でテロが実行されれば、日本人は恐れをなして、アメリカにいっそうの庇護を求めるようになる。日本政府は、ブラックハウスと不愉快な仲間たちに治安維持のための予算を気前よくばらまくだろう。恐怖心を煽って、カネをせしめるいつもの手口じゃないか。オレにコマンドの暗殺指令を出したのも、オレがこのミッションに失敗して、逆に殺されることを期待していたからだろう。確かに手強い連中だった。オレも無傷ではいられず、二週間ほど入院していたよ。

——私はその件についてはよく知らされていないので。

ホワイトヘッドは箸を握った右手を小刻みに震わせていた。目は泳がせることなく、イチローの方をじっと見ていたが、声がかすれているのは、口の中が乾き切っているせいだ。イチローは酒で喉を潤すよう勧めた。

――オレが一人のコマンドの命を救ったことは聞いているだろう。あの女は助けられた見返りにこっそりオレに秘密を打ち明けてくれた。北朝鮮の殺し屋がオレを狙っている、とな。**デウス**はご丁寧にも別のコマンドを雇い、オレの暗殺を依頼していたのだ。オレがそのことを知らないとでも？　悪いが、その殺し屋は返り討ちさせてもらった。**デウス**のこの恩は忘れない。必ず三倍にしてお返しする。

――新宿歌舞伎町の水没作戦も、**デウス**に大きな損失をもたらした。それも恩返しだったと？

――まあそういうことだ。そのミッションも矛盾だらけだった。すでに倦怠するほどの富を蓄えているのに、まだこの国の利権を貪ろうとする。**デウス**の指令にはこうあった。「中国人から歌舞伎町を取り戻せ」と。オレは忠実に任務を全うした。この国の市民に本来の歌舞伎町を返してやった。欲望の不夜城の代わりに水の流れる憩いの町をプレゼントしてやったんだ。誰も**デウス**の贈り物だとは思っていないがね。ところで、このミッションにはオチがあった。ご丁寧にも**デウス**は二人目の刺客を送り、オレを葬ろうとした。オレが知らないとでも？　ヤクザを鉄砲玉に使うとは、よほど人材が枯渇しているんだろう。

――イチロー、あなたは**デウス**と和解する気はないのですか？

――和解とはどういう意味かな？　狂った王の命令に忠実に従えということかな？　世

界に争いの種ばかり蒔き散らしている偽の神の先兵になれと？

——イチロー、あなたの反抗は有意義とはいえない。あなたの父親はこの世界を円滑に回転させるために油を注しているのです。あなたはその指令に忠実に従うべきなのです。

——その潤滑油はよく燃える。世界を円滑に回転させるどころか、不必要に燃え上がらせるだけだ。

——あなたはこの国の英雄になり得る人物です。父親への反抗さえやめれば。

——オレは十二歳の少年じゃない。**デウス**から見れば、オレは四十になっても、五十になっても、十二歳のままなんだろうがね。**デウス**にはこう伝えてくれ。十二歳の少年にも父殺しはできるとね。殺されたくなければ、とっとと引退しろ、と。

——次のミッションはどうするつもりですか？　これを引き受けてくれなければ、私はアメリカに帰ることができない。

——また弁護士に戻って、大人しく離婚の調停でもすればいいじゃないか。そして、オレは、モルディブあたりの無人島に島流しにしてもらいたいものだ。

——このミッションを遂行したのちは、何処へなりと自分を島流しにしたらいいでしょう。これはボスから提示された和解のオファーでもあるのです。

——これが最後のミッションなのか？　これを片付けたら、オレは自由になれるのか？

——私ごときに**デウス**の意思は量れませんが、和解は成立すると思います。

24

しょせん、偽の神が提示した和解のオファーである。悪魔と契約を交わすに等しい。**デウス**という名の悪魔は実在する。イチローは新たに矛盾だらけのミッションを押し付けられた。それも一つだけではなく、三つも。

デウスは嫉妬深く、人間にあらゆる試練を与え、なおかつ絶対的忠誠を求め、全ての期待を裏切る残酷で不合理な神である。

誰かが唯一絶対の神の方のデウスにそんな定義を与えていたが、その神を信仰する者は安易に希望を語ることはできない。「オレはその神の信者ではない」とイチローがいくら叫んでも、**デウス**は聞く耳を持たない。代理人は彼のメッセージを**デウス**に伝えるといったが、それが届くことはないと思うべきだ。

トップシークレットの印字が入った英文ファイルだが、この中身を読んだ者は手の込んだ悪戯(いたずら)としか思うまい。職のないポスト・ドクターあたりが社会への復讐心を満たすために暇つぶしで書いたパルプ・フィクションといったところだ。駅のゴミ箱に放り込んでおけば、漫画雑誌を回収するホームレスが持っていくかもしれないが、売り物にはなるまい。警察に届けてやれば、何人か読者を増やせるだろう。

第一のミッションは、ある政治家の暗殺計画である。

サトウイチローのこれまでの実力と実績を以てしても、成功確率は三十パーセントを切るだろう。「失敗が許されない」というより、「失敗して死ね」というメッセージ付きのミッションといってよかった。ターゲットは大阪府知事の大木鉄五郎。

大木鉄五郎は視聴率の高いバラエティ番組で人気者となり、その知名度を生かし、三十代半ばの若さで大阪府知事に当選した。元々は会計士で、節税のノウハウをわかりやすく解説した著作で知られていたが、討論番組にもよく出演し、大阪弁のマシンガントークで論客たちを次々といい負かす様子が主婦層に受け、ゴールデンタイムに進出した。テレビが育てた政治家の典型だった。

なぜそんな素人同然のにわか政治家ごときが、暗殺者リスト掲載の名誉に浴するのか？

将来的に首相の座をも狙う野心家であることが警戒されたようである。ブラックハウスには将来の日本の政治を担う若手政治家たちの洗脳を行うプログラムがある。アメリカの連邦政府の役人やロビイストたちとコネクションを作れると聞けば、彼らは国会閉会中の休暇を利用し、こぞってアメリカを訪問する。そのツアーを組織するのが、ブラックハウスである。日本の若手政治家たちはブラックハウスと手を結び、政治、経済、軍事、文化のあらゆる局面でその世界戦略を支え、日本におけるブラックハウスの権益を誘導するよう教育される。その見返りは幾多の情報の提供、政治資金の供与、そして地位や要職の保証である。

大木は無所属だったが、知事選挙の際は与党自由党の応援を受け、当選が決まると、掌を返し、自由党を攻撃し続けることで高い支持率を維持した。ブラックハウスは大木に政治的洗礼を受けさせようとしたが、彼はこれを拒み、公然とアメリカに従属する日本政府の外交的弱腰を批判し、しばしばアメリカに敵対する中国や中東諸国にシンパシーを表明した。公然と反米的な姿勢を示す彼を「サムライ」と呼ぶ若者も現れ、スポーツ選手や芸能人の知り合いも多く、ポップスター並みの人気を博している。

某週刊誌が行った「首相にしたい人」のアンケートでもこのところずっと一位を占めており、次の選挙では国会議員に転じ、いきなり首相の座を狙いにいくと噂されていた。その場合は首相候補に任命することを条件に、野党第一党の共生党に迎えられるか、知事選時に応援された自由党に戻るか、あるいは第三の道を選ぶか、を巡ってジャーナリズムも注目していた。第三の道とは、自らの政党を結成し、大同団結を呼びかけ、無党派層の票の取り込みを図りつつ、自由党、共生党の議員をヘッドハンティングし、一気に政権奪取を狙うというものであった。大木はその件については固く口を閉ざしていたが、否定はしないことから、腹の中で三番目の構想を温めているのだろうといわれていた。

ブラックハウスは、この第三の道を大木が選び、それに成功することを恐れていた。しかし、大木が首相になる確率は決して高くはない。暗殺の成功確率と同じくらいだろう。それでも殺す必要があるのか？　マスメディアの人気者はスキャンダルに弱いのだから、婦女暴行、詐欺、収賄、その他の軽い罪をでっち上げれば、すぐに失脚するだろう。

イチローが代理人に自分の考えを伝えると、こんな頑なな態度を示す。

――政治生命を断つだけでは足りない。こういう男は二年もすれば、また復活する。葉を刈ってもまた生えてくるモロヘイヤみたいに。

代理人がモロヘイヤと生命力の強い男、両方を毛嫌いしていることはその表情からよくわかった。

イチローには大木を守る義理などないが、納得のいかない暗殺指令に従う気もなかった。人の寿命を決める趣味もなければ、政治的関心も一切なかった。

――大木が首相になっても、その政策をつぶせばいいだけの話じゃないか。子分たちを使って、地道にその足を引っ張り続ければ、いずれ消える。——首相になってからでは遅い。大木は大衆人気に乗じて、日本におけるアメリカの権益を損なう政策を打ち出す危険がある。米軍基地の縮小や米国債の売却、原子力政策の転換などだ。アメリカと日本の同盟に亀裂を生じさせるような男はまだ小物のうちに消してしまうのが安全だ。

議論はいつも早々に平行線を辿り始める。ブラックハウスにしてみれば、暗殺の理由などどうでもよいのだ。定期的に反米勢力を生贄に捧げ、見せしめにすることで、敵対の芽を摘む。今年もその儀式の時期が巡ってきたに過ぎないのである。ブラックハウスになつく犬には骨を与え、ブラックハウスに盾突く狼は骨にする。ただそれだけのことだった。

第二のミッションはある宗教団体教祖の排除である。

このミッションには二つの選択肢があるだけ、第一のミッションよりはましだった。その選択肢とは、教祖を抹殺し、後継者争いに混乱を生じさせ、内部分裂を図るか、さもなければ、教祖に引導を渡し、ブラックハウスの息のかかった教団幹部に全権を禅譲させるかである。

教祖中丸幹男率いる「世界市民連盟」は日本国内には八百万の信者、中国、韓国、ロシア、インド各国では百万を超える信者、アメリカにも二十万の信者を持つといわれている。教祖は現在、七十四歳。今から四十年前、三十四歳の時に故郷福島県喜多方市の自宅に「世界市民連盟」の前身である「世界市民講座」を立ち上げた。当初は自宅の蔵に作った私塾に塾生十二人を集め、カント哲学の勉強会を行っていたが、教祖の人生相談が口コミで評判になり、塾生の数は日増しに増え、三年後には都内の市民ホールを満員にする規模になっていた。これを機に「世界市民連盟」と名称を改め、宗教法人格も取得し、信者を飛躍的に増やしていった。

平和運動や自然保護活動、さらには災害支援活動などで知名度を高めるかたわら、「十三歳からの哲学教室」や漫画やアニメ、ポップ・ソングを用いた布教活動で若年層に浸透し、過疎村での労働奉仕活動を通じて、地方の老人にも平易な教えが浸透していった。芸能人やアーティスト、エンジニア、ジャーナリストにも信者が増えていった。一彼らが広告塔になり、コンサートや講演会、展覧会など各種イベントを盛り上げた。一連の文化活動は宗教色が薄く、一般の人々も抵抗感なく参加することができるうえ、男女の出会いの場になっていた。「世界市民連盟〟出会い系サークル」という噂がネット上に拡散していたので、イベントには多くの独身女性が集まり、結果、多くの男たちもそれに続いた。

海外に布教の拠点を築いてゆく過程で、独自の外交ルートを開拓していたので、与党自由党の政治家たちはこじれた外交問題への対処を迫られると、「世界市民連盟」の協力を求めた。教祖中丸幹男は、商社勤務時代に培ったコネクションを生かし、中国、韓国、ロシアとのあいだのトラブルシューティングを得意としていた。

現政権にとって、中丸は利用しがいのある男のはずだが、わざわざ彼を排除する理由がわからない。ブラックハウスは教祖の何が気に入らないのか？　この疑問に対し、代理人はこう答えた。

——「世界市民連盟」は「世界経済評議会」に思想的に敵対しているからです。ブラックハウスは、世界に市民同士の理性的な連盟を築くという考えとは相容れません。世界の盟主など一人でいいし、そもそもブラックハウスは世界が分裂している状態を好むのです。人は互いに狼です。国は国に敵対し、民は民に憎しみを抱く。戦争のない世界なんてありえない。私たちが望んでいる世界とは、常に私たちが勝ち続ける世界です。

——教祖はもう七十四歳だ。放っておいても死ぬじゃないか。

——中丸は自分の思想を受け継ぐ者を教団の後継者に指名しようとしています。その前に教団内部に抗争と混乱を仕掛け、ブラックハウスの思いのままに動く人物を後継者に据えれば、教団の人材も組織もノウハウもそのまま活用できるでしょう。

——ハキリアリの巣を乗っ取るグンタイアリみたいなものか。

——方法はお任せします。結果的に教団がブラックハウスの管理下に入ればいいのです。

――そして、オレは信者たち数百万人を敵に回すことになるわけだ。この依頼もオレを滅ぼそうとする悪意に満ちているな。

――このミッションは不死身でなければ、やり遂げられない。あなた以外に依頼できる人はいません。ギャラは府知事暗殺と教祖の排除の成功報酬として、それぞれ百五十万ドル、別途、上限百万ドルで必要経費を払います。作戦遂行の後方支援は私が担当しますので、何なりとご用命ください。

――カネで動く奴はカネと心中すればいい。百万ドルと人参一袋を差し出されたら、オレはどっちも捨てる。大木や中丸を始末したくなる、もっと別の理由を与えてくれないと、オレの暗殺エンジンは駆動しない。

それを聞いた代理人は数秒間、斜め上向きに天を仰いでいた。神のお告げでももらおうというのか？　やがて、ポツリとこう呟いた。

――**デウス**はあなたをこの国の実質的な管理者と見做しています。日本には天皇と首相とあなたがいる。天皇は儀式を行う象徴、首相は表向きの政治の顔、裏の政治と経済をブラックハウスが担う。あなたはそのシステムを管理する陰の英雄です。日本語では「エンノシタノチカラモチ」といいますね。

――裏稼業というんだ。質問に答えろ。オレには、奴らを殺すことがこの国の利益になるという確信が持てない。そもそもオレはこの国を愛しているのかさえもわからなくなった。

――この国を愛せないというなら、愛する人のために尽くしてください。大木を殺し、中丸を排除しなければ、根本ゆりあが殺されます。この条件なら、引き受けてくれますね。

――彼女の案件はとっくに終わっている。

――終わっていません。あなたは最近、彼女と会いましたね。もう一度、彼女の記憶を奪うためだといいました。彼女が何もかも忘れれば、スパイとして用済みになる。だから、私たちももう手出しをしないと考えた。違いますか？　要するに彼女を守りたかったのでしょう。彼女を殺せというごく簡単な仕事だったのに、あなたはわざわざ彼女を誘拐し、ご丁寧にも自分にまつわる記憶を奪って、親元に帰した。誘拐事件である以上、警察が動きます。警察に守られている限りは彼女の身も守られる。しかし、イチロー、肝心なところをあなたは見落としていますよ。彼女は警察に守られていると同時に、ブラックハウスの監視の下に置かれているんですよ。彼女の記憶を取り戻そうとした主治医は、私と同じブラックハウスのエージェントの一人です。

――あんたらはむやみやたらと人質を取るのが好きだったな。忘れていたよ。先にあの主治医を殺しておくべきだったな。

イチローはうつろな微笑を浮かべつつも、刺すような眼差しで代理人を見据えた。

――**デウス**にあなたの弱みを握るようにいわれていたので、私はこう進言しました。「彼は恋をしています。恋人を人質に取れば、彼を操ることができます」と。**デウス**は「そんな古典的な方法が通用するほど、ナイーブな男ではない」と半信半疑でした。しかし、アキレウスにも弱点はある。あなたは大量殺人を重ねながらも、人の命を救ってきた。あなたの心にはまだ一抹の慈悲の心がある。その優しさがあなたの弱みです。

――オレは自分の優しさに滅ぼされると？

代理人は自分の読みの正しさに自信があるのだろうが、鼻の頭とこめかみに冷や汗をかいていた。決死のハッタリをかましているのだろうが、緊張が面(おもて)に出てしまっているところが滑稽だった。

――主治医が報告してきましたよ。根本ゆりあは妊娠している、と。

妊娠というコトバに反応し、イチローの瞳孔が一瞬、大きく開いたように見えたのは、代理人の目の錯覚だったか？

――あなたにも自分の子孫を残したいという人並みの欲求があったんですね。これで人質は一人と半分になった。彼女と生まれてくる子どもを守る。これは任務遂行の強い動機になりませんか？

イチローはいささかも動揺を見せず、これ見よがしにあくびなどしながら、こういい放った。

──子どもなんていくらでも作れる。

──また心にもないことを。

──代理人も医者もいくらでも代わりはいる。首相候補も教祖も同じことだ。ゆりあや子どもを殺したら、おまえやリア王も死ぬ。それくらいは予想がつくな。

──はい。私たちが仕事を依頼している相手は「モンスター」であり、「英雄」ですから。

イチローは代理人の顔を穴のような目で見つめていた。「英雄はモンスターである」といいたいのだろうが、そんな陳腐な譬え(たと)が不愉快だった。両手を伸ばせば、すぐにでも代理人の首の骨をへし折ることができる。だが、イチローは右手を左手で牽制(けんせい)するように手の指を絡ませ、鼻から静かに殺意を吐き出そうとしていた。外した視線の先には生ビールのジョッキを掲げて微笑む浴衣姿の女性のポスターがあった。

──そうならないように**デウス**との和解に応じてください。お願いします。今回はもう一つ、ミッションというよりオファーがあります。これは前二つの案件に較べれば、簡単だと思います。あなたの身を守ることにもなりますし。

──府知事、教祖のほかに誰を殺せと？

──連続殺人の容疑者としてあなたの行方を追っている刑事とその協力者を消しておくことをお勧めします。

──日本の警察はブラックハウスに最も協力的な組織だろう？　オレの任務には干渉し

ないはずだが、宗旨替えしたのか？

——警察上層部は押さえていますが、捜査の陣頭指揮を執る警部の中には、おのが正義感に忠実な者もいます。どうやら、一人の警部が迷宮入りすることになっていた事件を蒸し返し、隠されていた因果関係に気付いたようです。六つの事件全てにあなたが関与していることもその警部は知っている。あなたがサトウイチローという名前だということも。

——なかなか優秀な警部じゃないか。ブラックハウスの犬どもより九倍ましだ。

——その警部には油断のならない協力者がいます。まだ若いが、力のあるシャーマンです。そのシャーマンがブラックハウスの地下活動やあなたの正体を見透かしているようです。連中を放っておくと、新たなミッションの障害になりますし、あなたの行動の自由も阻害されます。早めに芽を摘んでおくのがよいでしょう。

代理人はそういって、別のファイルをイチローに手渡した。ファイルには穴見警部、八朔刑事、そしてナルヒコの住所、氏名、年齢、経歴、趣味、特技、身体的特徴などの個人情報のほかに、これから何処かへ出かけようとする彼らの姿を望遠レンズで捉えた写真が数葉、挟み込まれていた。

——シャーマンの青年は生かして、こちらの味方につける手もあります。**デウス**は予言者に興味をお持ちですから。

――生け捕りにして貢物にしろと？　そいつはデウスにこう予言するんじゃないか。おまえは息子に殺される、と。

穴見警部、八朔刑事、ナルヒコ、それぞれの顔を一瞥しながら、イチローは無言でため息をつくと、不意に立ち上がった。代理人ホワイトヘッドもやや遅れて、立ち上がり、握手を求めたが、イチローはそれには応じず、「いずれ、リア王とは直接話をつけなければならないな」といい残し、鰻屋を出て行った。代理人は立ち尽くしてその背中を見送っていたが、完全に視界からその姿が消えると、ようやくイチローが放つ強烈な殺気から解放された。代理人は脱ぎ捨てられた上着のようにぐったりと椅子にへたり込んだまま、しばらくのあいだ身動きできなかった。

25

新たに舞い込んできた難儀な案件の優先順位は、府知事暗殺、教祖排除、警部らとシャーマンの抹殺という並びになるだろう。これはそのまま難易度の高さの順位でもある。困難なミッションを先に片付ければ、後に続くミッションは楽になる。万が一、任務に失敗をした場合は、その時点で自分の命運は尽きるので、残りのミッションを遂行せずに済み、無駄が省ける。

　府知事暗殺の準備から始めることにしたが、時間は限られている。大木も人気に陰りが見え始める前に、一気に首相の椅子取りまで漕ぎつけようとしている。首相になってからでは、身辺警護が厳しくなり、容易に近づけなくなる。次の選挙までのここ半年以内に手を下さないと、このミッションは暗礁に乗り上げる。そこで代理人には府知事の日々の行動に関する情報の提供を依頼した。それを元にターゲットの行動の癖を掴み、隙が生じやすい状況を割り出す。

　次にいくつかの状況に対応した殺害の手口を考案し、シミュレーションを重ねる。併せて、殺害後の逃走ルートを複数確保する。証拠を一切残さず、一撃で仕留めるのが鉄則だが、余裕があれば、事故死や自殺を匂わせるさりげない偽装もしておきたい。おそらく、確実に葬ることができるのは一回目のチャンスだけだ。一度しくじると、相手の警戒が強くなるので、実質二回目のチャンスは失われる。暗殺が計画通りに進行することなどない。現場には不測の事態が三重四重に待ち構えており、足を引っ張るのみならず、崖っぷちに立たせたり、喉元に切っ先を突き付けたりするだろう。頼れるのは自分の腕と脚と勘だけだが、負傷したり、弱気になったりした時は使えず、最後は運に任せるしかない。これまでは常に運を味方につけることができたものの、次はどうなるかわからない。ただ、不思議と運に見放される気はしなかった。銀色のイナゴがいる限り。

自分には運命の軌跡が見える。

イチローが最初にそんな思いを抱いたのは、十三歳の時だった。サッカー少年だった彼はある日、試合中のフィールドで銀色に輝くイナゴが飛んでいるのを見た。その珍種のイナゴを追いかけて、フィールドを走ると、ちょうどそこにロングパスのボールが飛んできた。そのボールをトラップして、相手ゴールの方を向くと、再び銀のイナゴがジャンプするのが見えた。その軌跡をなぞるようにシュートを打つと、それはカーブを描いて、ゴールの右端に突き刺さった。そのロングシュートはタイミングといい、角度といい、プロでも通用するレベルだ、とコーチから絶賛された。

それ以来、彼はたびたびフィールドで銀色のイナゴを見た。PKもCKもその軌跡をなぞるように蹴ることで、好結果を出した。その話を仲間にすると、「いかれてんじゃねーの」の一言で片づけられた。どうやら、それは自分にしか見えない妖精だったのだ。銀色のイナゴはいつもパス・コースやシュートの弾道を示してくれた。イチローはその導きのままに動き出し、蹴り出せばよかった。

サッカーをやめても、銀色のイナゴはたびたび現れ、イチローを危機から救った。右か左か、その選択が生死を分ける時、イナゴは生き残れる方を指し示した。袋小路で敵に追い詰められ、万事休すとなった次の瞬間、イナゴの跳躍を見た。あの時は、電柱の陰に身を寄せ、敵の銃撃を逃れ、なおかつ壁によじ登り、その縁を伝って、敵の頭上に立ち、バットでその脳天を割り、辛くも勝利したが、イナゴが一筆書きのように描いた軌跡をなぞったがために、咄嗟の身のこなしが可能になったのだ。

一週間後、「大阪府知事暗殺作戦」に必要な情報と、本作戦専用のキャラクターが用意された。広告代理店勤務の三十七歳、大阪曽根崎生まれ、府知事の母校高野高校の同級生で、早稲田大学卒の佐渡（さど）正雄という男の名刺、免許証、電話番号、住所をしばらくのあいだ使うことにする。

大木府知事は多忙を極める。それだけに規則正しい生活を送らないと、日々のスケジュールをこなし切れない様子だ。基本、知事公邸には住まず、毎朝、午前七時に豊中市の自宅から公用車で府庁に出勤し、午前中は公務をこなし、十一時半には定例の記者会見を入れる。午後からは府内各地の視察やイベント会場回り、夕方からは支持者との会合、新党準備委員会との打ち合わせ、自由党や共生党の実力者らとの会合などが一日平均四件入っている。

常時、取り巻きや記者、議員、府庁職員らに囲まれており、それこそ自宅で眠っているか、知事室でデスクワークをしているか、用足しの際くらいにしか一人になることはない。反知事派の市民から卵を投げつけられる事件があってからは、公務に際し、身辺警護に当たる警官を増やした。

支持者に紛れて、府知事に接近し、握手を交わすことくらいはできるが、殺害後の逃走ルート確保はまず不可能と見るべきだ。殺害まで漕ぎつけても、その先はない。

知事室や自宅にいる知事を狙撃することは可能か？ それは一考の余地はあるものの、成功確率は何処で照準を合わせるかによる。銃口と標的のあいだに一切の障害物がない状況で知事の頭を狙える特等席を確保するのは至難の業だ。最大射程距離は五百メートル。それ以上になると、風や気圧や天気の影響を受け、命中率が格段に下がるし、銃弾の殺傷能力が低下する。もし、三百メートル以内の射程に知事の頭を捉えられ、なおかつ無風であっても、死に至らしめる確率はせいぜい三十パーセント。急所を二ミリ外すだけで、致死率は十パーセント下がってしまう。状況次第では二発目を撃てるが、標的の姿勢や位置が変われば、とどめをさすことはまず不可能である。

イチローは府庁舎の周辺を実際に歩き回り、直線距離三百メートル以内で、照準の中心に知事の頭を捉えられる場所があるかどうか、確かめてみた。知事室は府庁舎本館三階にあるが、本館を取り囲むロの字型の別館が盾となっている。直接、知事室の窓越しに知事の頭を捉えるには、約七百メートル離れた大阪城の天守閣から下方約四度の角度に照準を合わせなければならないが、命中確率は一パーセントを切るだろう。致死率はそれをさらに下回るだろう。

成功率を上げるには府庁舎の内部に、関係者、陳情者、面会者になり済まして、入り込むしかない。観光客の集団に紛れて、知事室前までは接近できることは確かめた。接近戦では銃を使えないが、吹き矢なら効果的かもしれない、とイチローは考えてみた。傘や杖に毒矢を仕込み、至近距離から狙い撃ちするアマゾン式の狩りだ。矢の先端に毒性の強い放射性物質を塗り、被曝させると、致死率は著しく高まる。しかし、距離を詰めての暗殺には常に、取り巻きを生贄にしてしまう危険がついて回る。もちろん、逃走は諦めなければならない。

やはり府知事には一人で、眠るように死んでもらうのが望ましい。翌日まで、誰も知事が死んだことに気付かないくらい静かに、安らかに。

ほとんどプライバシーのない生活を送る大木だからこそ、一人になりたい時もあるはず。食道楽で知られる大木には行きつけの店が何軒かある。取り巻き連中と打ち合わせを兼ねての食事をするのが常だが、夜食や寝酒目当てに一人でふらりと店に立ち寄ることも稀にある。運転手を帰し、タクシーを使い、お忍びで出かける先もあるようだ。その現場に居合わせることができれば、暗殺は俄然容易になる。だが、その機会はいつ訪れるか、わからない。代理人には張り込み屋を用意させ、知事がプライバシーを求めた瞬間を見極め、現場に急行するという方針で様子見をすることにした。

殺しに優雅も風流もないが、イチローは一つの倫理を守っていた。殺される人間には敬意を払うべきである。その人は今回、ほかの人々を代表して、自己犠牲を捧げるのだから、できれば、一瞬でも笑顔で接近し、友人として互いを認め合い、二人きりになる瞬間を持ち、祈りを捧げたい。できれば、なぜ殺されるのかを納得してもらったうえで、表舞台からご退場願いたい。殺人は葬式を兼ねているので、恭しく執り行わなければならない。こんな話をしたら、代理人はこういうに決まっている。「そこにあなたの弱点がある」。

「殺し屋に慈悲は禁物」であることはわきまえている。映画では、冷酷な殺人鬼も、一切の希望を捨てたテロリストも、宿敵の前ではおのが正義、大義、練り上げられた陰謀のメカニズムを説明したがる。それは追い詰められたヒーローに反撃のチャンスを与えることにしかならないのだが、悪役はこれから葬ろうとするライバルにおのが策略の種明かしをすることで、勝利を確信したいのだ。大抵の映画では、それが命取りになる。次のシリーズ作品でもヒーローを演じる契約を交わしている007は、敵役がナルシシズムに陥っているあいだに反撃の機会を見出す。逆に敵役に隙がなければ、007はすでに二十回以上死んでいなければならない。

イチローは、勝利とも正義とも栄光とも無関係だ。この不合理な世界を不合理なままに回転させる任務を淡々と実行してゆくだけだ。そこには私情や慈悲も入り込む余地はない。ただ、いつか報いがくることだけは覚悟していた。優れた狩人ならば知っている。いずれは自分も獲物になることを。

代理人が用意した張り込み屋は政治部の記者だった。府庁記者クラブに詰め、知事のぶら下がり取材を行っているので、知事とは顔見知りだ。三十万円で買収されたこの記者は逐一、知事の動向を携帯メールに報告してくる。むろん、記者は知事暗殺の手引きをしているとは夢にも思わない。「議会で知事に攻勢をかけたい反府知事派の府議会議員が、スキャンダルのネタを探しているので、協力して欲しい」といい含められている。

　イチローは記者の連絡を受け、二度、知事への接近を試みた。最初はホテルのバーで。知事は自由党の議員らと夜の密談を重ねていたが、その様子をカウンター席の鏡越しにイチローは観察していた。大木知事が小用に席を立つのに合わせ、洗面所に向かうと、二人は同じ壁を見つめながら、並んだ。イチローはジャケットの襟に忍ばせておいたよくしなる長い針を抜き取ると、大木の襟首に突き刺し、延髄を貫き、大脳にまで切っ先を深く送り込む……そんなイメージを思い浮かべた。悲鳴が外に漏れないように、口を押さえ、迷いなく一気に針を差し込み、遺体をトイレの個室に引きずり込んだら、速やかにホテルから姿を消すつもりだった。だが、自分の中でゴーサインが出ず、未遂にとどめておいた。たぶん、それは正解だった。まだ知事の小用が済む前から、身辺警護の人間がトイレに様子を見に来ていたし、バーの入口に人だかりができていた。暗殺には成功しても、あの状況では逃げ切れなかっただろう。

　二度目に知事に接近したのは、選挙資金集めのためのパーティ会場だった。イチローは大木知事の高校時代の同級生になり済まし、そのパーティに参加した。受付では佐渡正雄の名刺を出し、会費の三万円を払えば、誰にも怪しまれることなく、パーティに参加できた。そこではちょっとしたハプニングがあった。大木知事が支持者を前にサービス精神旺盛なスピーチを行った後、支持者全員と握手を交わすことになった。イチローは大木と面と向き合うのは避けようとしたのだが、向こうの方から歩み寄ってきたのである。「えーと、何処かでお会いしましたが、何処やったかな?」と人懐こい笑顔を向けられたので、イチローは「ぼくは目立たん同級生やったから」と答えた。受付でイチローの応対をした秘書が大木に「高校の同級生の佐渡さんです」と耳打ちした。

——ああ、佐渡君。三年二組におったね。よう来てくれたな。

佐渡正雄は実在の同級生で、高野高校の卒業アルバムにも当時の顔写真が載っている。もちろん、イチローとは全く似ていないのだが、二十年も前のことなので、深くは追及してこなかった。おそらく大木はホテルで連れ小便をした時に、イチローの顔をチラリと見ていて、その記憶が頭の片隅にあったに違いない。何処で会ったか思い出そうとしているところに、「同級生の佐渡」という追加情報が入ってきたので、そう思い込んだというわけである。

図らずもイチローは「ぜひ首相になって欲しい」と大木にエールを送る羽目になったが、大木からは個人の携帯電話番号が書かれた名刺を渡され、「ぜひ力を貸してくれ」と応援まで頼まれてしまった。

せっかく携帯の連絡先ももらったし、三度目はこちらから大木を誘い出すことにした。その伏線として、イチローは佐渡正雄名で大木に手紙を書いておいた。

先日のパーティでは二十年ぶりに尊顔を拝することができ、懐かしかったです。同級生の中から首相が出るのは名誉なことなので、できる限りの協力をさせてください。そこで早速、相談なのですが、ゴシップ報道が売りの週刊誌が、大木君と昔、付き合いがあったという女性にアプローチして、暴露記事を書こうと企んでいます。大木君の身に覚えのないことなら、放っておいても問題ないと思いますが、もし、気になるようなら、遠慮なく相談してください。こちらは広告代理店勤務で、スキャンダルのもみ消しに関してはプロです。内々で解決できるはずなので、側近の人にも内緒にしておいた方がいいでしょう。こういう噂話は何処から漏れるかわかりませんからね。

手紙は大木の不安を煽ったらしく、早速本人から電話がかかってきて、すぐに会いたいという。先日、接近遭遇をしたホテルのバーを指定されたが、「そこは盗聴される危険がゼロとはいえない」と却下し、天神橋筋四丁目のカラオケ・ボックスにタクシーで乗り付けてくれるよう頼んだ。大木がそれを承諾した時点で、府知事暗殺作戦は始動した。

イチローは一時間前にサングラスにジャージというヤンキー風の変装をし、佐渡正雄の名前で「朝までコース」五名分の料金を前払いした。

二十二時四分。大木府知事は単身、タクシーで天神橋のアーケードの一角にあるカラオケ・ボックスに乗り付けた。秘書に話せば、単独行動を諫められることはわかっていた。だが、まだ四十路前の大木はしばしば大胆な行動に打って出ることで人気を獲得してきたし、ラグビーで培った体力には自信があった。幾多の修羅場をくぐってきた経験もあるし、「酔っ払いやヤクザが怖くて、知事が務まるか」などと思っていた。

指定された304の部屋に行ってみると、佐渡正雄が一人でワインを飲みながら、待っていた。

――こんな場末に知事をお呼び立てして申し訳ありません。

慇懃な態度の佐渡の肩を叩き、大木は空のグラスを手に取った。佐渡がボトルの白ワインを注ぐそばから、せっかちに「例の件だけど、その女というのは誰だ?」と本題に入ろうとした。

――本郷ともみというキタのクラブの女です。

――覚えがないな。オレと何をしたといってるんだ?

――もうこの件は片付けました。女には口留めをし、週刊誌には代わりのネタを提供しておきました。

——代わりのネタって何？

——大木さんはその記事を読むことはないでしょう。なぜなら……

知事の同級生になり済ました刺客は、知事の耳を拝借する素振りを見せたかと思うと、ジャケットの内ポケットからスタンガンを取り出し、知事を感電させ、体の動きを止めた。間髪を入れず、外ポケットからパンティストッキングを取り出し、知事の首に巻き付け、渾身（こんしん）の力で絞め上げた。ストッキングにはあらかじめ二つの結び目を作っておいた。結び目の小さなこぶが効率よく頸動脈を圧迫し、窒息死までの時間を短縮してくれる。最初はしわがれ声で呻いていた知事も大人しくなり、ぐったりと脱力した。イチローはさらに手袋をつけた手刀で喉仏を打ち、気管を閉じておいた。咽喉がつぶれ、粘液で塞がれてしまえば、もう呼吸はできない。

隣の部屋からは『いい日旅立ち』を歌う女の調子外れの声が聞こえてくる。

大木知事は血走った目を見開き、「何？」という疑問形の表情のままで死んでいた。崩れ落ちた彼をソファに戻し、威厳ある姿勢に整えておいた。府知事の幻の同級生もまた消える。イチローは知事の遺体に手を合わせると、部屋をあとにし、非常階段を使い、レジを通らず、店員とも顔を合わせることなしに、通りに出ることができた。最寄りの天満（てんま）駅まで歩くと、環状線に乗った。隣の大阪駅で下車すると、凶器のパンティストッキングをゴミ箱に捨て、地下鉄に乗り換え、難波（なんば）まで行く。そして、道頓堀に沿って歩き、人気が途絶えたところで、スタンガンをお堀に投げ捨てると、締めくくりのラーメンを食べ、流しのタクシーを拾い、投宿しているホテルの名を運転手に告げる。

第一のミッションは依頼から一ヶ月後に完了した。今回は銀色のイナゴは見なかったが、代わりにベートーベンの交響曲第三番『英雄』の第四楽章のコーダが頭の中で鳴り響いていた。このメロディが聞こえた時は迷いを振り切り、先走りしなければ、そこで未来が断ち切られてしまうことになっている。英雄とは誰も追いつけないほど速く走る者のことである。特殊部隊よりも、噂よりも、国家よりも、資本主義よりも。

26

「大阪府知事大木鉄五郎、変死」の速報は翌日午前中のうちにテレビやネットを駆け巡り、大木の名を聞いたことのある全ての人々を瞠目させ、絶句させ、しかるのちに謎解きへと誘った。素人のにわか探偵たちが、様々に憶測を繰り広げ、今まで表沙汰にならなかった噂の数々が露呈し、封印されていた過去が蒸し返されるたびに、リアクションが増殖し、冷やかし、怒号で沸き返り、ほかの話題を覆い隠してしまった。誰もが冷静さを失い、一時的な集団ヒステリー状態に陥っていた。毀誉褒貶の激しかった故人だが、次期首相の有力候補だったので、政治的な陰謀を疑う声も噴出した。某政治評論家は「敵が多く、怨恨も買っていたようだ。殺される理由には根深いものがある」と呟いた。手掛かりになりそうな匿名コメントなどなかったが、八朔すみれが拾った書き込みにはこんなものがあった。

犯人は自由党や共生党の依頼を受けたプロの殺し屋だ。

府知事は公共事業の入札に参加させてもらえなかった業者の恨みを買っていたから、復讐されたのだ。

大木が死んで、喜ぶ連中はたくさんいる。現首相、現幹事長、現官房長官、犬猿の仲の東京都知事……などなど。

大木さんの冥福を祈ります。日本のために死んでくれてありがとう。

鉄五郎も不死身ではなかった。そして、政界には誰もいなくなった。

首相と府知事が同時にいなくなった。この国も人材枯渇だな。政界に残ったのはボケ老人と犬だけじゃないか。

何が悲しくて、一人でカラオケ・ボックスなんて行ったんだ?

犯人に告ぐ。大木を殺してくれてありがとう。

→こいつが犯人だ。

暗殺の手口としては地味かしらんが、格闘技やってる奴の仕業やな。

犯人はすぐに捕まるだろう。犯人は大木をカラオケに呼び出せる人物、つまり関係者だ。

もっと大きな力が働いているんだよ。暗殺の陰にはCIAありだ。

出た、何でもCIAの陰謀だと騒ぐバカ。

ハリウッド女優も、アメリカのポップ・シンガーもみんなＣＩＡの隠れエージェント。

大木は吉木興業がエージェント。

犯行現場は天満駅付近、大阪府警曽根崎警察署の管轄だが、初動捜査の段階で容疑者を絞り込み、逮捕に結び付けられるか、警視庁特命捜査対策室長の穴見も捜査の進展に注目していた。もちろん、サトウイチローが府知事殺害に手を染めた証拠は今のところ何もないが、その大胆不敵にして、鮮やかな殺害の手口は彼以外の手によるものとは考えにくかった。

犯罪には絵画や小説のように作者名や著作権があるわけではない。だが、筆のタッチや語り口に作者の癖が見え隠れするのに似て、犯罪にも犯人の癖が刻まれている。すでに六つの犯罪の手口を検証してきた穴見警部は、この「大阪府知事暗殺事件」の背後にもサトウイチローの不気味な息遣いを聞き取ってしまうのだった。念のため「これも彼の仕業なんだろう？」とナルヒコに問いかけてみた。彼の答えはこうだ。

——穴見さんにもわかるようになったんですね。

ナルヒコと長く一緒にいるお蔭で、穴見の勘も磨かれたのだろうか？

イチローは息を潜めて身を隠す気などないらしく、警察の目が行き届く場所にも堂々と出没し、コーヒーを飲んでゆくような気軽さで犯罪を重ねている。「早くオレを捕まえてみろ」と挑発しているかのようですらある。

——すごく基本的なことを聞いてもいいですか？

日曜日の午後、「スナックはーです」にコーヒーを飲みに立ち寄った穴見警部にナルヒコは改まった口調で切り出した。

——警察はサトウイチローをどうしたいんですか？

この質問には不意を突かれた。逮捕しようとしているに決まっているのだが、それとは別に、ナルヒコは裏の真意を確かめたがっているようだった。

——さて、どう答えたらいいだろう。容疑者を逮捕する以外にやるべきことがあると、君はいいたいのかな？

——なぜ逮捕しなければならないかといえば、法に背いているからですよね。

——そうだ。殺人、傷害、誘拐、恐喝……放っておけば、さらに罪を重ねることになる。

——もし、彼が法を超える存在だったら、どうなりますか？　罪を問うことができない存在だったら、逮捕しても意味がないですよね。

——もし、サトウイチローが、人殺しをしても罪に問われない007みたいな存在だとしても、警察は彼を逮捕する。あんな物騒な奴を野放しにしておくわけにはいかないから。

――どの事件も、ぼくたちが蒸し返さなければ、自動的に迷宮入りしていたはずなんですよ。実は「触らぬ神に祟りなし」だった。なのに、ぼくたちが真実を見出してしまったもんだから、これはきっと……祟られますね。

――祟られるって、具体的にどうされるわけ？

――ぼくたちの努力が水の泡になる。最悪、ぼくたちは殺されちゃうかも。

――誰が我々を殺すんだ？

――イチローですよ。嫌な夢を見ました。「スナックはーです」宛に小包が届いて、母が段ボールを開けると、中に穴見さんの頭と八朔さんの脚とぼくの目が入っているんです。もちろん、運命は刻一刻と変わるから、夢で見た通りになるわけじゃないんですけど、何か嫌な感じがします。

この夢の警告に怯むわけにはいかない。自分たちがサトウイチローに殺されることになっているというのに、手をこまねいて待っているバカはいない。敵は「攻撃は最大の防御」と思っているようだから、こちらもその法則に忠実に、殺される前に奴を逮捕すべきところだ。しかし、警視庁内部に捜査を妨害する力が作用しているとなると、厄介だ。具体的に誰が我々の脚を引っ張っているのか、それを見極め、相手を出し抜かなければならない。この種のケースでは「最も身近な者から疑え」というマニュアルがある。

特命捜査対策室の面々を思い浮かべてみるが、全員が疑わしくもあり、信頼できそうでもある。八朔、ナルヒコはどうか？　彼らを疑う前に自分を疑った方がよさそうだった。

――ナルヒコ君、君が警察に協力するようになってから、誰か接触してきた人物はいなかったか？

――「スナックはーです」には占いの客がよく来ますけど。

――その客の中に脅迫めいたことをいう奴とか、事件に関わることを訊ねた奴はいなかったか？

――思い当たる人はいませんね。あっ、ちょっと待って。そういえば、ぼくが店にいない時、怪しい客が来たと母がいってました。ねえ、母さん。

カウンターの中の自分の椅子に座り、イヤホンを差して韓国ドラマに見入っているナミにナルヒコが話を振ると、リクライニングシートの一つを指差して、こういった。

――そこに腰掛けて、ビールを飲んで行った。二週間くらい前だったかしら。初めてのお客さんだったけど、知り合いにこの店の話を聞いたんだって。ほんの三十分で帰ったけど。

――なぜ、怪しいと思ったんですか？

――メニューの誤字を指摘したり、携帯電話を忘れたりしたから。

それ自体は別に怪しむべきことではないが、ナミの直感は「怪しい」と告げていたというわけだ。穴見はその客が座っていたという椅子に腰掛け、改めて店内を見回してみた。天井、照明、壁、スイッチやコンセントの位置、テーブルの配置、トイレ、カウンターを凝視し、ふと何か思いついたように床に這（は）いつくばい、椅子の座面の裏を確かめると、右手を差し込み、何かをもぎ取った。

――ビンゴ！　いい勘してますね、ナミさん。

穴見は手に握っていた物を水の入ったグラスの中に落とした。

――盗聴器ですか？

――秋葉原で売ってる三千円程度の物だな。

――あら、いやだ。お客さんの悪口いってるの聞かれちゃったかしら。

ナミの拍子抜けする反応をスルーして、穴見は続ける。

――これは盗聴が目的というより、「おまえたちを監視しているぞ」という警告のつもりだろう。

表向き、穴見のチームの捜査は粛々と進んでいるかに見える。だが、捜査を進展させる情報や核心に迫る事実がその都度、間引かれたり、隠蔽されたりしたら、捜査は空転してしまう。目下、穴見率いるチームは警視庁内で注目の的になっているが、その中のいくつかの目は敵方に通じているかもしれない。

いっそ、内部調査も並行して行い、早急に内通者を排除したいところだが、その権限は穴見にはない。現実的に穴見にできることといったら、秘書役の八朔、捜査協力者のナルヒコの力を借り、どの捜査員よりも早く、事の真相に迫ることくらいだ。そして、穴見らが独自に摑んだ情報は当面、他の捜査員には秘密にしておく必要がある。敵に有利な状況を作らせないためにも、また自分たちの身を守るためにも。

穴見は特命捜査対策室に配属される直前の半年間、特命捜査幹部研修所でセミナー形式の研修を積んだのだが、その時、同じセミナーにいた警部が大阪府警におり、「府知事暗殺事件」の捜査幹部を務めていた。その伝手を辿り、穴見が担当している事件との関連を探るという名目で、捜査の進行状況を確認することができた。

府知事は秘書に「このあいだの政治資金集めのパーティに来ていた高校の同級生に会って来る」といい残し、タクシーで天満に向かった。この後のスケジュールは珍しく空いていたので、秘書には「二時間ほどしたら、帰宅して休む」と電話で告げ、天神橋筋のカラオケ・ボックスに入店した。

殺害現場のカラオケ・ボックスの防犯カメラには大木府知事の姿も映っていた。待ち合わせ時間の午後十時過ぎに現れた府知事は受付の青年に「３０４で待ち合わせ」と声をかけ、エレベーターに乗った。その一時間前の午後九時には府知事と会うことになっていた同級生の佐渡正雄が受付で前金を支払っている。だが、カメラに映っている男は地元ヤンキー風のいで立ちの青年で、秘書が以前にパーティで見かけた広告代理店勤務の人物像とはかなり印象が違っていた。しかし、受付では堂々と佐渡正雄の名前を書き記していった。

すぐに佐渡正雄を重要参考人として出頭させたが、パーティに現れた人物とは全くの別人であることがわかった。容疑者は佐渡正雄の名前だけを借り、同級生になり済まし、府知事に接近を図ったのである。本物の佐渡正雄は豊岡市内の宅配業者の配送係で、確かに同じ高校の同級生ではあったが、大木府知事とは一切の接触はなかった。犯行当時は同僚たちと居酒屋で食事をしており、その裏付けも取れている。

殺害が行われたのは府知事が入店してから三十分以内で、その間、ドリンクなどの注文は一切なかった。二時間ほど経過してから、店員が３０４号室の様子を見に行ったところ、客が一人、歌も歌わずに「ぽつねんと」座っているので、何か追加注文はないかと声をかけたが、反応がなかった。第一発見者の通報で、警察が駆けつけた時にはすでに二時間半が経過していた。

即座にカラオケ・ボックスを閉鎖し、中にいた客を一人一人取り調べ、同時に逃走経路となりそうなところに警官を配置し、目撃証言を集めたが、手掛かりは得られなかった。スタンガン、パンティストッキング、手刀を用い、反撃の余地を与えず、確実に気道を塞ぐ手口で、殺人に関してはプロの仕事である。凶器も指紋も発見されず、逃走の足取りも摑めていない。

穴見がサトウイチローのモンタージュ写真を、この事件の捜査本部に送り、目撃証言との一致点を探るよう依頼したところ、即座に「パーティに出席していたニセ佐渡正雄の容姿の特徴と重なる」という返答があった。穴見の直感の正しさが証明されたことになる。

東京に現れ、根本ゆりあの記憶を奪ったかと思えば、一月後には大阪で府知事を殺す。その神出鬼没ぶりには啞然とするばかりだが、敵も体は一つだけだ。捜査網が張られた大阪にはもういないだろう。東京に戻って、次なる任務の準備を始めているか、ほとぼりが冷めるまで外遊でもするつもりか、そこはナルヒコの霊感に頼るしかない。

府知事殺害の経緯を聞いたナルヒコは、青ざめた顔をして、穴見と八朔にこんな予感を打ち明けた。

——サトウイチローは怒っています。もうどうにでもなれと思っています。

——その怒りの矛先は誰に向けられているんだろう？

——自分に無駄な殺戮をさせる連中に怒っているんです。彼は連中のいいなりになる気はありません。でも、命令に従わなければ、今までの努力が全て水の泡になる。だから、仕方なく、任務を遂行しているんです。

——次は何をしでかすつもりだろう？

——わかりません。でも、もう暴走は始まっている。怒りがピリピリと伝わってきます。サナダ先生にも同じような怒りを感じましたが、サトウイチローの怒りの力は十倍大きい。もっと多くの人を巻き添えにしてしまいます。彼の暴走を食い止めなければなりませんが、真に邪悪なのは、彼を操り、世界をかき乱す連中の方です。

——ブラックハウスか？

穴見の呟きにナルヒコは静かに頷いた。

——ぼくたちが戦うべき本当の敵は彼らです。

しかし、この巨悪は放射線さながら、目に見えない。姿形のない敵とは戦いようもない。

その時、八朔刑事が何か閃いたように、黒縁眼鏡の奥のつぶらな瞳を見開き、「ひょっとすると」と口走った。

——サトウイチローはその見えない敵を可視化してくれる存在なんですよ。

「その通りです」とナルヒコが受ける。

——サトウイチローが任務を遂行すると、その背後に見え隠れするのが、ブラックハウスです。

見えない放射線を検出するにはガイガーカウンターが必要だが、先ずはそのガイガーカウンターを逮捕しなければ、彼の背後に控える真の敵の姿もわからない。

ナルヒコのコトバに八朔は頷きながら、右手を上げ、改めて発言の意思を示した。

――ナルヒコ君は前にいいました。サトウイチローは父親に強烈な憎しみを抱いていると。父親も息子を亡き者にしようとしているともいいました。

ナルヒコは「今もそれを感じます」といった。

――彼の父親が何者なのか、それがはっきりわかれば、私たちの真の敵の姿も見えてくるはずですよね。

――そろそろ、戸籍一式が揃う頃だろ。

穴見が改めて、八朔の表情を確かめると、彼女は口を歪(ゆが)め、困惑を露わにした。

――揃うには揃ったんですが、解釈に苦しむ事実がたくさん出てきました。

27

八朔刑事は二週間前から捜査の合間に、サトウイチローの所在を確認すべく、戸籍と住民票を入手しようとしていた。第三者による請求には本人からの委任状が必要だが、警察手帳を見せ、捜査への協力を要請すれば、役所の人間は大抵、従う。一応、偽造の委任状を用意していたが、使わずに済んだ。

まず、サトウイチローが少年時代を過ごした横浜山手の管轄区役所に足を運び、戸籍謄本と住民票を請求した。役所の戸籍簿に記録が残っていれば、彼が家族とともにこの土地で過ごしていたことの裏付けは取れるし、両親や兄弟の消息を辿る糸口になる。それに戸籍は嘘をつかない。謄本に記載されている事実との照合を重ねて行けば、必ずサトウイチローの身柄を確保することができるはずだ。

この頃、サトウイチローは父親を筆頭者とする戸籍に入っているはずなので、二人いる父親のうちの一人「佐藤英二」の名前で戸籍謄本を探した。佐藤英二は十年ほど前に死亡していることは、聞き込み捜査で判明している。だが、家族が生きていれば、戸籍謄本にはその名前が併記されているはずだ。しかし、役所に残っていたのは、除籍謄本の方だった。

この謄本は昭和五十九年の四月十七日から始まる。「東京都世田谷区深沢五番より転籍届出」とあり、この日付を以て、本籍を横浜に移したことがわかる。事項欄の最後の日付は平成四年三月二十日になっていて、横浜には八年ほどしかいなかったことがわかった。謄本に記載されている家族全員、つまり父親の英二、母親の寧々、長男の一郎、次男の健次は長野県に転籍し、この戸籍は抜け殻になった。

八朔は次に横浜に転籍する前の除籍の記録と、長野に転籍したのちの戸籍を調べた。世田谷区深沢の役所で閲覧した除籍謄本は昭和五十年三月三十日、佐藤英二と寧々の婚姻届出の日付から始まっている。その同じ年の昭和五十年八月十五日に双子の出生届が出され、一郎、健次の名前が籍に入る。だが、その直後、「ＷＨＹ？」と天を仰ぎたくなる記載が目に飛び込んでくる。

昭和五十一年十月十日長男一郎死亡届出。

これはどんな読み方をしても、サトウイチローが一歳一ヶ月にして、この世を去った事実を告げている。妻寧々の隣の長男一郎の記載欄を見ても、名前に×印がつけられ、「死亡により除籍」とある。いや、届出をしただけで本当は死んだわけではない、とか、後に生き返った、などと下手ないいわけが後に続くのではないか、と八朔は謄本の後の記述を確かめる。

昭和五十四年一月七日、佐藤家長男一郎、本籍東京都千代田区千代田一番、養子縁組により入籍。

八朔は思わず「あれっ」と声を出し、固まった。

死んだはずのサトウイチローがなぜ再び現れるのか？

もちろん、死んだ子が二年半後に生き返るはずもないから、この「佐藤家長男一郎」は別人だ。わざわざ同姓同名の子を選んで養子にしたということなのか？　しかも、養子になった一郎と一歳一ヶ月で死んだことになっている一郎は生年月日まで同じなのだ。あらかじめスペアが用意されていたかのようですらある。

——ふざけた戸籍だわ。

八朔は思わず口走る。「戸籍は嘘をつかない」というのは嘘だ。

八朔は疑心を抱きつつ、千代田区役所に行き、養子縁組する前の一郎の戸籍の記録を確かめた。皇居の住所を本籍地にしている人は全国で四十人ほどいるらしい。その中に佐藤家の記録もあった。一郎の転籍も記載されていたので、千代田の佐藤家が実在していたことはわかったが、すでに全員が除籍になっていた。この除籍謄本の筆頭者は佐藤一郎の父親佐藤学だが、平成十年二月二日に死亡届が出されている。その妻の佐藤淳子も同じ日に死んだことになっている。

次いで、八朔は長野県北佐久郡軽井沢町追分に転籍したあとの、佐藤家の戸籍を確かめに軽井沢へ向かった。

戸籍の筆頭は父親の佐藤英二だが、すでにその名前には斜線が引かれていた。「平成十三年四月二十七日死亡により除籍」とある。長男一郎、次男健次の記載欄にはそれぞれこのような記載がある。長男一郎は「平成十三年四月二十八日　米国市民権取得により日本国籍喪失。除籍」。次男健次は「平成二十年五月三日死亡により除籍」。二人の名前にもともに×印がかけられ、現戸籍に残っているのは母親だけだった。

イチローがアメリカの市民権を取った理由も不明だし、その前日に父親が死亡していることも気にかかる。また弟の早過ぎる死にも何か裏がありそうだ。

三つの除籍謄本と一つの戸籍謄本をつなぎ合わせることで判明した事実を、八朔は穴見警部とナルヒコに報告した。

――サトウイチローは一歳一ヶ月の生涯を終えたが、別のサトウイチローが養子に入り、その後、アメリカ人になった、というわけか。完全におちょくられているな。

穴見がため息交じりに呟くそばで、ナルヒコは八朔の説明をよく呑み込めていない様子だった。

――この除籍や戸籍の謎を説明できるのは、母親だけでしょう。

八朔の指摘に頷きながら、「母親は実在しているのか?」と穴見が訊ねる。

――はい。軽井沢で一人暮らしをしています。しっかりと存在を確認してきました。

――ボケたりしていないだろうな。

――まだそんな歳ではありません。遠目に見ただけですが、今もモデルとして通用するくらい綺麗でした。

――元モデルも蒸し返されたくない過去を抱えているだろう。それを蒸し返すのが我々の仕事だ。

八朔の目に、穴見はいつもより張り切っているように見えた。

28

母親というのは、息子を警察に売るような真似(まね)はしない。逮捕され、判決が下り、服役しても、息子の無実を信じる。

穴見は駆け出しの頃、先輩警部からそんな経験則を聞かされたことがあった。「母親に事情聴取する時は、疑ってかかれ」という意味であり、「息子を守るためなら、母親はいくらでも嘘をつく」という教訓でもあるだろう。

だが、近頃は母と息子の強い絆も薄れる傾向にある。息子と共犯関係を結ぶことを拒み、正義の方に就きたがる母親が増えてきた。巷で人気の社会学者のコトバを借りれば、「もはや、家族は運命共同体ではない。家も家族も個人を収める器になり果てた」ということか。

サトウイチローと母親の関係はどうだろう？　戸籍も除籍も多くは語らない。この家族の来歴を知っているのは母親の寧々だけだ。彼女に面会に行く前に、八朔に追加の調査を指示しておいた。寧々の出自もこの際、押さえておいた方がいいという考えからだったのだが、予想外に大きな的に当たった。

佐藤英二との婚姻入籍以前に遡り、寧々の実家の戸籍を調べた。旧姓を田中といい、右翼の大物といわれた人物が父親に当たることがわかった。田中清盛といえば、ある年代までの人間ならば、誰もが知っている。

田中家の先祖は会津藩士で、清盛の母方の遠い親戚には白虎隊の隊員もいたという。その反逆の血筋を清盛は引いたのか、その人生は大きな起伏に富んでいた。

戦前は左翼活動家として、モスクワや上海で共産主義革命のための資金と情報収集に従事し、周恩来や鄧小平、コミンテルン幹部らと親交を結んだ。帰国後、武装闘争を指揮し、治安維持法違反に問われ、投獄されるが、獄中でマルクス主義から天皇主義に転向した。四年に及ぶ刑期を終え、一九三八年に出所して以後は、ビジネスの世界で活躍する。田中商会を設立し、造船、運輸、通信など幅広く手掛ける傍ら、外国人脈を駆使した終戦工作に従事した。

戦後はアメリカやユダヤ系の金融機関とのコネクションを生かし、戦災地復興事業や水力、火力発電所の建設、油田開発などを展開し、田中商会を一代で巨大企業に育て上げた。政界、財界に大きな影響力を持ち、日米安全保障条約締結の裏工作や反共包囲網の構築にも貢献した。かつて、自身が左翼活動家だったにもかかわらず、左翼運動、学生運動の弾圧に加担していることを批判されながらも、日本の経済成長を最優先し、「資本主義でアメリカを凌駕（りょうが）することが最大の復讐になり、革命より大きな意義がある」

と唱えた。

高度成長期の石油安定確保のためにも尽力し、中東で活発な民間外交を展開し、時にアメリカの意向を無視して、アラブ諸国との密約を結んだりしたが、その一方でアジア地域における反共活動への貢献が高く評価された。そのせいで、七〇年代にアメリカの意に反した右翼の黒幕や首相らが一斉に訴追された時も、田中だけは免れた。

田中清盛を評したコトバは、一人の人物に向けられたとは思えないほど多彩だ。ある人が「終戦の最大の功労者」といえば、別の人は「戦後最大の売国奴」という。「偉大な転向者」とか「節操のない大思想家」という評言もある。田中の矛盾をそのまま指摘した「愛国の逆賊」とか「反共左翼」という非公式の肩書もある。

錯綜（さくそう）した日本を体現したかのような人物を祖父に持ったということは、サトウイチローの人物像を思い描く上で、何がしかのヒントにはなるだろう。


郵便局を騙（かた）り、電話で佐藤寧々の在宅を確かめると、穴見は自ら車を運転し、追分の自宅をアポなし訪問した。警察手帳を提示し、事情聴取を願い出る正攻法で、イチローの母と向かい合う。もう六十を過ぎた年齢のはずだが、肌の色つやと張りは四十代にしか見えない。身長も百七十センチ以上あり、そこにいるだけで周囲を明るくする華があった。

——突然の訪問をお許しください。警視庁特命捜査対策室長の穴見と申します。
丁寧な口調、柔らかい物腰で名刺を差し出すと、寧々は穴見に握手を求めた。
——目下、重要未解決事件の継続捜査を行っております。捜査にご協力くださいません
か？
——その理由は何でしょう？
——率直に申し上げます。いくつかの事件において、息子さんのサトウイチロー氏に容
疑がかかっているのです。
佐藤寧々は穴見、八朔、そしてナルヒコ、それぞれの顔をまっすぐに見据えると、や
や間を置いて、「どうぞ」と三人を家の中へ招き入れた。家政婦にお茶の用意をするよ
う伝えると、客間の暖炉の前のソファを勧めた。息子が容疑者と聞いても、動じる気配
はなかった。何かを断念した人によく見られる柔和な表情が印象的だった。ナルヒコは
佐藤寧々の全身からかすかに漂ってくる気を吸い込んでみたが、邪悪なものは何一つ感
じなかった。
——息子さんと最後にお会いになったのはいつですか？
——弟のケンジが死んだ時ですから、三年前になるでしょうか？
——その後は一度も会っていませんか？　連絡は取っていますか？
——会っていません。何処にいるのかもわからないので、連絡も取れません。ああ、で

も去年、私の誕生日に電話がありました。花も送られてきました。

——ケンジさんは若くして亡くなられたんですね。

——三十二歳でした。

——死因は何だったんですか？

——自殺です。

その簡潔な答えに穴見が一瞬、怯んだので、後を受けて、八朔が質問を続けた。

——イチローさんとケンジさんは双子ですね。

——はい。二卵性の双生児です。

——でも、イチローさんは一歳一ヶ月で亡くなったのではありませんか？

佐藤寧々の表情が微妙に曇る。ポーカーフェースの八朔に「我が家の戸籍を調べたんですね」と訊ね、頷くのを確認すると、事務的にこう説明した。

——戸籍上、イチローは養子ということになっていますが、私が生んだ子です。一歳一ヶ月の時、死亡届を出しましたが、それはあの子を守るためでした。殺されないようにするには、死んだことにするしかなかったのです。

——誰かの目を欺くために、死亡届を出したが、本当は生きていたのですね。

——そうです。夫の兄夫婦にかくまってもらっていたのです。その年にパリから帰国した兄夫婦の戸籍に長男として入れてもらいました。

——なぜそのようなことを？　誰が赤ん坊を亡きものにしようとしていたのですか？

——このことと、刑事さんたちの捜査はどんな関係があるんですか？

予想通り、母親の舌にガードがかかった。

——プライバシーに関わる質問ですが、気を悪くなさらないでください。イチローさんは事件の容疑者ではありますが、捜査によって明らかになった事実によっては、私たちは彼の味方になり、彼の命を守れるかもしれないのです。

穴見の説得に耳は傾けていたが、そのコトバの信憑性を見極め、それが本当に息子のためになるのか、慎重に判断しようという態度が見て取れた。容疑者の母親の心に警察への信頼を育むのは簡単ではない。この先のガードを解くための駆け引きは重要だ。

——イチローさんは平成十三年四月、二十五歳の時にアメリカ市民権を取得し、日本国籍を失っていますが、その理由を教えてください。

——アメリカで仕事をするのに有利だからです。

——同じ年の同じ月、一日違いでお父さまの英二さんが亡くなっていますが、これはどういうことでしょうか？

——父親が死んで、思うところがあったのでしょう。

今まで黙っていたナルヒコがおもむろに立ち上がり、一礼して寧々の手を取り、目を閉じた。何を始めるのか、いぶかる表情で佐藤寧々はナルヒコの顔を見つめていた。彼女の心の奥底に潜んでいる思念を感じ取ったか、ナルヒコはもう一度、会釈をすると、ソファに戻り、彼女に微笑みかけた。

――その人はあなたとのあいだに子どもを作りたかった。双方の一族の血を受け継いだ子どもを。その人の父親はあなたのお父さんと交友がありました。彼の一族はあなたの一族と親戚になりたかったんでしょう。

佐藤寧々は腕組みをし、眉間に皺を寄せ、グロテスクなものを見るような眼差しでナルヒコを見ていた。明らかにナルヒコを警戒していた。

――その人はいくらあなたを求めても、あなたにはすでに許嫁がいました。もちろん、あなたはその人を拒絶した。でも拒絶されれば、されるほど、その人はあなたを欲しがった。なぜなら、その人は全てを手に入れなければ、気が済まなかったし、あなたを崇拝していたから。

佐藤寧々は穴見に説明を求めるように「この子は誰？　何がその目に映っているの？」と訊ねた。彼女の動揺を見る限り、ナルヒコは彼女の消せない過去を正しく読み取ったようだ。

――彼は特殊な目と耳の持ち主で、手掛かりの少ない事件の捜査には欠かせません。彼は今、あなたの思念を読み込んでいるところです。どうか、捜査にご協力を。

ナルヒコの前では隠し事も虚言も無意味だと、早く悟ってもらう作戦は功を奏した。

——お察しの通り、イチローとケンジは双子ですが、父親が違うのです。あなたはそれをどうして知ったの？

——あなたの心にそう書いてあったから。

ナルヒコの答えを補うように、八朔が口を挟んだ。

——全然似ていない双子だと、近所の人は噂していたようです。

佐藤寧々は深呼吸をし、心の乱れを整えようとしていた。そして、もっともな質問を投げてきた。

——それで、あなた方は何を知りたいの？　我が家の恥とそちらが捜査している事件とはどんな関係があるの？

——恥などではありません。私たちは佐藤家にふりかかった災厄について詳しく知りたいのです。イチローさんの実の父親もまた私たちが調べている事件と深い関わりがあると考えられます。

八朔が精一杯無邪気な表情を作って、いった。

——イチローの父親のことを知っても、あなた方にはどうすることもできないでしょう。でも、その坊やは何もかもお見通しのようだから、こちらが秘密にしたところであまり意味はないようね。イチローを守ることになるのか、どうかはわかりませんが、お話しする用意はあります。

29

たとえば、なかなか寝付けない夜の寝入り端、たとえば、帰宅し、ドアを開け、部屋の薄暗がりを目の前にした時、あるいは雑踏で不意に知っているオーデコロンの香りが鼻を掠めた時などに、否応なく思い出してしまう。他人に話すことなど考えたこともない。その記憶をコンクリートで固めて、地中深くに葬ってしまえるものなら、たとえ寿命が何年か短くなっても構わない。

でもあったことはなかったことにはできない。いつかはその過去と真正面から向き合い、決着をつけなければならないことを、寧々は漠然と覚悟はしていた。いよいよその時が来たようだ。

どんな英雄にも怪物にも、両親がいる。天才も凡人も等しく、一対の男女の情事の産物である。だが、イチローはそうした常識の埒外で生まれた。

寧々は学生時代に知り合った佐藤英二と深く愛し合い、結婚の約束をしていた。英二は才能豊かなミュージシャンだった。音大生時代から作曲活動とコンサート活動を始め、映画やテレビドラマなどに楽曲を提供し、またジャンルを超え、様々なミュージシャンとセッションを重ね、すでに知る人ぞ知る存在になっていた。寧々は十代の頃からモデルとして活躍するかたわら、大学で英文学を学び、二十六歳を境に結婚し、引退するつもりだった。約束の年が巡ってくると、英二は今後の自分の活動範囲を広げるつもりで、ヨーロッパへの演奏旅行に出ることにした。三週間の予定でドイツ、フランス、イタリアの七都市を巡り、より多くのミュージシャンたちから信頼を得、また海外の有名レーベルとの契約にも漕ぎ着け、ツアーは大成功を収めた。当初から英二は帰国直後に、寧々と結婚式を挙げる計画だった。

一九七四年十一月十一日。ツアーを終えた英二は速やかに帰国の途に就く。心は一足先に寧々の待つ東京に飛んでいた。彼女への飢餓感は限界に達しており、その唇の感触や頰の肌触り、乳房の張りなどを思い出しては、悶々としていた。空港に迎えに行くといい張る寧々には「ホテルのスイートで待っていてくれ。何もいわずに君を抱きたいから」と電話で伝えた。しかし、ロンドン、ヒースロー空港を覆った霧のため、英二を乗せた飛行機はなかなか離陸しない。ようやく霧の隙間を狙って飛び立った時、すでに二時間の遅れが生じていた。

寧々はいわれた通り、都心の某ホテルのスイートを予約し、愛しい人を全身で迎え入れる準備を整えていた。到着予定時間を五分過ぎた午後六時頃、フロントから電話があり、英二からの伝言を受け取った。

「七時半頃到着予定。部屋の明かりを暗くして待て」

わざわざフロントなんて経由せず、直接いえばいいのに、と思ったが、「何もいわずに私を抱く」というのをやってみたいのだろう。寧々は時間をかけ、髪をセットし、入念に化粧を施した。そして、七時半になる直前、英二がすぐに入って来られるように、部屋のドアを解錠し、フットライトと洗面所の明かりを残し、部屋を暗くし、ベッドに横になって待っていた。

午後七時四十分、ドアが静かに開き、廊下の明かりが部屋に差し込んできた。鍵がかけられる音がし、次いで、客間を横切る足音がしたかと思うと、寝室の入口に英二が立っていた。

——お帰り。会いたかった。

寧々がベッドから抜け出し、英二に歩み寄ろうとするのを制し、彼はその場に服を脱ぎ捨て、寧々に覆いかぶさり、唇を求めてきた。愛用のオーデコロンの香りが懐かしかった。会えずにいたこの三週間に英二の体が一回り逞しくなったように感じられた。彼は飢餓感を一気に満たす勢いで、寧々の滑らかな肌に頬ずりし、乳房を貪った。今まで行き場のなかった陽物はようやく収まるべき場所を見つけ、嬉々としているようだった。反りかえり、猛る陽物を受け容れた寧々は激しく乱れた。「もっと優しく」と懇願する声もかすれるほどに。英二は聞く耳を持たず、寧々を求め、犯し、責めた。愛撫を越え、凌辱の域に達しようとしていた。喘ぎや悶えを堪え、「もうやめて」、「勘弁して」と寧々が叫ぶ声を聞くや、英二は果てた。

膣の奥深くに熱い疼きが残り、全身がゼリーのようになり、肉に一切の力が入らなかった。いつの間にか寧々は眠りに落ち、夢を見ていた。英二が見ているところで、裸にされた寧々は手足をバスローブの帯で縛られ、見知らぬ男に弄ばれている。そして、その様子を英二がガラス越しに見ている。分厚いガラスは両手で叩いても、割れる気配はない。見知らぬ男はマイクを通じて、英二に説明している。

――寧々は元々、オレの女だった。なのに、お前は、誰かの盗作でしかない音楽で彼女を誑かし、奪ったのだ。せいぜい、歯軋りをし、地団太を踏むがいい。

英二は何か叫んでいるが、その声は蚊の羽音程度にしか聞こえない。見知らぬ男は寧々の股間に顔を埋め、果肉をすするような音を立てている。そして、おもむろに顔を上げると、口角から粘液を滴らせている。不意に寧々はその見知らぬ男の正体を察する。

寧々はそのいやな夢から逃げ出すと、ベッドから上体を起こし、部屋を見回した。隣にいるはずの英二の姿はなく、オーデコロンの残り香だけがあった。不吉な予感がして、寧々は部屋の様子を見て回った。英二の荷物は何処にもなく、英二が着ていたはずの服もない。彼がこのスイートに現れた痕跡はニオイ以外には何もなかった。彼はただ息を荒らげるだけで、何一つコトバを発することなく消えた。

　時計を見ると、午後九時を回っていた。そこに電話がかかってくる。受話器を取ると、懐かしい英二の声。

——飛行機が遅れ、今ようやく羽田に着いた。これからホテルに向かうよ。

　寧々は絶句し、息もできなかった。英二は二人いるのか、それとも英二は二度帰ってくるのか？　つい一時間前に狂おしく寧々を抱き、失神させていったその相手は誰だったのか？

——どうした？　何かあったのか？

——ごめんなさい。つい眠ってしまったの。気をつけて帰ってきて。

——早く会いたい。

——私もよ。愛してる。

　動揺を気取られまいと、咄嗟に取り繕ったが、電話を切ってから、目の前が真っ暗になった。ひょっとすると、この部屋に来たのは、夢に現れたあの男だったのではないか？　もし、そうなら、自分の身体は英二の抱擁を受け容れる前に汚されたことになる。それも悪夢の一部に過ぎないと思いたかったが、ベッドのシーツと自分の股間には、あからさまに過ぎる性交の証が付着していた。それはすでに乾いて、雲母の破片のようになっていた。

全てなかったことにしてしまおう。

現実をありのままに英二に伝える残酷さと、事実を隠す残酷さとを較べたら、まだ後者の方が耐えられる。この記憶は深く自分の胸の内にしまい込み、事実を速やかに闇に葬ることしか考えられなかった。早速、英二の到着までにやっておかなければならない仕事に取り掛かった。

寧々は全身を洗い流し、まだ疼きが残る膣を清めた。客室係を呼び、シーツやタオルを交換してもらい、自らはもう一度、髪のセットと化粧をやり直した。

午後十時。本物の英二が帰って来る。ポーターを引き連れ、大きなスーツケースとプレゼントを抱えて。笑顔の寧々を見ると、英二は力強いハグをし、そのまま彼女を抱き上げ、ベッドルームへと運び、静かにベッドに横たえ、微笑みかけ、キスをする。「君のことを考えない日はなかったよ」と耳元で囁くその声は紛れもなく、英二だった。抱かれた時に感じられる優しさ、安心感こそが英二の証だった。英二には似つかわしくない粗暴さに違和感を抱きつつも、三週間で彼も変わったなどと思い込み、あの男を拒まなかった自分を恨んだ。

今さら、罪滅ぼしなどできないが、寧々は全身全霊で英二を受け容れ、癒し、満たしてやりたかった。

一九七四年十一月十一日に起きたことはなかったことにはできなかった。いくら記憶から間引こうとしても、秘密を守ろうとしても、無駄な抵抗だった。あの日の出来事を思い出させる種が芽生えたからだ。奇しくも、その日は寧々の排卵日に当たっていた。

あの男は、英二の帰国日、フライト、その遅延も押さえ、愛用のオーデコロンや、二人が再会を祝うことにしていたホテルのルームナンバーさえも事前に察知し、さらには寧々の排卵日さえも正確に把握していたというのか？

その日を境に寧々は眠れない夜を過ごすことになる。最初の一月はひたすらに生理が巡って来ることを祈り、妊娠が判明してからは、流産することを祈った。中絶を英二に切り出す機会は逸してしまった。同じ日に別の男に犯されたと打ち明ける勇気もなかった。一人悩みを抱え込んだまま三月が経過したところで、二卵性の双子を妊娠していることがわかった。その事実をいったいどうやって知ったのか、あの男から寧々の元に連絡があった。

——君のフィアンセになり済ます作戦はうまく行った。

——もう二度と現れないでといったはずです。なぜ私と英二のあいだに割り込もうとするの？

——割り込まなければ、君との子を作ることは叶わなかっただろう。

——あなたは私たちにとって災い以外の何物でもありません。

——なぜそんなに頑なにぼくを拒む？　全身全霊で愛そうとしているのに。ぼくとヨリを戻す気はないのか？

――虫唾（むしず）が走るわ。

――そこまでいわれたら、全身全霊で君たちの人生を破壊するしかなくなる。しかし、ぼくには慈悲の心もある。だから、君との関係を継続する道を選んだ。君が孕んだ子はぼくの子だ。少なくとも一方は。くれぐれも誤ったことをしてくれるな。君の一族とぼくの一族、双方の血筋を引いた子だ。大事に育ててくれ。

子どもを孕ませることにさえも陰謀を巡らすのが、あの男の一族の家訓に違いない。英二と寧々の関係に割り込み、自分の子種を植え付けようとしたあの男の名前はカール・ロスマン。寧々とカールの出会いは一九七一年に遡る。

30

当時、寧々の父田中清盛は現役の黒幕として、政界、財界に隠然たる影響力を保持していた。その影響力の源泉はアメリカの支配層との強力なコネクションにあった。戦前は日本共産党の地下活動に関わり、大陸で世界同時革命実現のための国際的連携を図ろうとしていた清盛だが、戦後はその経験をＧＨＱ、のちにアメリカ国務省との交渉に生かした。

思想的に転向し、反共天皇主義者になった清盛を、占領政策を進めるアメリカ人はうまく活用しようとした。共産主義がアジア地域に拡大するのを防ぐため、日本を反共防波堤にしようとするアメリカの方針に忠実に奉仕せよ、と求めたのである。戦前、世界革命実現のために働く経験から得たノウハウをそのまま反共諜報活動に応用させようという考えだった。日米安保条約締結に向けた裏工作への貢献も評価された。

その見返りが日本の経済成長への援助だった。自身、復興事業、発電所の建設、油田開発などを手掛ける企業主であった清盛は、アメリカの金融機関から特に優遇されたのだった。

その清盛と個人的に深い絆で結ばれていたのが、第二次世界大戦後の国際金融界を牛耳る四賢人の一人といわれたソロモン・ロスマンだった。

二人はともに一九一一年生まれだった。ロスマンの拠点は元々ワルシャワにあったが、ナチスのポーランド侵攻とユダヤ人迫害にさらされ、一時上海に避難し、金融業を営んでいた。当時から清盛と親交があり、彼の活動に資金提供を行ったりしていた。だが、大陸で戦線が拡大し、日米戦争勃発の恐れも高まったのを受け、日本経由でアメリカに渡ることになった。

その際、清盛は外務省に勤務する大学時代の同級生を通じ、ロスマンに日本ビザを発給するよう手配するだけでなく、ウクライナやポーランドに残ったロスマンの同胞たちのためにもビザを発給するよう在外公館の外交官たちに依頼したのだった。

アメリカで投資銀行を作ったソロモン・ロスマンは、不動産や映画、娯楽産業、コスメティック業界などユダヤ系の会社に積極的な投資を行い、大きな収益を上げ、その余力を日本の戦後復興に差し向けたのだった。ロスマンはまた、日本のみならず、アメリカの友好国、敵対国の政権中枢、基幹産業やメディアを操作し、アメリカに好都合な人材を派遣することを目的とした機関、自由経済協会（Association of Free Economy）の生みの親でもあった。この協会はのちにCIAとの連携が強化され、世界経済評議会（Council on World Economy）通称ブラックハウスへと改組された。

ソロモン・ロスマンと田中清盛が六十歳の誕生日を迎えた年、二人の友情と密接な日米関係が次世代にも受け継がれるよう努力することで合意した。時代も人心も移ろいやすく、二人が苦心の末に築き上げた現在の地位や財産もあの世に持ち込めない。だが、互いのファミリーの繁栄を助け合うことを以て、未来への希望とすることはできる。我らファミリーの安泰は日米両国の安泰をも約束することになる、と。

そこで二人は互いの一族が親戚関係で結ばれるべきだという結論に達したのだった。

清盛の一人娘、寧々は二十二歳で大学を卒業したばかりだった。ソロモンには三人の息子がいたが、すでに二人はイタリア貴族の娘とメキシコの資産家の娘と結婚している。

三十四歳になる長男のカールだけは未だ独身だった。とはいえ父親同士が進める政略に息子や娘が大人しく従うとは限らなかった。寧々とカールを接近させたら、あとは二人が関係を深めるのを待つしかなかった。

カールは寧々に一目惚れした。今まで少なからぬ女性との出会いと付き合いがあったが、誰とも結婚に至らなかったのは、彼女と出会うためだったと思えるほど、寧々に惹かれた。オリエンタル・ビューティへの憧れも手伝い、寧々は自分が理想とする女のイメージに最も近いと思い込んだ。父ソロモンからは優柔不断な男と誹られもしたカールだが、寧々への愛に迷いはなかった。

カールは寧々に執着し、彼女を崇拝の対象とさえ見做していたが、寧々はカールにいささかの関心も抱かなかった。カールが熱心に食事やコンサート、旅行に誘っても、「先約がある」、「また今度」、「体調がすぐれない」などとすげなく断り続けた。すでに英二と恋仲にあり、カールに乗り換える気も、二股をかける気もなく、ただ父親への反発と受け取られないように、その誘惑を右に左に受け流していた。彼からの贈り物は受け取るが、彼の誘いには乗らなかった。自分を愛するのは個人の自由だが、生理的に受け付けない相手を我慢して受け容れるのは相手に失礼だから。

そんな寧々の冷淡さも、自分の情熱で温められると信じて、カールは夜毎、電話攻勢をかけた。寧々が電話に出ず、居留守を使うようになると、彼は寧々の自宅マンションのそばに部屋を借り、日々の行動を監視するようになった。結果、自分には恋敵がいることがわかると、今度はその排除に動き出した。暴力団員を雇い、通り魔的に帰宅途中の英二を襲わせたり、コンサートを妨害したりと、脅迫に打って出るようになった。だが、英二は高校時代、空手修業を積み、護身の心得があったので、通り魔を返り討ちにしてやったし、コンサートにおいても、観客を味方につけ、会場荒らしを袋叩きにした。一連の出来事の裏で糸を引いていたのが、ほかならぬカール・ロスマンだと察した寧々は、その不埒な誘惑者にきっぱりと宣言した。

――私と私のフィアンセがいる場所から半径百メートル以内には近づかないで。

拒絶されると、いっそう執着が深まる。

唯一絶対の神は不合理である。それゆえに崇拝し、献身しなければならない。神への信仰はそれほど熱心ではなかったカールだが、寧々への信仰を簡単に捨てようとはしなかった。寧々が生理的にカールを受け付けないのと正反対に、カールは何が何でも寧々と交わらなければならなかった。理由などいらない。それは本能の欲求だったのだから。彼女をものにするか、さもなければ死だ。

カールは父ソロモンにこう教えられていた。

ロスマン家に不可能はない。なぜならロスマン家は神の思し召しを代行しているからだ。

それは、一代で巨万の富を築き、世界中の政治指導者や企業に糸をつけ、操ることにある程度成功した、ソロモンの自負を表したコトバであって、その力が一族郎党にまで広がっているというわけではなかった。「神のエージェント」を自負するロスマン家の長男であろうと、自分が全能だという思い上がりは神に厳しく戒められるだろう。もちろん、ロスマン家に解決不可能な問題はたくさんあったが、恋の悩みはその最たるものだった。

親友の息子カールがそこまで思いつめているのを気の毒に思った清盛は、娘の寧々の説得を試みた。初めは父親同士が考えた政略結婚だったから、それに反発する気持ちはよく理解できる。しかし、カールの恋心は本物で、純粋に寧々を求めているのだから、その気持ちに応えてやれないものか、と。それに対し、寧々はこう答えた。

――自分の恋に邪魔な相手を暴力的に排除するような人とは結婚できません。結婚しても、私を盗聴したり、尾行したり、陰謀の網の目を張り巡らすでしょう。純粋に私を求めるなら、まずロスマン家を飛び出したらいかがでしょう。仮に家を出たとしても、結婚する気はありません。あの人が死のうが生きようが私には無関係ですから。

娘の頑なな態度に清盛もお手上げだった。自分にもう一人娘がいれば、そちらを勧めることもできたが、もう六十を過ぎた自分には無理だし、間に合わない。清盛はカールに詫(わ)びを入れ、「君は諦めるよりほかないようだ」と告げた。

カールは自尊心を打ち砕かれ、全ての日本人を呪いかねないほど塞ぎ込み、日本を去っていった。

——ロスマン家の辞書に失恋という項目はない。必ず戻って来る(アイ・シャル・リターン)。

フィリッピンを去る時にマッカーサーが呟いたコトバを捨てゼリフにして、アメリカに戻った失意のカールは、半年後にテキサス州の石油会社オーナーの娘と結婚したという知らせが清盛の元に届いた。家族ぐるみの日米同盟が実現しなかったのは残念だが、別の政略結婚が成立し、カールも収まるところに収まり、ロスマン家の将来も安泰となる。これで一段落ついた、と清盛は思ったが、カールの意味深な予言はその二年後に現実のものとなった。

カールは自分の愛が報われないことをようやく悟ってくれた。もうあの尾行者の影に怯えずに済む。

そう思っていた寧々には油断があった。まさか、ホテルの部屋に現れ、大胆に自分を寝取ってゆくなどとは思いもよらなかった。体型も容姿も立ち居振る舞いも、カールと英二の両者に似たところは一切なかった。だが、一年のあいだにカールは体重を減らし、容姿にも何らかの改良を加え、自身の身についた癖を意識的に抜き取ったのだろう。もっとも、寧々はカールの身体的特徴など何一つ覚えていなかった。彼女がカールに一切の関心を払わなかったことも、結果的に彼の夜這いの成功率を高めたことになる。カールは一言も発さず、部屋の暗闇に紛れ、英二になり済まし、排卵日を狙い、自分の子種を注入していったのだ。寧々にとっては一生の不覚、カールにとっては、千載一遇の機会を物にしたことになる。

全身全霊で相手を愛そうとして、報われなかった者は、全身全霊で相手の人生を破壊することに転じる。カールの復讐は成った。同時に彼は父ソロモンの命も守り、父の盟友田中清盛の娘とのあいだに子どもを作ることにも成功したのである。

31

日本が無条件降伏を宣言してから、ちょうど三十年。一九七五年八月十五日、寧々は双子の男の子を出産した。妊娠を機に佐藤英二と結婚し、蜜月を過ごしていたが、出産とカールの再接近によって、大きな波乱が生じることになった。

戸籍に記載する順序の規則に従い、先に生まれた子を兄、三十分後に生まれた子を弟とし、それぞれに一郎、健次の名前を授けた。兄弟は同じ母胎から生まれたとは思えないほど異なっていた。出産時の体重は兄が三千八百グラムあったのに対し、弟は二千百グラムしかなく、まるで海辺を闊歩(かっぽ)するシオマネキの左右の鉗(はさみ)を彷彿(ほうふつ)とさせた。兄が弟の分の栄養を奪ったようにさえ見えた。健次は保育器に入れられ、ほとんど動かなかったが、一郎はすぐにでも活動を始めそうに、落ち着きなく手足を動かしていた。二人の成長の速度も著しく違い、兄は一歳になる前に話し始め、走ることさえできたが、弟は一歳を過ぎてようやくハイハイができるようになり、コトバを話し出すのは二歳になるまで待たなければならなかった。

誰もが双子なのに似ていないといった。何も知らない英二は兄弟のあまりの違いに心を痛め、かつその原因を探りたがっていた。寧々もいずれ事実が明かされる時が来ると覚悟していた。真相が他人の口から明かされるよりは、自ら告白した方がいくらか誠実だろうと、兄弟の一歳の誕生日に、寧々は意を決し、七四年の十一月十一日に何が起きたかを打ち明け、許しを乞うた。

英二は青ざめ、塞ぎ込み、二日間自分の部屋に籠ったきり出て来なかった。そして、三日目に泣き腫らした寧々の背中を抱き、こういった。

――一郎も健次も、ともにぼくらの子として育てればいいじゃないか。

英二が二日間考えて、辿り着いた結論だった。

子どもたちには何の責任もないし、罪もない。夫が妻を許すことさえできれば、家族は幸福に暮らしてゆける。どちらの子が自分の子かは問わない。なぜなら、父親は自分一人で充分だから。

「血液検査をして、兄弟の父親をはっきりさせよう」と英二がいい出すのを覚悟していただけに、寧々は夫の寛容に深く頭を垂れ、あの男がどんな要求をしてきても、一切取り合わないことを約束した。

夫婦間の問題はそれで決着しても、新たな波乱をもたらさなければ気が済まない人々がいた。

カールは自分の血を受け継いだ子どもに執着した。子どもを取り上げた医師に手を回し、血液型とDNAの情報を手に入れ、双子の兄弟のうち、イチローが自分の息子である事実を摑んだのである。同時に、その事実はカールのアメリカ人の妻にも漏れることとなった。

双子が一歳一ヶ月の時の出来事である。

家族四人で瀬戸内のとある島に旅行に出かけた。十月だったが、快晴で気温も高く、子どもたちをビーチで水遊びさせていた。活発に動き回るイチローは英二が面倒を見ていたが、ケンジが砂浜で懸命にハイハイしている様子に気を取られ、目を離した隙に、イチローの姿を見失ってしまった。英二は慌てて、探し回った。まだ自分の脚で遠くまで行くことはできないので、波にさらわれた可能性が高いと判断した英二はビーチにいた若者たちの助けを借り、必死に水中を探した。

三十分後、寧々と同い年くらいのワンピース姿の女性がイチローを抱いて、海から上がってきた。夫婦は息子の命の恩人に感謝し、是非お礼をしたいので、名前と住所を教えて欲しいと頼んだ。すると、その女性は夫婦にこんなことを打ち明けていったのである。

——実は私はおたくのお子さんを誘拐するように依頼されたんです。

誰に頼まれたのか、目的は何か、問い詰めたが、その女の答えは要領を得なかった。質問を繰り返して、わかったのは、彼女は誰が誘拐を依頼してきたかは知らず、博打の借金を抱える亭主がヤクザ者から前金をもらって請け負った仕事を押し付けられただけだった。彼女自身、なぜ自分が子どもを誘拐しなければならないのか、理解していなかった。もし、誘拐を実行していたら、この子を誰に渡すつもりだったのか、博打打ちの夫を経由して、ヤクザ者にも問い質した。警察沙汰にはしない条件で相手は口を割った。

——その子をさらえば、カネになるが、罪にはならないといわれた。なぜなら、その子は元々依頼者の子らしいから。

その一言で、誘拐を指示したのはカール・ロスマンだということがわかった。その誘拐未遂事件からほどなくして、寧々の元にカールから連絡があった。彼は真意を摑み損ねる、奇妙なことをいった。

——イチローは私の子だ。だから、生き延びて欲しい。

寧々が「誘拐など絶対にさせない」と声を荒らげると、カールはこういった。

――イチローを安全な場所に保護したかったのだ。

――誰かが息子を暗殺しようとしているとでも？

――その通りだ。妻は、私と日本人のあいだに子どもがいるということが許せないようだ。自分の伯父が真珠湾奇襲で戦死したことを恨んでもいる。将来、その子に財産を奪われることを警戒し、密かに私たちの子を葬ろうとしている。

――だからといって、息子を易々(やすやす)と差し出すわけがないでしょう。

――ならば、もう死んだことにしろ。誰も死んだ子を殺すことはできないから。

――それよりあなたの妻をどうにかして。

――どうにもならない。殺されてからでは遅い。イチローを守るためなら、カネはいくらでも払う。

わずか一歳にして我が子が暗殺の対象となっていることをどう受け止めたらいいのだろう？　にわかには信じ難い話ではあったが、もしも、カールが放った誘拐犯よりも、彼の猟奇的な妻が放った刺客が先にイチローを捕えていたら、今頃、あの子の死体を葬っていたかもしれないと考えると、冷や汗が出た。寧々は英二と相談し、イチローを暗殺者の目の届かないところに避難させた方がいいという結論に達した。

そして、イチローは除籍謄本の記述にある通り、偽りの死亡届が提出され、英二の兄夫婦の息子ということになったのである。パリに暮らしていた佐藤学は帰国後に、イチローを日本の自分の戸籍に入れた。イチローは昭和五十年八月十五日にパリで生まれたことになっているが、その記録は何処にもない。フランスには日本の戸籍に当たる制度がないので、日本で入籍する際にはニセの病院の出生証明書を添付すれば、それでよかった。別の両親の実子になった我が子が実の両親を忘れないように、寧々と英二は人目を忍び、週に最低三日は秘密の場所でイチローに会い、弟と遊ばせていた。戸籍上は死んだ子を育てていたということになる。そして、暗殺者の影が消えた頃を見計らって、養子という形で手元に引き取ったのだった。

32

ナルヒコの霊感は今回も核心をついていた。佐藤寧々がナルヒコの霊視を受け容れ、心を開いてくれたので、闇に紛れそうになっていた事実に光を当てることができた。彼女は封印していた過去を赤裸々に語ってくれた理由をこう説明した。

——息子は逃げずに戦おうとしているのに、母親が過去から目を背けるわけにはいかない。

記憶の奥底にしまい込まれた他人の過去を、どうすれば、書庫の片隅にある本のように閲覧できるのか、寧々がナルヒコに訊ねてみると、彼はこういった。

——顔や身体に刻まれた傷や皺は他人の目にもよく見えます。それと同じで、恨みや恩、愛や憎しみはその対象となる相手の心に傷や痣や影を残します。ぼくはそれを見ているんです。執着が強ければ強いほど、深く、大きく、濃い傷や痣や影になります。でも、それは消すこともできる。

——どうやって？

——心を閉ざしていたら、いつまでも過去に操られてしまいます。でも、心を開けば、自分を他人のように眺めることができる。そして、自分に向かってこう囁けばいいんです。もう怯える必要はない、と。

ナルヒコを見つめる寧々の目は眩しそうだった。穴見の目にも、彼女の表情は憑き物が落ちたように爽やかに見えた。

——あなたには、イチローやロスマンの心の内も見てもらいたい。二人とも私の理解の及ばない遠いところにいるから。

——もし、会うことができるなら。

そう答えた直後、ナルヒコは背骨を抜き取られたみたいに、グニャリと曲がり、そのまま眠りに落ちてしまった。心配そうにその顔を覗き込む寧々に穴見は「ナルコレプシーです」と説明し、さらなる質問を畳みかけた。

――その後、イチローさんは狙われることもなく、無事に成長されたんですね。

――どうやら、ロスマンの協力もあり、その狂った妻の目を欺くことはできたようです。

でも、成長するにつれ、イチローは持って生まれた能力を発揮するようになりました。

密かに英才教育をしているなどと噂されましたが、私たちは何もしていません。親の贔屓目を差し引いても、あの子は非凡でした。怖いくらいに。

――ヨーロッパのクラブチームがスカウトに来るほどの天才サッカー少年だったとか？

――サッカーだけではありません。身体能力が高く、水泳、柔道、体操、何をやらせても、一番でした。記憶力も抜群で、頭の回転が速く、大人の行動を先読みするような子でした。数学が得意で、数学オリンピックの代表に選ばれたこともあります。私は口癖のようにいっていました。「あまり頑張らないで、普通にしていて欲しい」と。それに較べ、ケンジは平凡で、勉強もスポーツも得意ではなく、昆虫にしか興味がない子でした。こんなことをいってはいけないんですが、イチローの才能の一割でも分けてあげられたらと思いました。


　自ら手を下した犯罪をことごとく迷宮入りさせる、あの抜け目なさは天才のなせる技と思っていたが、そのあり余る才能は少年時代にすでに発揮されていたのだ。そして、兄の陰に隠れ、才能の大半を兄に持って行かれた弟はひっそりと虫を相手に暮らしていたのである。

——兄弟の仲はよかった。イチローが虫に興味を示さなかったのは、弟の領分を侵害しない配慮だったかもしれません。ケンジは病弱で、喘息とアレルギーに苦しんでいました。イチローは弟の看病もすすんでやっていました。

そんな「いい奴」がなぜ、人殺しや破壊活動を続けなければならないのか？

——イチローさんは将来、何になりたいといっていましたか？

——宇宙飛行士になりたい、と。

才能豊かな人間が憧れる職業の典型だが、イチローは未だ誰よりもきつい重力に縛られている。この万能の天才を利用したがる人間はいくらでもいるはず。その優先権は自分にあると、カール・ロスマンが考えただろうことは想像に難くない。

——イチローはなるべく目立たないように生きていかなければならなかった。その才能が実の父親の目に留まったりしたら、ろくなことにはならないから。セリエＡのチームからの誘いを断ったのも、ロスマンの目からイチローを隠すためでした。でも、そんな努力も空しく、ロスマンはイチローを放っておいてはくれなかった。あの手この手でイチローを取り込もうとし始めました。

——たとえば？

——イチローが高校生になると、ＮＡＳＡの見学に誘い、アポロ十二号で月に行った宇宙飛行士に会わせたり、ハリウッド・スターのパーティに連れて行ったり、熱心に留学を勧めたり、さまざまな誘惑を仕掛けてきました。イチローも日本での勉学に飽き足らなくなっていたし、ケンジも鬱病になっていました。ロスマンはそこにつけ入るように、治療費やイチローの学費の援助をするといってきました。イチローもロスマンから何らかの交換条件を提示されたのでしょう。家族の生活の面倒は見るから、何も心配せず勉学に励みなさい、などと。実際、ロスマンからの経済的援助なしには我が家の生活もイチローの留学も難しい状態に陥っていました。

——ご父君、田中清盛氏の遺産もあったのでは？

——父は資産の大半を寄付し、私に多くを残しませんでした。

——イチローさんは英二さんが亡くなった翌日に、思うところがあって、アメリカ市民権を取得したと仰いましたが、それはロスマン家の養子になったということですか？

——それはカールの妻が許さないでしょう。イチローは単にロスマン家の使用人になっただけです。宇宙飛行士になる夢を叶えてやるような素振りを見せながら、実際にはアメリカ富裕層の利権を守るために働くよう洗脳し、調教したのです。ロスマン家に忠誠を誓い、彼らの利権のために働けば、一緒に暮らした父や弟が救われる、再び昔のような家族団欒（だんらん）の日々が戻ってくると思ったのかもしれません。少なくとも、父親が生きているあいだは。夫が死んだ時、イチローは留学中でした。「父が危ない」という知らせを受け、すぐに帰国しようとしましたが、夫は「帰るな」といったのです。卒業試験を控えた大事な時だから、夫は息子の勉強を優先させたかったのです。でも、後に、イチローは「帰るな」の一言に傷ついていたことがわかりました。暗に絶縁を宣告されたように感じたようです。ちょうどその頃、ロスマンからは「自分を唯一の父と認めれば、いつでもアメリカ市民権を与える」といわれていたようです。

——彼はロスマン氏を父と認めたということでしょうか？

——何か深い考えがあってのことだと信じています。決して、私たち家族やこの国を見捨てたわけではないでしょう。ロスマンはこうもいったはずです。「おまえの母の国をもう少しましな国にしたければ、父である私と父の国であるアメリカに従え」と。それはあの人の口癖のようなものでした。イチローはそのコトバに従うふりをしていただけではないかしら。なぜ、そう考えるか、ぜひ、聞いてください。

——では聞きましょう。なぜそう思うんですか？

——あの子は大人のいい付けに素直に従うような、単純な「いい子」ではなかったから。

面従腹背……

十六世紀のスペインには、ユダヤ教からキリスト教への強制改宗に従ったユダヤ人たちがいた。古いスペイン語で豚を意味するマラーノという蔑称で呼ばれた彼らは、改宗してからも、キリスト教のクリスマスとユダヤ教の過ぎ越しの祭の両方を祝った。殺されないためにキリスト教徒になり、自分たちの民族的由来を忘れないために、こっそりユダヤ教徒であり続けた。そうした面従腹背こそが彼らを生き延びさせた。

ヨーロッパ出身のロスマン家の先祖たちもこの面従腹背を是として、排外主義と大量虐殺の時代を生き延びてきただろう。いや、ユダヤ人への迫害がさらに熾烈になると、生半可な面従腹背さえも通用しなくなる。彼らは支配層に同化しようと努め、誰よりも熱心なキリスト教徒になり、誰よりも厳格に規律を守り、時に同胞を抑圧する側にも回った。アメリカの支配層と結託し、生存競争を勝ち残ろうとしたソロモン・ロスマンにも、その息子カール・ロスマンにも、その精神は受け継がれたはずである。

穴見はかつて、大学で学んだヨーロッパ近世史の一ページを、ロスマンの家族史に重ね合わせてみた。イチローもまたその歴史の末端に位置していることになる。彼の行動には、彼が受け継いだDNAが何らかの形で反映しているに違いない。

だが、イチローが受け継いだのは、そうしたユダヤのDNAだけではない。極東の島国に逃げ延び、かろうじて絶滅を免れた希少なDNAをも受け継いでいる。互いに隔絶された別世界で生き延びてきた、まったく異なるタイプのDNAは、数奇な運命の導きにより、一つの体の中で組み合わされることになったのだ。生存への欲求はイチローの身体に凝縮された。彼は父やアメリカよりも、おのが特異なDNAにこそ忠実であろうとするだろう。

漠然とではあるが、穴見は、日本の家族や母の国が失われることに対するイチローの強烈な哀惜の念を感じ取っていた。それがＤＮＡに由来するものなのか、日本で育まれた情緒の発露なのかはわからない。おそらく両方だろう。

――もう話すべきことはすべて話しました。私が知っているのは、家庭内に生じた問題だけです。

寧々はそう呟くと、穴見、八朔、ナルヒコの表情を較べるように窺った。ナルヒコは短い眠りから目覚め、うつろな表情で空を見つめていた。

いわれてみれば、イチローが関わった犯罪は全て家庭問題に由来しているとも解釈できる。こうして、母親の話を聞くことで、今まで人の形をした雲か、架空のキャラクターに過ぎなかったサトウイチローも、血が通い、喜怒哀楽を持った実在人物になった。

事情聴取は終わろうとしていたが、八朔刑事が「最後にもう一つだけお訊ねします」と食い下がった。

――イチローさんはロスマン家の使用人と仰いましたが、一族の血筋を引いているのだから、もっと大事にされて然るべきだと思うんです。なぜ、彼は自分の身に危険が及ぶ仕事ばかりをさせられているのでしょうか？

――危険な仕事というのは？

——私たちが調べている一連の事件が、サトウイチロー氏の犯罪であり、世界経済評議会のボスであるカール・ロスマンの指令によるものだとしたら、の話です。イチローさんは実の父親から無理難題ばかりを押し付けられているように見えるんです。

——イチローは私が産んだ子で、正妻の子ではないからでは？

——正妻がそう仕向けているのでしょうか？　カール・ロスマンが日本を思いのままに操ろうとするなら、彼を政治家にしたり、系列会社の経営を任せたりすればいいのに、なぜ暗殺や謀略を実行させようとするのでしょうか？

穴見は八朔の袖を引っ張り、それは容疑者の母親に訊ねるべきことではない、という素振りを見せたが、八朔はその答えを聞かずには帰れないという態度だった。寧々は一言「ロスマンに聞いてください」と答え、あとは口をつぐんだ。

もうすっかり日も暮れ、風に舞い上がった枯葉が窓に張り付いて、助けを求めているようだった。穴見は長居を詫び、寧々が家庭の事情を包み隠すことなく、話してくれたことに感謝をし、何処となく寂しそうに見える木造の洋館を後にした。

東京に戻る道中、三人はそれぞれに今後の捜査の行方を考えていた。八朔は車を運転しながら、穴見は助手席で腕を組み、眼を閉じたまま、そして、ナルヒコは後部座席で窓の外を放心状態で見つめながら。長い沈黙を破ったのはナルヒコだった。

──政治家や企業経営者なんて、誰でもできる。

　それは八朔が佐藤寧々に投げかけた問いへの答えになっていた。ナルヒコのコトバに反応し、穴見はこう続けた。

──確かに政治家や企業経営者は凡庸な人間でも、無能な人間でも務まる。事務は側近がやってくれるし、より大きな権力に従属していれば、自分では何もしなくていいからな。でも、暗殺とか、謀略といった困難な仕事は、最も優れた人間にしか任せられない。

──息子をそんな危険な任務に就かせる父親の気がしれません。

──君だって父親の後を追って刑事になったじゃないか。

──そうですけど、父が生きていたら、反対したと思います。

──英雄とは神に試される者のことだ、と誰かがいっていた。きっと死ぬまで無理難題を押し付けられるだろう。古今東西、英雄と呼ばれた者は皆、悲惨な末路を辿っている。イチローもそうなるか、それとも英雄なんてごめんだとばっくれるか、ナルヒコ君に聞いてみよう。

　そういって、振り返る穴見にナルヒコは、天気予報の口調で呟いた。

──彼は父にも神にも背くでしょう。それも英雄の条件だから。

33

その頃、警視庁では都内で発生した新たな事件の捜査が始まっていた。宗教法人「世界市民連盟」の本部から、代表の中丸幹男が行方不明になったという届け出があり、誘拐事件の可能性があると見て、捜査一課が慌ただしく動き始めた。担当の石井警部は穴見の元同僚だったので、廊下ですれ違った折に立ち話で詳細を聞いた。

七十四歳になる教祖は毎朝、犬を連れて、自宅近くの馬事公苑を一人で散歩するのを日課にしていた。いつもは午前六時過ぎに自宅を出て、小一時間ほどで戻り、朝食をとることになっているが、八時を過ぎても戻らなかった。携帯電話を持って出かけたものの、連絡はつかない。八時半過ぎになって、犬だけが「情けない顔をして」自宅に戻ってきた。すぐに教団の人間が手分けして、教祖が足を運びそうな場所を探したが、見つからず、警察の手を借りることになったが、丸一日経過しても、手掛かりは得られなかった。

行方不明から四十八時間後、教祖の携帯電話から自宅に電話があり、教祖本人がこう告げたという。

──私が無事に帰宅するためには四つ条件がある。第一に私が教祖を引退すること。第二に、後継者に世界経済評議会と関係の深い人物を指名すること。第三に後継に指名された者は私を引き取りに来ること。第四に日本の原子力発電所をすべて停止させること。

誘拐犯が用意した文面をそのまま読まされたようだが、身代金の要求を一切しない、その奇妙な条件提示に捜査員の誰もが首を傾げた。

教団の後継人事に関わる要求からすると、誘拐犯は教団関係者とも取れるが、教祖の誘拐を指示したのは世界経済評議会だとも取れるメッセージをわざわざ発信する意図がわからなかった。後継者に指名された者に教祖の身柄を渡すという条件も、目的もわからない。禅譲の儀式でも執り行うつもりなのか？　最後には「原発停止」というおまけまでつけている。「世界市民連盟」はこれまでも反原発運動に熱心だったが、教祖解放の交換条件にしては過大な要求だ。しかも、日本での原子力発電を推進、奨励してきた世界経済評議会の利害とも矛盾する。

この誘拐事件は教団の自作自演ではないか、という疑いを抱く捜査員も少なからずいた。原発停止の要求を広く世論にアピールし、政府に圧力をかけるために仕組まれた狂言だとすれば、それなりの効果はあるからだ。だが、互いに相容れない組織であるはずの、世界市民連盟と世界経済評議会が水面下でつながっているかのごとく、示唆しているのはなぜか、という疑問は残る。

教団内部では、その要求が犯人からのものなのか、教祖からの指示なのか、その解釈に頭を悩ませた。教祖からの指示なら従うが、犯人からの要求なら無視する、という基本方針は確認したものの、どっちとも決められない状態のまま、暫定的に後継者を選ぶことにした。教祖の引退と後継者選びはいずれ行わなければならないし、原発停止の要求は教祖の誘拐があっても、なくても、継続してゆくことを確認し合っていた。

いずれにせよ、教祖中丸幹男を無事に保護すれば、誘拐犯の正体も、その背後関係も全て明らかになる。

事件の概要を聞いた穴見警部は、これもまたサトウイチローの仕業だと直感した。世界経済評議会への悪意が見え隠れするところに、その根拠がある。ナルヒコも同じ意見だった。

——サトウイチローは自分の方から警察に近づいて来ています。彼はじきにぼくたちの目の前に現れますよ。

——そんな挑発までされて、逮捕できなかったら、恥だな。変なプレッシャーかけてきやがって。

「教祖誘拐事件」は発生から四日目に、大きな山場を迎えることになった。

その後、犯人からの連絡は一切なく、教祖の携帯電話の電源も切られていたが、四日目の朝になって、携帯電話に内蔵されているGPSが機能し始め、教祖の所在を突き止めることができた。教祖は多摩川の河川敷にいた。捜査陣はGPSが示す二子玉川あたりに急行し、その身柄を保護しようとしたが、教祖自らが電話をかけてきて、警察の動きを牽制した。

——犯人はここにはいない。私は今のところ無事だ。だが、厄介な荷物を背負わされている。この始末をしないことには終わらない。

「厄介な荷物というのは?」と石井警部が訊ねると、教祖はややうわずった声で「爆弾」と答えた。すでに現場に到着していた捜査陣は、田園都市線二子玉川駅のプラットフォームや川にかかる橋の上から、教祖の姿を確認していた。双眼鏡でその様子をつぶさに観察すると、教祖は背中にリュックサックを背負っていた。石井警部はすぐに爆発物処理班を呼ぶよう指示したうえで、教祖との対話を続行した。

——爆弾の処理はこちらでやります。その荷物を河川敷に置いて、逃げてください。

——荷物を下ろしたいのはやまやまなんだが、そうもいかない。

教祖は自分の腰のベルトを指さし、続けた。

——リュックにくっついているこのベルトを外さないと、荷物を下ろせないんだが、どうやら、このベルトを外すと、ドンといってしまうらしい。しばらくのあいだ、危険と背中合わせで過ごしていただきます、といわれた。

――その場所には犯人に連れて来られたのですね。

――そうだ。一時間ほど前に車で連れて来られた。携帯電話を渡され、一時間後に助けを求めるがいい、といわれ、それに従った。

教祖には皮肉交じりに人を楽しませる話術が身についている、と石井警部のそばで捜査を見守っている教団幹部はいう。爆弾を背負っていても、その口調は変わらないが、何かを諦めているように見える、ともいった。何かを諦めるとは、死ぬ覚悟ができているという意味だろうか？

警部は教祖が置かれている状況をより詳細に把握するために、河川敷に下りて行った。すぐに土手を封鎖し、周辺にいる散歩者やカップル、子どもたちを河川敷に近づけない措置も取った。

教祖はやつれた顔をしていたが、気を強く持とうとしているようだった。警部たちには声が届く距離まで接近を許したが、万が一の場合を考え、それ以上の接近は拒んだ。

――ここに来る前は何処にいましたか？

――鍵のかかる部屋に閉じ込められていたが、旅館の一室みたいだった。窓の隙間から海が見えた。ここには車で連れて来られたが、一時間余りで着いたから、湘南か、房総か、遠くても伊豆だろう。

――犯人は何を考えているのでしょう？　何かメッセージを託されたのでは？

――犯人は私を交渉の代理人に指定したようだ。私を解放する条件は前に電話で話した通りだ。それらの要求が認められるまで、私はこの危険物と旅をしなければならない。

――リュックの中身は何かわかりますか？

――リュックのポケットに説明書を入れておくといっていた。誰か、それを取りに来てくれないか？　だが、リュック本体を開くと、爆発するらしい。くれぐれも気を付けてくれ。

石井警部は独身の部下の中から、志願者を募ったが、誰もが俯き、一回り小さくなっていた。警部が軽いため息をつき、「オレが行くしかないか」というと、一番小柄で、声の高い刑事が「ぼくが行きます」と手を挙げた。名前を聞くと、「田沢です」と唾を飛ばしながら、名乗った。

――よし、田沢、頼んだぞ。説明書を取ってきたら、カツカレーをおごってやる。

「あざーす」と自らを鼓舞するように叫び、田沢は河川敷の大きな石に腰かけている教祖に猫背のすり足で接近していった。

「警視庁捜査一課の田沢です」と挨拶をし、教祖が背負うリュックのポケットの確認を始めた。三つあるポケットを一つずつ手探りすると、そのうちの一つから四つ折りにしたメモが出てきた。なぜか手書き風のフォントでタイプされた文面にはこうあった。

起爆装置は携帯電話と連動しており、着信すると、含水爆薬が爆発する。破壊力はバスを一台破壊する程度だが、爆発によって放射性物質が周辺に拡散するだろう。爆薬と一緒に鉛メッキを施した二リットルの水筒を入れておいた。水筒の中身は高濃度の放射能汚染水である。ガイガーカウンターでその危険性を確認するがいい。リュックを教祖の体から外そうとしたり、中身を取り出そうとしても、起爆装置が作動する。これは原子力発電所の危険を身近に感じてもらうためのキャンペーンである。教祖は何処へ行こうと自由であり、以前に教祖が要求した諸条件が満たされれば、遠隔操作で起爆装置を停止させる。教祖は体を張って、日本全国の原発が停止されるようアピールしている。教団信者のみならず、日本全国にその願いが共有されんことを。日本に真の平和を。アーメン。

田沢刑事はメモを自分のポケットにしまうと、ベルト部分やリュックのカバー部分を確認した。リュックの中から青と赤のコードが二本ずつ伸びていて、ベルトの留め具とカバーの留め具の着脱部分につながっている。その留め具を外そうとすると、それぞれのコードのコネクターも連動して外れるようになっている。おそらく、コネクターでつながれた配線が外れると、起爆装置が作動する仕掛けだ。あるいは単にそう見せかけているダミーに過ぎないかもしれないが、留め具に触るのは相当の勇気が必要と思われた。

これまで爆弾の正体が羊羹（ようかん）だったり、リンゴだったりした事例も多々あった。しかし、本物の爆弾が仕掛けられていたこともあり、実際に人が死んでいる。

　田沢刑事は耳の穴にドライバーを差し込まれたような緊張感に冷や汗をかきながら、震える声で中丸氏にこう囁いた。

——また戻ってきます。必ず何とかしますから、なるべく楽しいことを考えてください。

　普通に話すことも、走ることも憚られた。田沢は忍び足で教祖から離れ、石井警部の元に戻り、ポケットにあったメッセージを手渡した。その内容を読んだ石井警部は再び、教祖の携帯電話を通じて、今後どうするかの具体的な相談を始めた。

——警察としては人命第一で、払う犠牲は最小に食い止めたいと考えています。ついては犯人の要求を呑まざるを得ないか、と。中丸さんはどうお考えですか？

——私は自分の命はどうでもいいが、無関係な人々を巻き込むことだけは避けたい。教団の後継人事については犯人の要求に応じる。ただ、私に代わり代表に就任した者は、私の身柄を引き取りに来なければならない。こういう特殊な状況下で、そのリスクを恐れない人材がいるかどうか……

——四番目の要求については？

——原発の即時停止は私たち教団の一貫した主張でもある。政府がそれに応じてくれるものなら、大歓迎だ。事件が解決したのちも、約束を守ってくれることも期待している。

――あなたは犯人と密約を交わしてはいませんか？　この誘拐事件は教団による狂言だという噂もあるので。

――誓って、そんなことはない。放射性物質をばらまくといって、原子力発電の停止を求める。これは本末転倒も甚だしい卑怯な脅迫である。だが、被害を最小限にするためには要求を呑まざるを得ないだろう。

石井警部はシャツを冷や汗で濡らしながら、何から手を打つか、その優先順位を考えていた。すでにこの危急の事態についての上層部への報告は逐一、部下が行っている。内閣官房にも判断を仰ぐことになるが、今この場で取っておくべき措置は何か？

ちょうどそこに爆発物処理班と爆発物処理車両、靖国神社に配備されていた装甲バスが到着したという知らせがあった。元同僚の穴見警部も応援で現場に駆けつけていた。八朔、ナルヒコも一緒だった。石井警部は教祖との通話を中断し、部下に次のような指示を出した。

――装甲バスを河川敷に誘導し、教祖を乗車させよ。処理班は防爆防護服を着用の上、装甲バスに同乗し、教祖の背中から安全にリュックを切り離す可能性を探れ。リュックの切り離しに成功したら、速やかに爆発物処理車両に収め、冷凍せよ。犯人の目に触れると、起爆される恐れがあるので、全ての行動は秘密裡に遂行すること。野次馬を近づけず、特科車両をシートで目隠ししろ。

かつて、調布で不発弾が見つかった折に、たまたま爆発物処理の当番に当たっており、石井警部はその陣頭指揮をとった経験があった。そのノウハウはまだ記憶に新しく、抜かりなく処理を行う自信があった。

34

穴見はやや離れたところから、石井警部の背中を見つめながら、ナルヒコに訊ねた。

――教祖は本当に爆弾と汚染水を背負っているか？

ナルヒコは見えない触角に意識を集中させる。蚊の羽音にも似た音がかすかに聞こえてくる。これは何を告げているのか？　ナルヒコは目を閉じ、小鼻を膨らませ、空気のニオイを嗅いでみる。排気ガスや水草のニオイに混じって、かすかに花火の燃えカスのニオイが漂ってきた。

――爆弾は本物です。でも、水筒の中身はただの水道水です。リュックの中には石が一つ入っていて、それは放射能で汚染されています。だから、ガイガーカウンターを近づければ、反応するでしょう。

現場の指揮官の耳には入れない方がいい話だと判断した穴見は、捜査員がいない場所までナルヒコを連れ出してから、改めて訊ねた。

――信じていいか？

――サトウイチローは迷ったあげく、汚染水を入れるのを止めました。脅すだけで十分だと判断したようです。

――爆弾は爆発するか？　教祖はどうなる？

――教祖は気付いているでしょう。汚染水が入っていないことを。

――なぜそう思う。

――イチローと教祖のあいだでは話がついているから。

――教祖はイチローの筋書きに従っているというのか？

――そうです。イチローは表向き、ブラックハウスの指令に忠実に行動していると見せかけ、実は教団を利用して、ブラックハウスをつぶしにかかったんですよ。

そこに八朔刑事がやってきて、「装甲バスに防爆防護服を着た処理官が乗り込みました」と報告する。穴見は「爆風が来ないところに避難しておくか」といって、二人を手招きし、駅前の方に向かった。バス乗り場の先にある昭和の香り漂う食堂に入る。穴見はその間、ナルヒコの予見をもとに、ある推理を組み立てていた。

この誘拐事件は裏でブラックハウスが糸を引いていることが暴露されるように仕組まれている。ブラックハウスの息がかかった幹部は後継者になるどころか、逆に排除されることになるだろう。教団の信者のあいだでも、ブラックハウスを敵視し、彼らの陰謀と戦う機運が盛り上がるはずだ。それが誘拐犯つまりイチローの目論見なら、四つの奇妙な要求の謎も説明がつく。

——イチローのシナリオでは、このあとどうなるんですか？

今一つ、二人の読みが理解できない八朔が訊ねる。ナルヒコの代わりに穴見が説明する。

——この事件は犯人の要求も含め、広く報道されるべきだと考えているだろう。そうすれば、日本中にブラックハウスの存在と、その陰謀の一端が明らかになり、彼らの影響力が弱まることになる。日本をブラックハウスの魔手から救えとイチローは暗に呼びかけている。

ナルヒコが黙って頷くのを見て、八朔は不安げな面持ちで呟く。

——イチローはブラックハウスの思惑の逆を突いてきたということになるでしょうか？

——騒ぎが大きくなる前に事件をもみ消したいというのが、政府やブラックハウスの本音だろう。犯人の要求に屈して、原発を止めたとあっては政府の面目は丸つぶれだし、ブラックハウスも原子力関連の利権を失う。自分たちの被害を最小限に食い止めるために、報道規制をかけ、メディア操作を行うはずだ。

ナルヒコは「川の流れが大きく変わってしまった」といいながら、暑くもないのに額にかいた汗を手でしきりに拭っていた。

――川の流れ？

――この裏切りは高くつきます。イチローは一切の妥協を拒むつもりです。ブラックハウスも容赦なく彼を暗殺するでしょう。

――大人しく暗殺されるような奴ではないだろう。

――彼を逮捕すれば、暗殺は未然に防げるということですよね。

――忘れるなよ。我々の仕事はあくまでもイチローを逮捕し、奴の暴走を止めることだ。もっとも、イチローも我々に大人しく捕まる気はないだろう。彼にとっては、警察もブラックハウスも同じ敵だ。下手な同情をかけたりするな。歩く爆弾みたいな奴なんだから。


事件現場には警視や警視正らも現れ、石井警部から指揮権を取り上げ、事態の収拾に乗り出したようだ。その成果かどうかはわからないが、教祖が装甲バスに収容されてから、二時間後、教祖は空身（からみ）になって、バスから出てきた。配線に触れないようショルダー・ベルトとウエスト・ベルトが切られ、背負っていたリュックと体に巻きつけられていた赤と青のコードが外された。爆薬の入ったリュックは爆発物処理車両の荷台に据えられた鉄の容器に入れられ、急速冷凍された。教祖はそのまま病院に搬送されたが、すぐに事件の背後を探る取り調べが行われるだろう。

すでにブラックハウスは事件に介入し、不都合な事実の隠蔽に着手しているようだった。石井警部を担当から外した警視正あたりが裏でブラックハウスに通じているのではないか。だとすれば、穴見ら特命捜査対策室は微妙な立場に追い込まれることになる。

これまで積み上げてきた捜査の成果によって、穴見らはイチローを一連の迷宮入り事件の犯人と特定した。だが、それらの事件は全てブラックハウスの指令による謀略工作だったので、警視庁上層部に紛れた協力者によって意図的に未解決のまま放置されたとも考えられる。事件を蒸し返し、解決を図ろうとした穴見らは、彼らを煩わす蚊か、蠅のような存在だった。穴見やナルヒコの行動はブラックハウスと警察内部の協力者によって監視され、必要とあれば、いつでも排除する用意があったのだ。

ところが、イチローの裏切りによって、「川の流れ」、すなわち利害関係が大きく変わってしまった。ブラックハウスの側にいたイチローは彼らと敵対することになり、追われる身になった。これまでイチローを追いかけてきた特命捜査対策室は一転、彼を捕えたいブラックハウスと利害が一致することになる。もっとも、彼らは自分たちの謀略を秘密にしておくために、穴見たちよりも先にイチローを捕え、葬るつもりなのだ。そして、全ての罪は、口無しになったイチロー一人に押し付けられるのだろう。

ナルヒコは以前から、そうなることが薄々わかっていたからこそ、穴見には「真の敵はブラックハウス」と告げていたのだ。

——イチローはブラックハウスとも警察とも敵対することになりました。ぼくたちも態度を決めないといけませんね。ブラックハウスの側について、イチローと戦うか、それとも、イチローの側について、ブラックハウスと戦いますか?

それは穴見をハムレット的優柔不断に誘う極めて微妙な問題だった。警察官の職務に忠実であろうとすれば、イチローの側につくことはむろん、できない。それは警視庁への裏切りとなるからだ。

——イチローがブラックハウスに逆らうのは勝手だが、彼がブラックハウスの指令に基づいて犯した罪は罰せられるべきだ。

——それはわかります。でも、ブラックハウスに加担している警察上層部の犯罪も罰せられるべきじゃないですか?

——理屈ではそうだ。しかし、それは私の立場では難しい。

八朔は上司の逃げ口上のコトバ尻を捉えて、反論した。

——イチローならできるし、そうしようとしています。イチローを逮捕すれば、警視庁内部の腐敗も、ブラックハウスの陰謀も暴露できるはずです。

——甘い。そんなに事はうまく運ばない。

上司の一喝に八朔は黙り込んでしまう。

——ぼくが囮になりますよ。

ナルヒコが唐突にいい出す。穴見は「どういう意味だ？」と訊ねた。ナルヒコは穴見を見透かしたように、二回、鼻で笑い、こんな説明をする。

――イチローはいつでもぼくらを殺せる態勢にあると思います。だから、殺しやすい状況を作って、彼をおびき寄せるんです。ブラックハウスの人間がイチローを暗殺する前に、ぼくたちが彼と接触すれば、何か打開策が生まれるかもしれない。

間髪を入れず、八朔が反応する。

――賛成です。私も囮になります。

――何の躊躇もなく人を殺す男だぞ。

穴見の脅しはあまり効果もなく、「大丈夫です。ぼくらには穴見さんがついているから」と妙に明るく返されてしまった。

二人して、まだ会ったこともない殺人犯のファンになりやがって……

穴見は内心、憤然としながら、果たしてイチローとのあいだに共闘関係を築けるものだろうか、と思った。だが、それは実に危険な一歩で、いざ踏み出してしまうと、警察を内なる敵に回し、ブラックハウスの強力な圧力に抗うことになり、もう後戻りはできなくなる。具体的にどうなるのかわからないが、脳裏には妻と娘の顔が浮かんだ。家族持ちの思考回路からはいつだって「迷ったら、長いものに巻かれろ」という指令が出される。

穴見にとって、一番面倒が少ないのは、イチローが暗殺され、ブラックハウスの思惑通りに一連の事件の決着が図られることだ。ブラックハウスに妥協したという汚点は残るが、家族や職務上の地位を守るにはそれが無難な落としどころとなるだろう。

困惑も露わに黙りこくる穴見に、ナルヒコが囁く。

——穴見さん、迷っている暇はないです。ブラックハウスもイチローも敵に回すか、イチローだけは味方につけるか、どのみち勝ち目は薄いですが、絶対、あとの方が有利です。

その理屈は理解できる。だが、どうやってブラックハウスを出し抜き、イチローをおびき出すのか？　ナルヒコの頭にはもう具体的な案が組み上がっているらしかった。

——寧々さんに会っておいたのはよかった。流れが変わってからでは遅かった。もちろん、ブラックハウスは軽井沢の寧々さんのところに人を遣わして、イチローを待ち伏せするでしょう。イチローは母親に会いに行けないが、連絡は取るでしょう。その時、寧々さんを通じて、こう伝えてもらうのです。シャーマンが味方をする、と。そうすれば、彼の方から会いに来る。

35

ここ二ヶ月、週末返上で捜査に当たっていた八朔すみれは、休める時に休んでおけという上司の忠告に従い、久しぶりの休暇を取った。美容院で髪を切り、大学の同級生たちとのランチに顔を出した。普段は弁護士やシステム・エンジニア、銀行員などの顔を持つ同級生たちだが、休日になると、一皮剝けて、素敵な出会いを待ち焦がれる欲求不満のシンデレラになる。シンデレラの元々の意味は「灰をかぶった女」だ。刑事の八朔も彼女たちと同様、休日には灰を振り払い、おめかしをし、女友達と恋の話題で盛り上がりたかった。

お喋りはとめどもなく続き、気付くと、午後の五時を回っていた。それぞれ夜の予定があり、解散となったが、弁護士のあやは次の約束まで三時間あるというので、軽くお酒に付き合うことにした。銀座のカフェで白ワインを飲みながら、話の続きに夢中になっていると、ウエイターが赤ワインをグラス二杯、運んできた。注文していないというと、「カウンターにいらっしゃるお客さまからです」といい、八朔にリボン付きの小箱を手渡した。中には青いバラの花びらと二つ折りにしたメモが入っていた。

メモには「尾行者は君のふくらはぎを見つめている」と書いてある。八朔はカウンターに歩み寄り、ウエイターに「どの人？」と訊ねたが、「あれ、さっきまでそこにいらしたんですが」と首を傾げている。

八朔は通りに出て、行き交う人の顔や背中を目で追いかけてみる。こちらを見ているに違いない相手の眼差しを捉えたかったが、すでに雑踏に紛れ、相手を捕捉することはできなかった。

あやと別れ、帰宅する道々、八朔は自分の背中を見つめる目を気にしていた。さっきカフェにいた客の一人が八朔と同じ方向を目指して歩いている。だが、その男はメッセージの送り主とは別の人物だろう。尾行者に揺さぶりをかけるために、デパートに入り、エレベーターに乗ったり、地下鉄で自宅とは反対方向に向かい、別の路線に乗り換えたり、不意に走りだし、流しのタクシーに乗り込んだりし、様子を見た。無意識に、尾行者の目から自分のふくらはぎを守ろうとしているみたいだった。どれだけ優れた尾行者でも、行動が後手に回る分、遅れる。これだけせわしなく動けば、相手はついてこられまい。

八朔は都内の四つの区を巡る迂回(うかい)をしたせいで、帰宅した頃には午後九時を回っていた。久しぶりの休日も休んだ気がせず、脳の回転数が上がってしまった。こんな日はゆっくりお風呂に入り、カモミールでも飲んで、熟睡するに限る。眠れればの話だが。八朔がバスタブにお湯を溜め始めると、インターフォンが鳴った。モニターには宅配業者の制服を着た男が映っていた。まだ服を着ていたので、認印を手に応対に出た。

玄関のドアのロックを外すと、段ボールの小箱を持った男が立っていたが、いつも配達に来る人ではなかった。慌てて、ドアを閉めようとしたが、間一髪間に合わなかった。男は土足のまま部屋の中に踏み込み、八朔の両腕の自由を奪い、抱え上げた。肘を極められ、上体を海老反りにされ、抵抗を封じられた。「ああああ」と大きな声を出したつもりだが、喉や胸が圧迫され、呻き声にしかならなかった。男はいたって冷静に、諭すように囁いた。

――私が誰かわかるな。君たちが捕まえようとしている男だ。パニックが収まったら、放してやる。

下手な抵抗は自分を傷つけることにしかならない。頭ではそうわかっていても、上体をよじらせたり、足をばたつかせたりしなければ、ざわついた心を鎮めることができなかった。八朔が抵抗を諦め、全身の力を抜くのを感じ取ると、相手は腕の閂をゆっくりと緩めた。足が床につくと、八朔は後ずさりしながら、震える声で訊ねた。

――何の用？

相手は「荷物を引き取りに来た」と答えた。自分の目の前にいるのはサトウイチローだったが、その事実をすぐには受け容れられなかった。

――尾行をまこうとずいぶん回り道をしたようだが、無駄だったな。君がここに住んでいることは警視庁の名簿を見ればわかる。きょうはこっそり君とのデートを楽しませてもらった。時間がない。早く支度をしろ。これから君には行方不明になってもらう。

――私はあなたを逮捕しなければならない。

――悪いが、面倒なことは省かせてもらう。

そういい終わる前に、イチローは八朔の肝臓に一撃を加えた。八朔は呻き声をあげ、その場に崩れ落ちた。意識は辛うじて保っていたが、体が動かなかった。イチローは持参した段ボール箱から、ナイロン製の巨大バックパックを取り出し、八朔を胎児のように丸め、その中に収め、ジッパーを閉じた。刺激臭が鼻を突き刺した。中にはクロロフォルムを染み込ませたタオルが仕込んであり、否応なく、それを吸い込んでしまった八朔は間もなく、意識を失った。

心拍に合わせてこめかみをえぐる頭痛とともに目覚めた八朔の目に、最初に映ったのは、真っ白なドーム状の天井だった。彼女は全裸でベッドに横たわっていた。恐怖で叫び出したいのを堪え、深呼吸をし、自分が何をされたのかを確かめる。幸か不幸か、イチローは八朔に性的興味は抱かなかったようだ。八朔は重い体をベッドから引きずり出し、部屋から脱出が可能かを調べてみる。窓はなく、クロス張りの壁はコンクリート製で、一面に鏡があり、その裏がバスルームになっていて、唯一の出入口の鉄の扉には鍵がかかっている。八朔の私物は一切なく、肌を覆うものはシーツと毛布だけだ。自分は紛れもなく監禁されている。むろん、初めての経験だったが、以前にもこういう目に遭ったように感じるのは、「銀座ホステス誘拐事件」の捜査に当たっていたからだろう。不覚を取ったよもや自分が、根本ゆりあと同じ境遇に置かれるとは全く想像できなかった。
ったが、抵抗の余地は完全に奪われていた。

ここには監視係も、世話係もおらず、八朔は自分を相手に退屈しのぎをするしかなかった。部屋に時を刻むものもなく、時間の経過を知る唯一の手掛かりは自分の胃袋だった。外界から隔てられていると、妄想がはびこる。まだ、クロロフォルムの効き目が残っていて、目を閉じると、そのまま眠りに落ちそうだった。何か作業をしていれば、妄想も眠気も紛れると思い、八朔は長時間、入浴し、丁寧に髪を洗い、湯上がりの自分を鏡に映して眺めてみたりした。普段はもっと事務的に身づくろいをする。自分にかまける時間など警察官にはないから。

何年かぶりに素の自分を見た気がして、八朔は気恥ずかしかったが、その気になればいつだって、女に戻れることを確認できたのはよかった。ふと、その一部始終を誰かに盗み見られているのではないかと不安になり、改めて、壁に覗き穴などないか、手探りで確認したりもした。

部屋の外から扉が開錠される音がした。八朔はシーツを纏い、身構えていると、紙袋とビニール袋を提げたイチローが忍び込むように部屋に入ってきた。

彼は「手荒く扱って悪かった」と詫びると、持っていた袋を差し出し、「食べるものと着るものだ」といった。八朔が黙って、イチローを見返していると、彼はそのまま部屋を出て行こうとしたので、「なぜ私を誘拐したの？」と怒気を含んだ口調で訊ねた。

——君が一番誘拐しやすかったから。

——はぐらかさないで。取引をしたいんでしょ。

——取引というのは対等な関係にある者同士で行うものだ。

——こんなことをしても無駄よ。あなたはもう逃げられない。

——虚勢を張るより命乞いをした方がいいんじゃないか？　君たちはシャーマンの力を借りて、開ける必要のなかった秘密の箱を開けてしまった。中を覗いても、希望なんて入っていないのに。「特命捜査対策室」は未解決事件を未解決のままにしておく部署でよかったのだ。なまじ事件を解決に導こうなどとするから、自滅するのだ。

ほんの数日前、ナルヒコの口からも同じような意味のコトバを聞いた。まるで、イチローとナルヒコは以心伝心の関係であるかのように。

——あなたは私を殺さない。

——なぜそう思う？

――殺す気なら、わざわざ私を誘拐したりせず、部屋に忍び込んだ時点で殺していた。それに今のあなたからは殺気を感じない。

イチローは口角にだけ微笑を浮かべ、「面白い命乞いの仕方だ」といった。

――ご明察の通り、もう君たちを殺す意味はなくなった。

――服を着させて。こんな格好だと、あなたを誘惑しているみたいだから。

逃亡の予防のために裸にしたのだろうが、服を用意してくれたということは八朔を客としてもてなす用意があるのだろう。

――どうぞ。コーヒーも冷めないうちに。

イチローが用意した服は、仕事では絶対着ない、オフの時も着ようとは思わない七分袖のワンピースだった。白のシンプルな下着も用意されていたが、ブラジャーのサイズが測ったようにピッタリだった。一度、部屋を出て、再び戻ってきたイチローは着衣の八朔を見て、「よく見ると、いい女じゃないか」とからかった。

――服のお礼に、私に何をさせたいのか、聞くだけ聞きます。

――シャーマン・ボーイと会いたい。君の上司の穴見警部にはじきにブラックハウスの息がかかるだろうが、シャーマン・ボーイまで連中の手に落ちると、こちらが不利になるのでね。

ナルヒコはイチローの思惑を正しく読み取っていた。イチローはナルヒコを味方につけたがっており、ナルヒコはイチローの味方につく気でいる。三日前、ナルヒコは穴見警部や八朔に「迷っている暇はない」と迫った。イチローに拉致された状況で、自分はどう行動したらいいのか、八朔はまだ迷っていた。左脳は上司の方針に従いたがり、右脳はイチローの側につけといっている。

――私があなたに協力するとでも？

――協力するだろう。警察は常に正義の側にいる、などと思っていないだろう？　しかし、まだイチローの側に正義があるとも思えない。どっちがましか、の問題に過ぎない。ナルヒコはこれまで警察に協力してきたが、目下、イチローの方に傾きかけている。あくまでも警察の側に立つ穴見警部はナルヒコの心変わりを警戒している。イチローはそこまでお見通しのようだった。

――あなたも、警察も、そして、ブラックハウスまでもが、ナルヒコ君を味方につけた方が有利になると考えている。

――眠り病の、一人じゃ何もできないガキが未来の鍵を握っているというわけだ。

――私が協力するしないは、ナルヒコ君を具体的にどうしたいかによります。

――シャーマン・ボーイには何もさせるな。心地よく眠らせておけ。未来を予知する夢を見ても、それを速やかに忘れてくれれば、それでいい。君に頼みたいのは、警察やブラックハウスの目の届かないところに、彼を連れ出してもらうことだ。

――犯罪捜査から手を引け、と?

――私を捕まえ、闇に葬るのはブラックハウスの仕事だ。だから、君たちはじきにお役御免になるだろう。君たちの地道な捜査も徒労に終わる。

――そうなる前に、あなたを逮捕しようと穴見警部は息巻いています。

――「どうか逮捕させてください」と、私に土下座して頼んでみるか?

八朔は穴見警部ほか警視庁上層部の強面たちが三つ指を突く光景を思い浮かべ、つい笑ってしまう。

――ブラックハウスと協調関係を保ちつつ、私を抹殺できれば、警察は今まで通り、市民の味方でいられる、と思っているのだろう。

イチローは「世界市民連盟」の教祖に爆弾を抱かせ、公然とブラックハウスに敵対し始めた。大阪府知事殺害を始め、積み重ねた犯罪に対する刑罰は死刑以外にはありえない。だが、それが犯罪ではなく、革命であり、なおかつ勝利を収めるならば、彼は英雄になり得る。イチローにはその資格だけはあるのではないか。

こんなことを考える八朔は、無意識にイチローの崇拝者になっている!? もっとも、下っ端の女刑事一人が崇拝者になったところで、彼を追い詰める包囲網がほころぶわけではない。ブラックハウスにとっても、警察にとっても、「英雄」など単なる死語に過ぎない。今までも、今後も、「英雄」は存在しない。彼らが必要としているのは、「社会の敵」の方である。自らを正義の側に置くために、誰かにその烙印を押し続けなければならないから。

──はっきりいおう。ブラックハウスをつぶすか、ブラックハウスと心中するか、どちらを選ぶかの問題だ。

イチローはそういうと、再び部屋を出ていこうとした。八朔はその背中に向かって「早く私を解放しなさい」といった。イチローは八朔に歩み寄り、その両手首を取ると、力ずくで壁に押し付けた。

──君はどちらにつくかまだ迷っている。私に協力するか、敵対するか、決めやすくしてやろう。

八朔は「放しなさい」と叫びながら、抵抗するが、イチローは有無をいわせず、彼女をベッドに押し倒し、自ら選んだワンピースを剝ぎ取り、露わになった肉を貪り始めた。関節を極められ、身動きはままならず、コトバで拒絶するのがやっとだった。

──私を抱いたところで、何も変わらない。

──君は変わらない方に賭けるか？　私は変わる方に賭けよう。犯罪者に抱かれるのは恥だろうが、一生、腐った権力の犬であり続けるのはもっと恥だと思え。

イチローは本気で自分を犯すつもりだと思った瞬間、八朔は自分でも思いもよらないコトバを呟いていた。

——私を犯したりしたら、あなたは死ぬ。

イチローは爬虫類(はちゅうるい)を想わせる目で八朔を見つめながら、「犯さなくても死ぬ。人の死亡率は百パーセントだから」といった。一切の迷いを見せず、イチローは八朔の自我をも壊すように、彼女の体を容赦なく貫いた。その瞬間、腰が砕けたようになり、抵抗の意志は萎え、イチローのなすがままにされていた。

36

「世界市民連盟教祖誘拐事件」の捜査本部は本庁に置かれ、二百名もの捜査員が動員された。穴見警部は、その捜査指揮に当たる幹部からサトウイチローに関する情報の提供を求められた。これまで未解決事件の継続捜査に一切の関心を払うことなく、「特命捜査対策室」を露骨に冷遇してきた上層部連中が円卓に雁首(がんくび)を揃え、何をいい出すかと思いきや……「ご苦労だった。この件は預かる」だ。ねぎらいのコトバなど端から期待していなかったが、この一言で自分が蚊帳(かや)の外に置かれることに納得がいかず、穴見は円卓の前に立ち尽くし、無言で幹部たちを睨み返していた。

——まだ何かいいたいことがあるのか?

警視総監が直々に穴見に訊ねたので、彼はこういった。

——サトウイチローは私が担当している事件の容疑者です。教祖誘拐事件の捜査にも関わるべきだと思います。

——これは高度な政治的判断が伴う事件だ。サトウイチローを逮捕すれば、君の担当事件も同時に解決することになる。我々に任せておけば、大丈夫だ。

——大丈夫じゃないから、いっているんです。

穴見の直属の上司である警視正が「何をいい出す」とたしなめる脇から、見慣れない白人男性が穴見に歩み寄り、握手を求めてきた。そして、流暢（りゅうちょう）な日本語でこういった。

——穴見さん、あなたはスバラシイ成果をあげました。サトウイチローを逮捕したら、その功績の半分はあなたのものです。

——あなたは誰ですか？

——ジョシュア・ホワイトヘッドと申します。FBIの捜査官です。ベッケンでサトウイチローを追っていて、警視庁とはオタガイに捜査協力をすることにしています。近いうちに話をしましょう。シャーマン・ボーイにも会いたいデス。

ホワイトヘッドに懐柔される形で、穴見は会議室から出てきたが、上層部に対する怒りは収まらなかった。連中が総動員体制で、イチローの逮捕に賭けるなら、こっちも独自の作戦でイチローを捕まえ、意地を見せてやる。

幹部との一悶着で、午前中をつぶしたが、午後には、二日間の休みを取った八朔とナルヒコを「対策室」に集め、今後の出方を相談するつもりでいた。ところが、約束の時間を一時間過ぎても、二人は現れない。八朔は携帯電話にも、自宅の電話にも出ない。ナルヒコはといえば、「朝から具合が悪く、寝込んでいる」という連絡がナミからあった。

悪い予感がし、穴見は車で八朔の自宅に様子を見に行った。インターフォンを押しても応答がないので、エントランスから人が出てくるのを待ち、オートロックをくぐり抜け、マンション内に忍び込み、二階の彼女の部屋をノックした。返事はなく、ドアノブを回してみると、施錠されていない。留守ならばいいが、よもや死体になどなってはいまいか、と部屋の様子を確かめてみた。

床にはハンドバッグが置いてあり、なぜか部屋の真ん中に空の段ボール箱が転がっている。携帯電話はないが、財布が残っていた。そして、床の絨毯に男の足跡が三つ残っているのを見て、誘拐を確信した。ナルヒコが何かを感じ取ったかもしれないと、眠りが丘に車を飛ばしたが、その途中で穴見の電話に着信があった。八朔からだった。

――どうしたんだ？　今どこにいる？

穴見の問いかけに男の声が返ってきた。

――君の部下とシャーマン・ボーイを預かっている。

――サトウイチローだな。

――君にD4という渾名を与えられた者だ。君には行動の自由を与えてやる。代わりに私の使い走りになれ。

――何だと。おまえは私の手で逮捕されるのだ。

――それは憧れにとどめておくがいい。君はホワイトヘッドという男に会ったはずだ。警察を裏で操るブラックハウスの犬だ。私を抹殺し、自分の株を上げようとしている、ちっぽけな野心家だ。君の仕事はその犬を私に差し出すことだ。

――おまえに従う理由などない。

――いい忘れたが、君の妻と娘の命も預かっている。二人を愛している君は、私に従う以外の選択肢はない。

妻と娘をいつ誘拐したというのだ？　穴見は今朝、二人の笑顔に送り出されて、家を出たのだ。

――見え透いた嘘をつくな。

――自分の目で確かめたければ、そうするがいい。二人を連れ出したのは八朔すみれだ。聡明な警部の妻も、顔見知りの刑事のいうことは信じるのだな。八朔は私の協力者になった。おまえは部下を恨む前に、すぐに自分の仕事に取り掛かれ。私には時間がない。妻と娘の安全が保証できるのは二十四時間だ。わかっていると思うが、連れて来るのはホワイトヘッドだけでいい。

そこで電話は切られる。

犯人の言説を疑ってかかるのが警察の仕事だ。穴見はすぐに自宅と妻の携帯電話に連絡を取り、妻と娘の無事を確かめようとしたが、どちらも留守電になっていた。ナルヒコの自宅にも再度、電話を入れたが、誰も出なかった。

まずは自宅に戻り、家の中を確かめる。キッチンの流しには洗い物が放置され、ベランダには洗濯物が干したままで、今しがたまで妻子がいた気配と痕跡が残っていた。すぐに戻るつもりで家を空けたのだろう。穴見は「戻ったら、電話をくれ」と書き置きを残し、長丁場になることを見越し、洗濯物だけは取り込み、急ぎナルヒコの家を訪ねた。母親のナミが在宅していたので、「ナルヒコ君の具合はどうですか？」と訊ねると、こういった。

――朝から具合が悪いといって寝込んでいたんですが、二時間ほど前に八朔さんが来て、病院に連れていってくれました。拉致される危険があるので、穴見さんの奥さんと子どもも安全な場所に移動させるといってましたけど、穴見さんの指示じゃなかったんですか？

――何処に行くといってました？

――秘密厳守なので、教えられない、と。

あいつ、いつからイチローの協力者に転向したんだ、と穴見は苦い舌打ちをした。自分に忠実と信じて疑わなかった部下にこうも易々と寝返られては、立つ瀬がない。敵に取られた桂馬に攻め込まれているようなものだ。

万事において先回りしてくるし、その行動には一切の無駄がない。敵は、複雑怪奇な女心を手玉に取るのも得意だったことを忘れていた。この男を出し抜くのは容易ではない……などと感心している場合ではない。イチローの思惑を先読みできるのは、ナルヒコだけだが、その彼も奪われたとあっては、飛車を取られたに等しい。

「何処に連れて行きやがったんだ」と舌打ちしながら、穴見は八朔の携帯を呼び出すが、電源が切られていた。もっと早く家族の安全を確保しておくべきだったと後悔しながら、今の自分にできるのは、イチローの要求に従い、ホワイトヘッドを彼に差し出すことくらいだ。警視庁幹部たちも露骨にブラックハウスの意向に沿って行動し始めたようだ。穴見もまた彼らに忠実な駒に過ぎない。さしずめ、まっすぐに進むことしかできない香車だろうか？　イチローはその香車と飛車、桂馬を持ち駒にして、謀反に打って出たのだ。

37

八朔が訪ねてきた時、ナルヒコは熱を出して、寝込んでいた。前日からイチローの次の行動を先読みするために何度も夢とうつつのあいだを往復し、そのヒントを得ようと根を詰めたのがたたった。意識が朦朧（もうろう）とした状態で、車に乗せられ、何処かに向かう間も、ナルヒコは夢を見ていた。

なぜか、八朔がイチローに抱かれ、喘ぎ声を嚙（か）み殺しているのだった。こみ上げてくるのは苦痛なのか、快感なのかはわからない。ただ、彼女はイチローを拒絶していなかった。彼の太い首に絡みついている彼女の腕は明らかに、彼を受け容れていた。

次にナルヒコが見たのは、山里の荒れ果てた寺で、イチローと自分が向き合っている光景だった。イチローは微笑を浮かべ、ナルヒコにしきりに話しかけているが、何をいっているかは聞こえず、代わりにカラスの鳴き声が寂しく響き渡っている。

場面が変わる。そこは何処かの大通りだ。雨が降る中、大勢の群衆がゆっくりと同じ方向に向かって歩いている。声も音も聞こえないが、人々は何かを叫んでいる。ナルヒコ自身もそのデモの群衆の中にいた。

くしゃみをすると、再び場面は変わり、ナルヒコは白い円天井の部屋のベッドに横たわっていた。視線の先には八朔刑事もいて、思い詰めた表情で俯いている。くしゃみは、もう夢から出てきた証だ。

――八朔さん、ぼくは何処にいるんですか？　病院？

ナルヒコの問いかけに八朔は「似ているけど、違う」と答えた。部屋に窓はなく、外の様子を知ることはできなかったが、空気にはかすかに樹木のニオイがついていた。

――たぶん、森の中。私たちはイチローに拉致された。

八朔は、数日前と印象が違って見えた。彼女が双子なら、その姉か、妹を見ているような。何が違うのか、確かめようと、ナルヒコが目を一回り大きく見開いて、八朔を覗き込むと、彼女は掌で自分の顔を覆い隠した。何かを恥じらっている様子から、今しがた見た夢と同じ事態が起きたのではないかとナルヒコは思ったが、それを見透かされるのを嫌がっていることがわかったので、あえて確かめはしなかった。

――イチローと話したんですね。彼はどうするつもりですか？

――ナルヒコ君がいった通り、ブラックハウスと戦うつもり。向こうもイチローを裏切り者と見做している。まだかろうじて交渉の余地は残っているけど、ブラックハウスはすでに警察の力を借り、イチロー包囲網を築きつつある。穴見さんとあなたを使って、イチローはエージェントを交渉の場に引きずり出そうとしている。穴見さんはイチローに従わざるを得ない。彼は家族を人質に取られているから。

ナルヒコは目を閉じ、イチローの思念、そして穴見の妻の思念を読み込んでみた。絡まり合った藻のような形の複雑な思念が霧の中から浮かび上がってくる。それを理解するのは難しいが、少なくとも、そこに殺意はないようだった。穴見は焦っているが、彼の家族はまだ不安や恐怖にさらされていない。ナルヒコは再び、八朔の思念を盗み見ようとする。遠くからカラスの鳴き声が聞こえてきた瞬間、彼女の心のバリアが緩み、無防備になった。その間隙をついて、彼女の意識を吸い込んでみた。

八朔が小さな女の子の手を引いているのが一瞬、見えた。母親らしき女性の笑顔も。

——穴見さんの家族を連れ出したのは八朔さんですね。

彼女は無言で頷いた。そして、その理由を説明しようと、口を開きかけた時、はっきりとわかった。彼女は解放されてしまったのだ、と。無意識の奥底で自分を抑圧していた何かから、不意に自由になったのだ。彼女は自分自身の異変に戸惑っている。なぜそうなったのか、まだ理解に苦しんでいるが、内なるわだかまりが弾けて、自分の本来の使命にようやく目覚めたといったところだ。いうまでもなく、彼女を変えたのはイチローである。

——イチローの味方につくべきだと思った？

ナルヒコが単純なコトバで、問いかけると、八朔は澄んだ目で大きく頷いた。

——穴見さんは私が裏切ったと思うでしょう。でも、私にはそんなつもりはなかった。奥さんと娘さんを先に保護しておかないと、別の誰かに利用される危険があるから。もっと卑劣な人たちに。

——ブラックハウスのことをいっているんですね。

——穴見さんはとても微妙な立場にある。イチローにも、ブラックハウスにも利用され得る。どちらに利用された方がいいかを考えたら、イチローに利用された方がいいんじゃないか、と。

——ぼくもそう思います。

——彼が凶悪犯罪者であることに疑いはないけど、一抹の正義はある。いずれ、彼は法の裁きを受けなければならないけれど、私はその一抹の正義には協力したい……

憎しみでもなく、愛でもなく、ただ不思議な力とでもいうしかないものに、彼女は突き動かされているようだった。

——そう思っているのは八朔さんだけじゃない。イチローの背後には多くの協力者がいる。彼らもイチローに一抹の正義を見ていると思う。ぼくは、昔、ブラックハウスに対して自爆テロを行ったサナダ先生の味方をしました。その時と同じ感情をイチローに対しても抱いているんです。

二人はともに、共同で未解決事件の捜査に当たり出した頃、容疑者像がおぼろげに浮かび上がってきた頃のことを思い出していた。あの頃は、自分たちが犯人に共感を抱こうなどとは夢にも思わなかった。犯罪にも、犯罪の捜査にも、予定調和ということはあり得ない。予定調和など、二、三時間で事件が解決するミステリー小説の中だけの話だ。

その頃、穴見は……

八朔、ナルヒコ、イチロー、そして家族を人質に取られ、警視庁幹部からも黙殺される孤立無援の状況下では、イチローからの連絡を待つしかなかった。眠れない一夜を過ごし、ようやくうとうとしかけた未明、不意に電話が鳴り、跳ね起きた。妻からだった。

——あなた、こんな時間にごめんなさい。

——どうしたんだ。無事なのか？　何処に連れて行かれたんだ？

——八朔さんにいわれて、家を出たの。事件が微妙な局面に入ったから、万が一に備えて、身を隠した方がいいって。あなたからは何も聞いていなかったから、怪しいとは思ったんですけど……。今は神戸の実家にいます。連絡するなといわれても、あなたが心配していると思って、こっそりとかけてしまいました。

実家にいれば、妻も娘も安心ではあるだろうが、安全というわけではない。むしろ、彼女の両親をも人質に差し出してしまったに等しい。

——犯人には会ったのか？　監視はついているのか？

――犯人らしき人には会っていません。でも、監視はされている。実は一週間前から、尾行や監視の怪しい気配を感じていたの。

――なぜ黙っていたんだ。

――いうタイミングがなかったのよ。あなたはいつも遅く帰宅し、早くに出ていくから。

――必ず迎えに行く。離れていても、おまえたちの安全を第一に考えて行動する。警察には連絡するな。いいな。

電話を切ると、この郊外の家で妻と娘三人で暮らしていたほんの数日前までの日常が、遠い過去に退いてゆく気がした。穴見はベッドには戻らず、冷蔵庫の中の缶コーヒーを飲み、しばらく止めていた煙草に火をつけた。

まるで、その様子をうかがっていたかのように、また呼び出し音が鳴る。発信者非通知の電話だった。通話ボタンを押すと、「おはよう、警部」と聞き覚えのある声が届いた。

――D4だな。

――君を不眠に誘う者だ。妻子の無事を確認できて、一息ついたところだろう。早速で悪いが、今日の午後、君はホワイトヘッドをランチに誘い出してくれ。帝都ホテルの「翡翠飯店」に君の名前で個室を取ってある。

一体、そこで何が起きるのか、穴見には想像がつかない。ともあれ、用心深いホワイトヘッドを説得し、食事に連れ出さなければ、何も始まらず、何も終わらない。

38

穴見はいつもと同じように特命捜査対策室に出勤し、デスクワークに従事していた。「今日もお一人ですか?」と訊ねる部下たちには「八朔は裏付け捜査のために出張中、ナルヒコは静養中」と説明した。ホワイトヘッドに接触を図ろうと、幹部会議室の様子を窺ったところ、タイミングよく、廊下で出くわした。向こうから穴見に歩み寄ってきて、「二人だけで話したい」といった。穴見は「少し早いですが、ランチをご一緒にいかがですか?」と誘う。ホワイトヘッドは「私も頼みたいことがある」といい、応じた。まるで打ち合わせていたような展開に何か裏がある気がしてならなかった。

二人で車に乗り込むと、ホワイトヘッドは英語にスイッチし、ありきたりな世間話の交換をしたのち、穴見らがどのような捜査手順で、一連の事件へのイチローの関与を突き止めたのか、を聞かれた。また、どういう経緯でシャーマン・ボーイに捜査協力をさせることになったのかも。

ホテルに着き、「翡翠飯店」のある二十八階に向かうエレベーターを待っていると、スーツ姿の白人の男が三人現れ、こちらを一瞥したのち、階数表示を見上げた。穴見はホワイトヘッドが護衛をつけていることを察した。この用心深さは、常にイチローの影に怯えている証だ。

穴見が名前をいうと、「翡翠飯店」の個室に案内された。三人組はあくまでも無関係を装い、入口近くのテーブルについた。入口は一つなので、そこを固めておくつもりだ。果たして、イチローは次の一手をどう指してくるか、穴見は緊張を隠し、待っていた。不用意に姿を見せれば、三人組に取り押さえられるだろうが、そんなドジを踏むとは思えない。

ホワイトヘッドは英語で噛んで含めるように、穴見にこんなことをいう。

――あなたの調査はイチローを追い詰めるのに大いに役立つ。私たちは彼の母親の元に捜査員を張り込ませている。いくら神出鬼没のイチローでも、我々の包囲網をかいくぐることは難しい。彼を追い詰めるのは時間の問題だ。穴見警部、あなたには彼を逮捕する名誉を授けたい。しかし、追い詰められたイチローは最後の抵抗に打って出る。警部が危険を感じたら、躊躇なく、彼を射殺して結構。イチローも人殺しには一切の躊躇をしない男だから。

そのコトバは暗に、穴見にイチローの暗殺を指示しているとも解釈できた。むろん、それは、妻子を人質に取られている穴見には無理な相談だった。

三人組を警戒したのか、結局、イチローからは何のアクションもないまま、食事は終わった。ホワイトヘッドが三人組を引き連れて、洗面所に行っているあいだ、穴見がレジで会計をしていると、マネージャーが「伝言をお預かりしています」といい、メモを差し出した。

「奴を車に乗せたら、君の仕事は終わりだ。今後の身の振り方を考えろ」

穴見は即座にメモを丸め、領収書とともに財布にねじ込んだ。ホワイトヘッドが護衛をつけていることをイチローは感知している。穴見の行動も何処か見えないところから観察しているはずだ。ここは余計なことをせずに、イチローの指示に従うのが無難か。

三人組を引き連れ、エレベーターで地下駐車場に下りる。護衛たちは自分たちの車に向かう。車のロックを解除し、先にホワイトヘッドを助手席に乗せる。次の瞬間、背後から人影が現れ、背中に鈍器で殴られたような衝撃が走り、穴見はその場に崩れ、動けなくなってしまう。スタンガンだ。車のキーを奪われ、間髪を入れずに車は発進し、穴見は駐車場に置き去りにされた。一瞬だけ、相手の顔を見たが、笑っていた。

三人組がすぐに追いかけると思いきや、彼らの車は駐車位置から一センチも動いていなかった。ラジエーターパイプに穴を開けられたか、電気系統の配線をもぎ取られたのだろう。すぐに三人が車から飛び出してくるが、走って追いつけるはずもない。

まぶしい光に刺激され、意識が戻った。ホワイトヘッドは薄目を開けると、そこは渓谷沿いの陽だまりだった。せせらぎや葉擦れ、鳥の声が心地よかったが、つい先ほどまで自分がホテルの駐車場にいたことを思い出した。高電圧のショックで身動きできなくなったところまでは覚えている。そのまま夢も見ない深い眠りに落ちたのは、睡眠薬注射のせいか？　後頭部の骨の突起の下の窪んだ部分が腫れていて、ズキズキと痛んだ。かたわらには車があったが、何処で乗り換えたのか、車種も変わっていた。なぜ自分が、人っ子一人いない閉鎖中のキャンプ場らしき場所にいるのか理解できなかった。携行していた電話も財布も奪われ、文字通り身一つにされていた。危険を感じ、ともかくも逃げ出そうとするが、河原の石に足をとられ、無様に這いつくばってしまう。

——ピクニックに連れ出してやったんだ。

ホワイトヘッドは息を荒らげ、熊に遭遇してしまったかのように、目を見開き、逆光を受けて仁王立ちしている声の主を見上げていた。

——死ぬ時は一人にしてやる。命乞いをする自由も与えてやるし、いいわけも聞いてやる。

そういうと、男は右手に握っていた石を渓谷の対岸に投げた。護衛の三人はいったい何をしていたのか？　なぜ自分はイチローと秋の渓谷を訪れたりしているのか？　ホワイトヘッドはもう一度、眠りに戻り、目覚め直したかった。

——ここには君とオレしかいない。他人の耳など気にせず、いいたいことをいえ。

——**デウス**はお怒りです。

——オレもお怒りだ。

——あなたの魂胆がわかりません。

——おまえらの物分かりが悪すぎるのだ。

——大阪府知事を殺したところまではよかった。しかし、「世界市民連盟」の教祖をあんなやり方で人目に晒し、しかも無意味な要求をちらつかせ、ブラックハウスとの関係を断たせようともした。これはブラックハウスへの裏切り行為以外の何物でもありません。

——府知事は権力の亡者になる危険があるから殺した。もし、殺さずに首相に据えたら、ブラックハウスと喜んで手を組んだだろうが、**デウス**が殺せといったから殺したのだ。教祖にはブラックハウスの息のかかった連中に引導を渡すよう迫った。その教団がブラックハウスに乗っ取られる前に、世のため人のためになることをさせてやっただけだ。

——あなたはこの国の人間がブラックハウスに敵対するよう仕向けている。

——それはブラックハウスの自業自得というものだ。納得のいかない指令を実行する時は、多少のアレンジが必要だと前にもいったはずだ。

——あなたが態度を改めれば、**デウス**はあなたとの和解に応じると仰っています。

——互いの信頼関係が崩れている以上、和解は無理だろう。おまえがあいだに入っても埒は明かない。**デウス**と直接、話をつけたい。

――**デウス**はあなたを警戒しています。

――ブラックハウスが何を望んでいるか、察しがついている。要するに一切の陰謀をなかったことにしたいのだろう。そのためにはオレの犯罪を暴いた連中を始末し、このオレを葬るのが一番手っ取り早い。すでに暗殺者たちが放たれていて、おまえはその手引きまで買って出たのだろう。

――誓って、そのようなことはありません。

――おまえの誓いなど豚も食わない。おまえはここで死ぬか、オレを**デウス**に会わせるか、どちらかを選べ。

――もちろん、**デウス**との会見をセットします。**デウス**はジャパニーズ・ワイフとあなたに会うためなら、いつでも自家用機で日本に飛んできます。私はありのままを**デウス**に伝え、必ず和解を演出します。

イチローは抉(えぐ)るような眼差しで、ホワイトヘッドを見つめながら、「自分の手首を見ろ」と促した。恐る恐る左右の手首を確かめると、いつも左手首につけているタグ・ホイヤーの時計ではなく、中国製のロレックス擬(もど)きがはめられていた。

――オレからのプレゼントだ。自分の余命を計るのに使え。

そんな不吉な時計は願い下げとばかり、ホワイトヘッドはそれを外そうとするが、手(て)

枷のような金属のリングには留め具も継ぎ目もなく、手錠にあるような鍵穴さえもなく、時計本体と一体となっていて、外しようがなかった。

――時計を壊さないと、外れない。だが、壊すと、爆発する。爆発では手首を怪我するだけで済むが、時計の内部に化膿性連鎖球菌を仕込んでおいたので、傷口から菌が体内に侵入するのは避けられない。個人差はあるが、放っておけば、敗血症で二十四時間以内に死ぬ。

――悪い冗談はやめて、外し方を教えてください。

――手首を切り落とせば、安全に外せる。

イチローはそういい残すと、車に乗り込み、ホワイトヘッドを置き去りにしようとした。

――待って。あなたと**デウス**の板挟みになっている私の身にもなってください。私は最大限の努力をしているんですよ。

――その努力に免じて、もう一つの外し方を教えてやる。その時計は、いったん針の動きを止めてから、ある時刻に針を合わせると、ロックが解除されて、外れる。竜頭を回す時は慎重にな。時刻を間違えると、自動的に爆発する。正確な時刻を知っているのはオレと時計を改造した中国人の職人だけだ。職人の居場所を知っているのはオレだけだ。つまり、オレが死んだら、おまえは手首か、命か、どちらかを失う。**デウス**を連れて、もう一度、オレに会いに来たくなっただろ？

ホワイトヘッドは車のミラーに手をかけ、動き出した車に追いすがった。**デウス**の忠実な代理人としてのプライドは完全に破壊された。飼い主に甘やかされて、自分をボスと錯覚した犬のことを何といったか……権勢症候群？　**デウス**に盾突くイチローの前では、ホワイトヘッドは捨て犬も同然だった。

車が走り去った後、ホワイトヘッドは呆然と河原に座り込み、左手首を見つめながら、ぼやいていた。

畜生、とことん人をコケにしやがって。自分に小隊の一つでも与えてくれたら、ありったけの弾丸を奴の内臓にぶち込んでやるのに。

せせらぎが彼のため息や呪詛（じゅそ）を目立たなくしてくれた。

「外そうとすると、爆発する」というのはおそらく嘘だ。連鎖球菌が仕込まれているというのも。だが、それは希望的予測に過ぎず、確証はない。爆薬や危険な細菌が時計のムーブメントに仕込まれているかどうかを確かめる手もあるが、どれだけデリケートな手つきで解体しようと、その最中に爆発しないとはいい切れない。おのが用心深さや小心を逆手に取られたホワイトヘッドは、自嘲の笑いを浮かべるしかなかった。金属ベルトを切断する勇気も、手首を切り落とす覚悟もないホワイトヘッドに、イチローは親切にも自殺用の装置をプレゼントしてやったということになるか？

この不吉なロレックス擬きは、ホワイトヘッドの動きを封じ込める大きな手枷になる。イチローはわずかな手間で、自分を狙う暗殺者を牽制することができ、人に命令されて動くことなどないデウスを召喚し、さらにはホワイトヘッドの命の恩人になることさえできるのだ。

ホワイトヘッドは改めて自問してみた。自分はなぜイチローの車に追いすがろうとしたのか？

それはおそらく本能に根差した行動だったに違いない。自分は反射的にデウスからイチローに乗り換えようとしていたのではないか？　英雄になる資格のない凡人にできる最善のことは、より強い相手に尻尾を振ることだけだから。

そう思い至った時、ホワイトヘッドは素の自分を抱き締めてやりたくなった。この愛すべき凡人代表たる自分を。ここには誰もいないのだから、自分の無力に思い切り幻滅し、すすり泣くこともできた。

39

イチローは、今まで殺人や誘拐事件の捜査線上にのみ現れる曖昧な霧のような存在だった。だが、ブラックハウスの代理人ホワイトヘッド、特命捜査対策室の穴見警部、八朔すみれ、そして、シャーマン探偵ナルヒコの目の前に一瞬、その姿を現すと、それぞれに恐怖や絶望、気後れ、畏敬、崇拝の念を植え付け、忽然(こつぜん)と姿を消した。イチローが自らの姿を晒したのは、行方をくらます準備のためだったのではないかとさえ思えるほど、鮮やかな消え方だった。一度は彼を追い詰め、逮捕できると「関係者」の誰もが確信したが、わずか一週間後には、彼を捕えること、彼を殺すことは、不可能ではないかと思い始めていた。

その証拠に、「イチローを追い詰めろ」と警視庁幹部を煽っていたホワイトヘッドが急に大人しくなった。ホテルの地下駐車場でイチローに拉致され、心変わりがあったに違いない。「隙を見て、一人で逃げ出してきた」と彼は虚勢を張っていたが、傍目には、明らかに落ち着きを失い、一回り小さくなった印象だった。ホワイトヘッドがそのありさまなので、イチロー殲滅(せんめつ)作戦は、実質棚上げ状態になった。

犯人のイチローが逮捕できないとなると、総動員体制を敷いた「教祖誘拐事件」の捜査本部も解散され、継続捜査扱いとなり、特命捜査対策室に引き継がれることになる。一時は蚊帳の外に放り出された穴見だが、事件の解決が困難と見るや、その尻拭いを押し付けられるのだ。幹部どもの日和見にはほとほと愛想が尽きる。現場を預かる刑事たちの反骨精神はこうやって、鍛えられてゆく。

穴見自身も家族や部下を人質に取られ、イチローに操られる苦い経験をした。幸い、妻子に危害は加えられずに済んだ。敵は無意味な殺生はしない主義らしい。一連の駆け引きでは大きく負けた。こちらはイチローの母親にも会っているのだから、彼女を人質にすることもできたが、ホワイトヘッドはそれを指示しなかった。おそらく、イチローの父であり、ブラックハウスのボスであるカール・ロスマンがそれを許さなかったのだろう。

母親が追分の森にいる限り、イチローは必ず戻ってくる。

ナルヒコはそう読んでいた。

八朔とナルヒコは再び特命捜査対策室に戻ってきた。神戸の実家に戻っていた穴見の妻と娘も、眠りが丘の自宅に戻り、十日ぶりに団欒が蘇った。八朔は妻子を勝手に連れ出したことを詫び、どんな罰も受けるとまでいった。穴見は八朔の忠誠を再確認し、「寝返り」はなかったと判断した。幸い妻子は無事だったし、八朔はイチローに拉致され、その命令に従わざるを得なかったのだから、この件は不問に付すことにした。ともあれ、互いの無事を祝い、かつ今後、どのような方針でイチローに向き合うべきか話し合うため、穴見は八朔とナルヒコを自宅に呼び、食事を振る舞った。

八朔とナルヒコはしばらくのあいだ、窓のない病室のような場所に監禁されていたが、四日目の朝、イチローが現れ、ナルヒコだけを車に乗せ、連れ去った。残された八朔はしばらくそこで待っていたが、外鍵は外されたままだった。そこに一人の老婆がやってきて、「部屋を掃除したいんですが」といった。八朔がここは何処か訊ねると、老婆はいった。

——ここは「世界市民連盟」の関連施設で、去年まで研修センターとして使われていた建物なんですよ。

老婆は教団に雇われた管理人だそうだが、二人をここに監禁していたサトウイチローを教団の幹部だと思い、八朔とナルヒコを信者だと思っていたらしい。

イチローと「世界市民連盟」はいったいどういう関係なのか、と穴見はいぶかったが、ナルヒコにはおぼろげながら、その構図が見えていた。イチローには仲間がいて、彼を密かに助けていることは察していた。その仲間とは、ほかならぬ「世界市民連盟」なのではないか？　ナルヒコは、イチローに連れ出された時に、この直感を得た。

——奴は教祖の中丸幹男を拉致し、爆弾を背負わせて、晒し者にしたんだぞ。にもかかわらず、教団の助けを借りられたというのか？

穴見はナルヒコの直感を理解し切れなかった。

——二子玉川で教祖が保護された時、ぼくはこう思いました。イチローと教祖のあいだでは話がついていると。

——確かにそういっていた。すると、あの拉致事件は警察を欺く芝居だったというのか？

――そうだと思います。

――君はイチローと、どんな話をしたんだ？

――短い時間でしたが、いろいろなことを話しました。「世界市民連盟」のことも、ブラックハウスのことも、警察の捜査のことも。

――こちらの手の内も明かしてしまったのか？

――何を隠し、何を話すべきか、ぼくには選べないし、駆け引きは苦手なんです。

――彼は君をどうしたかったんだろう？

――イチローはぼくを殺すつもりだったんじゃないかと思います。でも、殺さなかった。それはなぜなのか、今もわからないんです。

他人の無意識までも見えてしまうナルヒコにしては珍しく、面と向かった相手の心中を読み解くことができなかったらしい。

ナルヒコを乗せた車は、監禁場所を出ると、二つの川を渡り、S字のカーブが連続する山道を上った。途中、ナルヒコは十五分ほど眠りに落ちていたが、車が停止したところで目が覚めた。そこは住職も管理人もいない荒れた山寺だった。逃亡者が身を隠し、一時の休息を取ってゆくためにあるようなお堂と松の古木が二人を迎えた。ここは夢で見た場所と同じだと思った。イチローはナルヒコに寿司の折詰を手渡し、「食べろ。腹が減っただろう」といった。ナルヒコは「どうも」と受け取り、境内の石に腰かけると、黙々と食べ始めた。

——ところ構わず眠るし、出された物を何の疑いもなく食べるし、無防備もいいところだな。こんなガキに振り回されるとは、ブラックハウスも地に落ちたものだ。

ナルヒコがリスみたいに頬を膨らませて、「はあ？」と見上げると、イチローは「何でもない」といい、別の石の上に座った。

——自分がどうされるか、予感しているんだろう？

——ええ、まあ。

——怖くないのか？

——怖いです。でも、それが運命なら、逆らえない。

だからといって、こうまで呑気でいられるのは、単に愚か者だからなのか、それとも、すでに相手の心変わりを察しているのか、イチローは奇妙な形の昆虫でも見るように、ナルヒコを観察していた。

——君はオレに拉致されることも知っていたのか？

——はい。拉致して殺すつもりだなと思いました。

——それがわかっているなら、なぜ大人しく捕まった？　逃げようとは思わなかったのか？

——囮になったんですよ。あなたと話をしたかったから。それに一週間前くらいから、殺気が消えたので、捕まっても大丈夫だと思いました。

やはり、そこまで見通していたのだ。このシャーマン・ボーイは侮れない。

——なぜ、殺すのを止めたんですか？

寿司を頬張ったまま、ナルヒコは呑気な口調で問いかける。

——もうどうでもよくなったからだ。

イチローは曖昧な答えを返したが、ナルヒコは食い下がった。

——いや、そうじゃない。もっと別の理由があるはずです。

イチローは鼻から息を吐き出しながら、受け流した。ここまで読まれているなら、もう一度、気分を変えて、殺してやろうかとも思ったが、今しばらくシャーマン・ボーイと遊んでみたくなった。

——その霊能力は生まれつきなのか？

——修業して、強力な守護霊を味方につけたんです。

——シャーマンなんてとっくに絶滅したと思っていた。

——シベリアやアフリカにはまだいます。ぼくは日本で最後のシャーマンの弟子です。

——せいぜい生き延びろ。ところで、君はなぜ警察に協力している？

――ぼくは正義に協力したいんです。未解決事件の捜査を手伝ううちに、ぼくはあなたの存在に気付きました。初めはあなたを摘発すべき悪だと思っていました。でも、捜査に深く関わってみると、むしろあなたこそが正義を実行しようとしているんじゃないかと思うようになりました。

――君はオレのよき理解者というわけか。

――理解者はほかにもいます。八朔さんとか、あなたが爆弾を背負わせた教祖とか。

――眠ってばかりいるくせによく見ているな。しかし、君のいうことを真に受ける奴が警察にいるかな。

――穴見警部は頑張っています。

――あいつか。シャーマンを味方につけたところだけは誉めてやろう。

――教祖とはどんな話をしたんですか？　もしかして、教祖はあなたを後継者にしようとしているのでは？

　イチローは自分の額に降り注ぐ木漏れ日を避け、お堂の方に歩み寄ると、思い出し笑いを浮かべ、教祖が自分に囁いたコトバを反芻し、ナルヒコに伝えてやった。

――ブラックハウスの息のかかった連中の圧力に屈するくらいなら、「世界市民連盟」の未来を君に委ねる。今の教団に必要なのは新たなカリスマだ。君にはその資格がある。

――教祖はそういったんですね。あなたは何て答えたんですか？

――ブラックハウスをつぶすのを手伝ってくれたら、考えてもいい、と。しかし、オレを教団の後継者に据えるなんて、教祖は狂ったと思われるのが落ちだ。イエス・キリストをキリスト教徒にするくらいナンセンスだ。この話は冗談のまま忘れられるさ。

――そうでしょうか？　冗談では終わらない気がします。

教祖はイチローの中にカリスマが宿っているのを見逃さなかったのだろう。古いシステムを破壊し、この世界を変えるには類稀(たぐいまれ)な行動力、勇気、自己犠牲の精神、同時に野蛮さ、残酷さも要求される。イチローにはそれらの力がすべて備わっていると、見抜いたところはさすがだ。老いても、教祖の眼力に衰えはなかった。

――君はこれからどうやって生きていくつもりだ？　このわからず屋しかいない世界で。

――なるべく目立たないように生きてゆくしかありません。

――そうだろうとも。不都合な事実を暴こうとする奴は沈黙を強いられる。自分の代でシャーマンを絶滅させたくなければ、君は大人しくしているほかない。

――あなたも希少なＤＮＡの継承者として、生き延びる義務がありますね。あなたを葬りたい組織に逆らっても。

――葬られるのは奴らの方だ。

ブラックハウスに殺される気などさらさらないという態度が、頼もしく見えた。今までもさんざん過酷な運命に直面してきたが、一度たりとてそれを従順に受け容れたことなどないのだろう。運命の方が彼に従ってきたに違いない。もはや桃色のハッピーエンドなんてあり得ない。イチローが思い描く結末は、ナルヒコの予測とどれくらい一致しているか、確かめたかったが、その時間はなさそうだった。代わりにナルヒコは街頭でアンケートでも取るような口調で、問いかけてみた。

——あなたはどんな第二の人生を過ごしたいですか？

イチローは鼻で二回笑い、遠くの雲など眺めながら、呟いた。

——戦いに疲れた者は南の島でのんびり暮らしたがるものだ。そんなラストシーンの映画は数知れない。

——あなたを南の島に連れてゆくことはできないけど、ぼくの命を救ってくれたお返しをさせてください。

——君もオレの命を救ってくれるのか？

——生き延びるのはあなた自身ですが、ぼくはあなたよりも少しだけ早く危険を察知することができると思います。危険が迫ったら、知らせますから、確実にあなたに連絡できる方法を教えてください。

——その口実は、ガードの堅い女から連絡先を聞き出すのに使えそうだな。気持ちだけありがたく受け取っておこう。オレには銀色のイナゴがついているから大丈夫だ。

——銀色のイナゴって何ですか？

——オレが危機に直面すると、現れるのさ。

——それはきっとあなたの守護霊です。

——なるほど、守護霊ね。万が一、イナゴが現れなかったら、こちらから連絡する。

イチローはポケットから取り出した電話を無造作に投げて寄越すと、車に乗り込み、「一人で帰れるな」と訊ねた。「帰れません」と答えると、再び助手席に乗ることが許された。

——駅まで乗せていってやる。そこからは自分で帰れ。

ナルヒコは逆光を受け、輪郭が曖昧になったイチローの横顔を見据え、人類一般に問いかけるような質問をした。

——あなたはこれから何処へ行くんですか？

——消える。穴見に伝えておけ。もう追いかけても無駄だ、と。

——もうぼくとも会えないということですか？

——君とオレはこうして一瞬、交差するだけだ。

どの路線の、何という駅なのか、すすき野原に建つ駅舎は途方に暮れているように見えた。イチローに促され、車を降りたナルヒコはドアを閉める前にもう一度、イチローの横顔を見つめ、こういった。

——もう会えないならば、今わかっていることを教えます。あなたは……

——その先はいわなくていい。

イチローは掌をかざし、ナルヒコに沈黙を強いると、目でドアを閉めるよう合図した。いわれるままに閉めたが、その瞬間、何かが断ち切られた気がした。ナルヒコが見えない切れ端を摑もうと、宙を空しく手探りするあいだに、車はその場から走り去ってしまった。やや遅れて、土埃（つちぼこり）交じりの風に頰を撫（な）でられた。その風にはかすかに血のニオイがついていた。

いうなといわれても、強引に告げるべきだった、とナルヒコは後悔した。車のナンバープレートを見つめながら、イチローに伝えようとしていたメッセージを声に出していた。

——あなたは、自分が助けた人に殺される。

40

警視庁は東京二十三区全域にイチロー包囲網を張り巡らせていた。

監視カメラの数を倍増させ、幹線道路や高速道路のチェックポイントを通過する車両と運転手の顔を映像に記録していた。最新鋭のソフトを使えば、監視カメラが捉えた膨大な量の映像の中から、入力した条件に合致する人物を探し出してくれる。現場のたたき上げ刑事たちは、ホームレスや道路清掃人に扮して、繁華街や駅の張り込みを継続的に行い、神出鬼没のイチローの出会い頭を押さえようとしていた。

そんなことをしても、イチローを捕捉できる確率は依然、低いだろう。わざわざ向こうから現れてくれたにもかかわらず、手も足も出せなかったのだから。この作戦は警視庁が名誉回復のために行うパフォーマンスに過ぎなかった。

敵は空前絶後の怪物である。これまでの常識は通用しないし、敵はイチロー一人ではない。彼をバックアップする大きな組織を殲滅しなければ、事件の解決は図れない。今後はより大きな包囲網によって、イチローと彼に協力する組織を一網打尽にする。

これが警視庁の目下の建前だった。この建前ならブラックハウスの方針とも矛盾しない。警視庁はブラックハウスを正義、「世界市民連盟」を悪の側に置く方針を決めた。おそらく、イチローがブラックハウスの命を受けて実行した一連の犯罪も、世界市民連盟による組織的なテロとして処理するつもりなのだ。

もし、日本がロシアや中国のように、警察の専横がまかり通る国だったら、そうした罪のなすりつけも可能だったかもしれない。権力との二人三脚を得意とするマスメディアも、それを黙認するだろう。だが、この国には警察の情報網よりも遥かに広く深く張り巡らされた蜘蛛の巣があり、そこに張り付く無数の蜘蛛たちが騒ぎ始めていた。

蜘蛛たちは多種多様で節操がない。一番目立つのはウヨク蜘蛛で、中国や韓国が大嫌いだ。安いナショナリズムに依存し、罵詈雑言(ばりぞうごん)をまき散らすことで、日常の鬱憤を晴らす。彼らが飛びつく「愛国」は、歪んだ自己愛の裏返しであり、傷ついた心を癒す清涼剤であり、かつ自分と同じ境遇にある貧しい同志たちと連帯する手段なのである。ナショナリズムは別名「バカに付ける薬」ともいう。このウヨク蜘蛛たちは怒らせると怖い。ひとたび自分たちのヒーローを見つけたら、一斉にその旗印のもとに集結する。だが、今のところ、彼らのヒーローは現れていない。

一番饒舌(じょうぜつ)な蜘蛛はサヨク蜘蛛である。彼らはこの国の指導者や官僚、マスメディアに対して、辛辣な意見を述べる。不正を追及し、時に内部からの告発も行う。知性もあるので、ウヨク蜘蛛に煙たがられ、忌み嫌われ、彼らの天敵のようにも見えるが、実は誰よりも国を憂えている。自ら行動を起こすにしても、デモに参加するくらいしかない。もし、自分たちが納得できる未来を切り開くカリスマが現れたら、援護するだろう。

本当に社会を変革しようと考えているのは、ハッカー蜘蛛である。彼らはいつでも警察や官庁、企業、マスメディアのシステムに侵入し、必要な情報を盗み出し、リークすることもできるし、ウイルスを送り込んで、システムを機能不全に陥らせることもできる。また、自分たちを取り締まる「敵」のプライバシーを暴き、生活を脅かすこともできる。彼らはビジネス上の成功よりも、自由と解放のために戦うことを選ぶ。権力に取り込まれる仲間も少なくないが、それはハッカーとしては敗北であり、恥ずべきことだと考える。プライドと技術はあり余るほどあるが、彼らに欠けているのは大義である。大義さえ得られれば、彼らはいつでも自発的にカリスマの参謀となるだろう。

そして、最も数が多いのは迎合蜘蛛。彼らはまだ政治的に覚醒していない。マスメディアを妄信し、話題の人や事件、ヒット作、人気商品、流行のファッションについてゆくだけのその他大勢である。いわば、民主主義の最大の産物たる愚民と重なり、権力の支持基盤にもなっている。彼らはウヨク蜘蛛と似たところが多いが、基本的には平和主義の現状維持派である。だが、自分たちの生活を脅かす敵がはっきりしたら、「子どもたちの将来のために」などと前置きした上で、「何とかして欲しい」とぼやき出す。

イチローは警察の目が及ぶ場所から姿を消すと、電子の蜘蛛の巣に紛れた。活動の場をウェブ上に変えたと思われるほどに、あらゆるサイトで噂になっていた。イチロー自身が意図したのか、自然にそうなったのか、ほとんど素顔は見えてこない代わりに複数のキャラクターに分散されていった。ある時は、人気ネット・ゲームのヒーローの実在のモデルと見做され、また、ある時は「**必殺仕掛人イチロー**」という時代劇の殺し屋のイメージが与えられていた。ウヨク蜘蛛のあいだでは「**アニキ**」という異名を取り、サヨク蜘蛛のあいだでは「**シバ神**」で通っている。

警視庁がイチローの全国指名手配を避け、秘密捜査を徹底してきたのは、ネット上で彼が英雄視されることを恐れたからだった。もちろん、マスメディアはイチローの名前を活字にしたことも、音声にしたこともなかった。だが、ひとたびイチローの噂がネットに書き込まれると、その謎めいた存在に注目が集まり、瞬く間にネット上のカリスマになっていた。

イチローにまつわる最も古い書き込みは、二年前に遡る。「あんちきりす」のハンドルネームで、ブログにこんな書き込みがあった。

これから世界で起きるあまたの紛争、内乱、民主化運動は全て、ブラックハウスへの反乱ののろしとなる。日本でも劣悪な状況に甘んじてきた労働者、知識人、技術者たちの中から、世界の富と権力を独占する一パーセントの支配層を引き摺(ひず)り下ろす革命が静かに始まる。この革命を貧乏人の怨嗟(えんさ)と見做す、アメリカ共和党員のごとき輩(やから)は滅びの坂道をまっしぐらに転がり落ちる。革命は気候変動や景気変動と同じ、自然の摂理なのである。世界は、歴史は、新陳代謝と世代交代に飢えている。すでに一人の男が抵抗を開始した。その男の名前はサトウイチロー。この平凡な名前からは想像もつかない非凡なカリスマは、大胆不敵にして、神出鬼没。コンビニでサンドイッチを買う気軽さで、テロを実行し、この国の根幹を揺るがそうとしている。

　誰の手によるものなのかはわからないが、イチローの登場を告知する書き込みはその後、繰り返し現れたものの、一度は影を潜める。だが、忘れた頃に、またイチローへの期待が書き連ねられているのだった。「カシマレイコ」のように、架空の人物のまことしやかな噂が、ネットを通じて広がるケースは多々あるが、それは都市伝説に過ぎない。だが、イチローと実際にあった迷宮入り事件との関連が囁かれるようになると、イチローは実在の人物であるとの噂が拡散し始めた。そうなると、ネット掲示板にはイチローのスレッドが立ち、期待やからかい、罵りのコトバが増殖してゆく。「イチロー擬き」、「なんちゃってイチロー」、「イチローのマネージャー」など自己申告の偽者、自称関係者が何人も現れては、叩かれ、退場していった。そして、本人がネット上に現れる日を「Xデイ」と呼び、どんなメッセージを発信してくるかを予想するサイトまでできた。

　イチローをモデルにしたみたいだということで、『えるきゅーる』は発行部数を伸ばし、それとは別にイチローをヒーローにした漫画も現れた。その漫画を掲載しているウェブ・マガジンは、「実際に彼が起こした事件を詳細に描いている唯一の作品」という触れ込みで、購読者を増やしている。漫画に描かれたイチローは類型化された美男ではあったが、世のイケメンたちのいいとこ取りをした合成写真が、「実物写真」として出回ると、女性ブロガーたちが一斉にその美貌を称賛し始め、イチローには「♡**美し過ぎる**

テロリスト♡」の称号まで与えられた。

テロリストにおのが野蛮な破壊衝動を託したり、漫画のキャラクターに仕立てて、萌えの対象に据えてみたり、英雄不在の時代のカリスマとして崇めてみたり、その魅力を熱っぽく語ってみたり……ネットの住人たちは自分の身に危険が及ばないのをいいことに、イチローと何らかの接点を持とうとしていた。イチローは、妄想のテロリストたち、口だけの革命家たちを熱くする存在なのだ。イチローは、自分の手では何も壊すことのできない人々にとって、憧れの「**シバ神**」なのであった。

簡易ブログでは、毎日、イチローの目撃証言が飛び交っていた。「明け方、新宿で一緒に立ち食いそばを食べた」とか、「三宿の交差点で美女とタクシーに乗り込むのを見た」などという書き込みはでたらめに違いないが、彼ら匿名の目撃者たちは、そうやって警察の捜査を攪乱し、少しでもイチローの戦いに与したいのである。

おそらく、無数の協力者たちの中には世界市民連盟の教祖の意を受けたメンバーも少なからず、含まれているはずだ。市民運動の展開にネットを巧みに利用してきた彼らのことだから、確信犯的にイチローにまつわる噂を広めていると見ていい。

穴見警部は事態を静観するつもりでいたが、ブラックハウスとタッグを組んだ警視庁の一員として、新たな極秘任務を命じられた。ホワイトヘッドはイチローの反撃に備え、すでに三人の暗殺者を手配したという。中東やロシアで実績を重ねたプロの殺し屋たちでも、イチローが相手では油断がならない。そこで、四人目の暗殺者に穴見を指名したいという申し出だった。

警視庁が暗殺を請け負うなんて話は聞いたことがない。SAT（特殊急襲部隊）隊員ならいざ知らず、地味に捜査畑を歩んできた自分には、そんな経験もノウハウもない。別に適任者がいるはずだ、と穴見は抗弁したが、上層部は昇進と警視庁のメンツをちらつかせ、首を縦に振るよう迫った。この分だと、ブラックハウスのお墨付きさえあれば、麻薬の密輸やニセ札の印刷もやりかねない、といいそうになったが、止めておいた。ともあれ、ホワイトヘッドがどのような状況を作り出そうとしているのかを、確認した。

彼の説明はこうだ。

イチローとカール・ロスマンは近々、警察やブラックハウスの干渉を排し、双方が合意した場所で、わずかな立会人を介して会うことになっている。そこで和解のための話し合いが行われるが、十中八、九、決裂は避けられないだろう。その時はイチローが死を以て、父に背いた報いを受けなければならない。全ての問題を解決に導くにはそれしか方法はない。

三人の刺客のうちの誰かがイチローの暗殺に成功すれば、穴見の出番はない。だが、三人とも失敗した時は、穴見が四番目の刺客にならなければならない。今のところ、穴見が最後の刺客で、五人目の用意はない。

ほとんど、穴見に殉死せよと迫っているようなものだが、用心深いホワイトヘッドは、穴見が暗殺に失敗することも計算に入れ、確実にイチローを仕留める準備をしているだろう。つまり、五人目、六人目の暗殺者も用意されている。表向き、指令に忠実に従うふりをしている穴見の寝返りも想定の範囲内だろう。

ホワイトヘッドはもう一つ相談があるといって、穴見に左手首につけた時計付きの手枷のようなものを見せた。ムーブメントが中国製のロレックスというところが笑えた。——これを安全に外す方法はないか？　どうやら爆薬と敗血症を引き起こす細菌が仕込まれているらしいのだ。

なぜ、そんなものをつけているのか訊ねると、「イチローのテロだ。むろん、私はそんなものには屈しない」という勇ましい答え。穴見は爆発物処理班の班長を紹介する、と約束した。

処理班のベテラン班長は依頼を受け、早速、その時計の構造をX線カメラで調べた。確かにリングの部分に液体、ムーブメントの内部に雷管らしきものが仕込んであり、不用意にリングを切断したり、時計本体を分解しようとすると、中の液体が漏れ出したり、雷管が爆発したりする恐れがあった。吟味を重ね、班長が出した結論はこうだった。

時計を液体窒素に入れて、凍らせてから、リングを切断すれば、少なくとも液体は漏れ出さないだろう。だが、起爆装置が作動しないという保証はできないし、手首の凍傷は免れない。

手首が惜しければ、イチローの側につくしかないが、**デウス**を裏切れば、その代償は死だ。いくら思考を凝らし、方策を練っても、辿り着く結論は同じだった。ホワイトヘッドの逡巡と絶望はさらに深まる。いっそ、あの親子もろとも地上から消し去ってくれ、と信じてもいない神に祈るしかなかった。

41

イチローが会談の場所として、ロスマンに提案してきたのは台湾だった。彼は警察、ブラックハウスの包囲網を潜り抜け、東京を離れ、すでに台湾に潜伏しているのだろう。むろん、空港にもイチローを捕捉する網はかけられていたのだが、それが網である以上、すり抜ける方法はある。

ロスマン・サイドは「セキュリティの条件がクリアされたら、応じてもいい」と返答したが、イチローにアドバンテージを取らせないよう、具体的な場所と日時はこちらから指定すると伝えた。

自分が出ていかなければ、決着がつかないことに、ロスマンは苛立っていたが、旅を億劫がるほど老いてはいなかった。久しぶりに連合国最高司令官だったマッカーサーの気分を味わってみてもいいと思っていた。

すでに中国では共産党幹部との密な連携によって、韓国では財閥との持ちつ持たれつの関係を築くことで、次世代の東アジアの覇権をほぼ掌中に収めているし、インド、ブラジルではブラックハウスの影響力とロスマン一族の地位は揺るぎないものになっている。天災も戦争も恐慌もブラックハウスに不利になることはない。日本は一九四五年以来、ブラックハウスにとって最も信頼のおけるパートナーであり続けたものの、ほかでもない身内から綻びが生じた。

世界は自分の目で見なければ、その変化に気付かない。人も会ってみなければ、心変わりを確認できない。イチローに自分への裏切りの代償を払わせなければならないが、彼の釈明を聞いてからでも、遅くはない。何がイチローを狂わせたのか？　それを確かめるには本人に会うしかない。

ホワイトヘッドのアレンジで、会談の日時と場所が決められた。首都の台北を避け、中心部にある風光明媚な日月潭（リーユエタン）が選ばれた。ブラックハウスの協力企業が経営する湖畔のリゾートホテルは、セキュリティも万全で、有利な条件でイチローを待ち構えることができる。ロスマンはニューヨークから自家用機に乗り、ノンストップで羽田空港まで飛んできた。時差を調整するため、都内のホテルで一日休息を取った。五年ぶりに訪れる東京が、やや暗く、くすんでいるように見えたのは、長く続く不況のせいか？

　ロスマンはゲストを一人、招いておくようホワイトヘッドに指示していた。そのゲストを同伴できれば、台湾への旅はより安全になるはずだった。だが、先方が招待を断ってきたと聞き、ロスマンはホワイトヘッドを「役立たずめ」となじった。「そのゲストはイチローを牽制し、私を守る盾になるのだ。拉致をしてでも連れてこい」と命令されたホワイトヘッドは、以前、自分の身を守り切れなかったボディガードたちの尻を叩き、軽井沢追分の家からイチローの母親寧々を強引に連れ出した。

　帝都ホテルのスイートで待ち構えていたロスマンを一目見るや、寧々は吐き捨てるようにいった。

――まだ生きていたの？　急がないと、惨めな死に方をしますよ。

　ロスマンは不敵な微笑を浮かべたまま、寧々の呪詛を聞き流した。

――息子と和解したい。息子の未来を案じるなら、私と一緒に台湾に行くんだ。

――あなたの命令は聞きません。イチローとはもう親子の縁を切りました。私のことを案じることなく、正義を貫けるように。

――それは初耳だ。だが、親孝行のイチローはそれを認めないだろう。意地を張るのは止めて、久しぶりに息子に会ってやれ。

——私を人質にして、自分の身を守るつもりでしょうが、あなたを殺すのは私かもしれませんよ。

ロスマンは「噛みつく犬は旅に連れて行けない」と呟くと、鼻息を荒くし、次の間に姿を消した。今まで、自分に向かってそんな口を利く日本人には会ったことがない。息子の反抗に母親までもが感化されたか？　いや、これは妾のヒステリーに過ぎない。従順だけが取り柄の日本人は今も絶対多数を占めているはずだ。あんなに易々と占領を受け容れ、子羊のようにブラックハウスに従ってきた日本人が突然、飼い主に噛みつくとは思えない。それとも、自分の知らぬ間に、この国では何か異変が生じていたのか？

再び、寧々のいる部屋に戻ってきたロスマンは、気を取り直し、寛容なところを見せつけてやろうとした。

——これまでの償いに君の望みを一つだけ叶えよう。遠慮はいらないから、いってみろ。

それに対する彼女の答えは簡潔だった。

——消えて。

都内に包囲網が張り巡らされる前に東京を離れたイチローは、空路で石垣島に移動し、三日ほどサンゴ礁の海を堪能し、米国籍の偽造パスポートを用いて、密貿易商がよく使うという基隆行きフェリーに乗り、台湾に渡っていた。しばらく、台北で過ごし、ウェブ上でホワイトヘッドと連絡を取り、一日前に日月潭のリゾートホテルに着き、ロスマンの到着を待っていた。

水墨画を思わせる湖と周囲の森を部屋から眺めながら、イチローは漠然と自分の過去を振り返り、あり得た別の人生に思いを馳せていた。もし、自分がサッカーを続けていたら、二十代のうちはピッチを縦横に走り回っていただろう。そして、三十代半ばを過ぎた今は引退し、後進の指導に当たっているか、あるいは何かビジネスでも始めていたかもしれない。だが、おまえにしかできない仕事があるという父カール・ロスマンのコトバを信じた時から、全てが狂い出した。

ブラックハウス・エージェント……この仕事は一度始めたら、やめることができない。秘密を守り、失敗も躊躇も許されず、誰かを愛したり、憎んだりすることなく一切の感情を殺し、必要に応じて人格を交換し、ミッションを遂行する。報酬は十分に与えられたが、それを使う暇もなく、次のミッションに取り掛からなければならなかった。相手を出し抜き、絶えず走り続け、奇跡を起こすところはサッカーと似ていなくもないが、勝利の快感はなく、敗北は死を意味し、常に人を殺し続けなければならないところは戦争そのものだった。孤独な戦争に出口はなかった。出口はいつだって自分でこじ開けるしかなかった。

約束の時間から少し遅れて、スパに現れたイチローを、ホワイトヘッドが迎えた。その左腕にまだ手首と中国製のロレックスがついているのを見て、イチローは「気に入ったようだな」と微笑みかけると、「早く外してください。そうすれば、あなたに尽くします」とホワイトヘッドは真顔で訴えた。

——和解が成立したら、外してやるよ。

うんざりした表情で、ホワイトヘッドはイチローを貸切りにしたスパのロッカールームに案内した。腹を割って話すため、互いに裸になる場所を、ロスマンは選んだという。

——親子が裸で向き合うのは初めてでしょう？　人払いしてあるので、率直な思いを交換し合ってください。和解が実現するのを心から祈っています。

——おまえに心があるとは知らなかったよ。

ロスマンは、無防備でイチローと向かい合う意思を示してはいるが、父子の戦争がこれから始まることに無頓着であるはずもない。このスパはイチローにとっては完全アウェーの戦場だったが、大きなリスクを冒してでも、父に会わなければならなかった。

四方に大理石の円柱があしらわれた温水のプールに、白い胸毛を露わにした老人が浮いていた。イチローはバスタオルをプールサイドのデッキチェアに置き、波を起こさないように静かにステップを降り、体温ほどのぬるい湯に全身を浸した。

——最後に会ったのは何年前だ？

ロスマンの低いしわがれ声にはエコーがかかっていた。この声で直接、ミッションをいい渡されたのは、もう七年も前だ。あの頃はまだ、父のコトバを八十パーセント信じていた。裏を返せば、すでに二十パーセントの疑念が芽生えていた。

――いくつになった？

――もう三十六だ。サッカー選手なら、引退している。自分でも衰えを感じている。

――まだいけるだろう。だが、そろそろおまえにふさわしい地位を与えてやらなければならないと思っている。政治家になる気はあるか？

イチローは「ない」と即答した後、鼻で笑い、こう続けた。

――欲しいのは地位じゃない。自由だ。

――おまえにはもっと野心があったはずだぞ。その野心を満たしてやれる父になぜ逆らう？

――あんたを信用できなくなったからだ。

――私とおまえは深い信頼関係で結ばれていなければならない。神への信仰、通貨への信用、人間関係の信頼、それらが信じられなくなったら、世界は戦争状態に逆戻りだ。

――そんな説教は聞き飽きた。もうあんたの命令には従えない。

ロスマンは自分を直視するイチローの眼差しに少年時代の面影を見つけ、戸惑った。もし、その目が示しているような純真さをこの歳まで保ち、なおかつこの陰謀逆巻く世界を生き延びて来られたのなら、それこそ奇跡だ。

——私はおまえのこれまでの働きを高く評価している。おまえはヘラクレスのように困難極まるミッションをいくつも遂行し、ブラックハウスの利害を守ることに貢献した。だが、近頃のおまえは意図的に、私に反抗しているようだ。ミッションに失敗したのなら、それを寛容に許すこともできるが、おまえは身勝手にもミッションを台無しにしている。

——オレはミッションの矛盾を正し、この国の実情に合うよう、臨機応変にアレンジしたのだ。あんたはそれに対する報復として、暗殺者を送り込んだ。誰よりも信用を重視するあんたが率先して、オレを裏切ったことに対して、何かいうことはないのか？

イチローの怒気を帯びたコトバを、ロスマンは受け流し、諭すようにいう。

——息子の暗殺を指令する父親が何処にいる？

——とぼけるな。オレが成長する前に命を奪おうとしていたのは何処のどいつだ？

——イチロー、おまえは大きな勘違いをしている。確かに、おまえは幼児の頃から命を狙われていた。アメリカ人の妻は、私と寧々のあいだにできた子どもの存在を許せなかったのだ。私は幼いおまえを守るために、妻の目が届かないところにおまえを隠し、長じてからは、ブラックハウスの庇護下に置いたのだ。母親に訊ねてみるがいい。私は誰よりもお前を愛している。

——オレが生き延びられたのは、ブラックハウスのお蔭だとでもいいたいのか？　保険会社も逃げ出すような危険にさんざんオレを晒しておいて……

――凡百のエージェントなら、五回は死んでいるだろう。おまえの生存本能は誰よりも強かった。だから、生きているのだ。おまえは私に何を求めているのだ？　労(ねぎら)いか？

――そんな上着につける飾りなどいらない。

――償いか？

――あんたやブラックハウスはすでに償い切れないほどの罪を犯している。オレが求めているのは……ブラックハウスの解散だ。

――何をバカなことを。話にならん。出直してこい。

ロスマンはそう吐き捨てると、イチローに背を向け、憤然とプールから上がり、醜く垂れ下がった腹を揺らしながら、スパから出ていった。和解は容易でないことはどちらも覚悟していたが、第一回目の会談はロスマンの方から打ち切った。次はロスマンがイチローに要求を突き付ける番だった。

42

二回目の会談は翌日、場所を埔里(プリ)市内のレストラン「銀河餐廳」に移して行われた。

ユリの花のスープや「美人腿」と名付けられたマコモや珍しい山菜料理を出す郷土料理店の個室で、第三者を入れず、父子二人が向き合った。

——おまえは自らブラックハウスのエージェントに志願したはずじゃないか。私が償い切れないほどの罪を犯しているとすれば、その片棒を担いだおまえも私と同様、罪深いということになる。おまえはどうやってその罪を償うつもりなのだ。

——昨日いったとおりだ。ブラックハウスを葬る。

わざわざニューヨークから台湾まで飛んできた父ロスマンに対する、せめてもの礼儀として、自分の意思を包み隠さず告げるべきだ、とイチローは思った。

——子どもじみたことをいうな。おまえはさながら、教室で反乱を起こし、先生を追い出す小学生だ。革命ごっこが終わったら、同級生たちはまた先生を迎え入れる。おまえを待っているのはお仕置きだ。マッカーサーはかつて、こういった。「我々が四十五歳だとすると、日本人は、十二歳の少年のようなものである」と。おまえは未だ十二歳のままか？

イチローはロスマンの皮肉に真顔で応える。

——十四歳だ。反抗の意思に目覚めたところだ。マッカーサーは続けてこういったのだ。「日本人は、新しいモデル、新しい考えを受け入れることができる」と。マッカーサーの見立てが正しければ、日本人は、あんた方頑迷な老人が押し付けてくる世界観を、いつでも捨てることができる。

――日本人はご都合主義も甚だしい。天皇を神に奉ったかと思ったら、次はマッカーサー、そして、カネを崇拝し始めた。確かにこの国に唯一絶対の神はいない。電化製品のように次々と便利な神を作り出し、使い捨てている。いつまでもそんな状態でいれば、いずれ日本民族は滅びる。ユダヤ教発祥以前のユダヤ民族のようにな。おまえたちには唯一絶対神とモーセが必要だったのだ。敗戦しても、占領されても、天災や事故に見舞われても、しぶとく生き延びることを命じる神と指導者がな。あいにくこの国では、デウスもモーセもキリストもムハンマドも単なる客人に過ぎなかったが、これからは唯一絶対神を崇めるよう仕向けてやろう。ブラックハウスは客人ではない。主人だ。ブラックハウスが提供した強固なシステムを使わなければ、この世界には無秩序がはびこる。この巨大な見えない帝国は、国民も領土も持たないが、世界中の金融機関、企業、メディア、そして政府を操作しているのだ。それを知らないおまえではないだろう。

　こめかみに血管を浮き上がらせ、口角に泡を溜めて、世界観を披瀝（ひれき）するロスマンの姿を見るのは、何年ぶりか？　イチローは、その熱弁に説得された青年時代の自分を恥じた。

――ここはアメリカでもヨーロッパでもない。世界はたった一つの神で支配できるほど単純ではない。その証拠に、アメリカは敵対勢力の弾圧に躍起になっているうちに、凋（ちょう）

落（らく）の一途を辿ったじゃないか。アフリカで、中東で、あんたらが手を組んでいた独裁者たちが続々と権力の座から引き摺り下ろされたじゃないか。あんたらが拡大した貧富の差が、世界中の抵抗運動の原動力になっているんだ。革命とは無縁に見えるアメリカでも、抵抗運動が始まったぞ。アメリカが駄目なら、中国やインドやブラジルがあると思っているのだろうが、そうはいくまい。たまたま日本の占領支配はうまくいったかもしれないが、その唯一の成功モデルがほかの国にも及ぶと思ったら、大間違いだ。ブラックハウスなどアメリカと心中すればいいのだ。アメリカを没落させた張本人こそブラックハウスなのだから、当然だ。だが、日本はその心中に付き合う義理などない。日本はようやくブラックハウスの束縛から自由になる日が来たのだ。

　いつからイチローは愛国主義者になったのか？　愛国主義など、傷ついたマッチョが虚勢を張るために着る革ジャンパーに過ぎない。息子の反抗の根拠もその程度のものか、とロスマンは失笑した。

――ブラックハウスは沈みゆくタイタニックか？　いったい何人の日本人が冷たい海に飛び込むかな。誰にそのかされたのか知らないが、ブラックハウスが没落するなどというのは、「マヤの予言では二〇一二年に世界が滅亡する」といった類の迷信と同じだ。ブラックハウスが滅びるとすれば、それはアメリカもヨーロッパもアジアも滅びる時だ。おまえはそんなに世界に滅亡して欲しいのか？

――世界は、滅亡も発展もしない。ただ、世代交代と新陳代謝があるだけだ。

――ああ、そうだろうとも。世界は少しずつ変わってゆくべきだ。何しろ、個の寿命は短い。一世代が活躍できるのはたかだか五十年。だが、類としては三百年、四百年いや、もっと長い寿命を保つことができる。信仰のリレーが続いている限り、理想の追求は続く。私はリレーのバトンを父ソロモンから受け継いだ。ソロモンは祖父オットーから、オットーは曽祖父アロンから、信仰を受け継いだのだ。神はその時代時代に、我々に試練を与えた。先祖はその試練に耐え、次世代に知恵を授けてきた。やがて、その信仰は大きな世界観となり、世界を支配するシステムとなったのだ。全人類を緩やかに統一することと……それは古代から続く人類永遠の夢だ。ブラックハウスは全人類を等しく飢えや恐怖から解放することを目指してきた。平和を脅かすならず者どもを排除し、人々の善意と良心を守り、平和と十分な糧と日々の楽しみを分配してきたのだ。

　五十年前、祖父のソロモンが、百年前曽祖父のオットーが息子に説いて聞かせたことを、この期に及んで繰り返している。古い。古過ぎる。イチローは静かに反論する。

――分配と聞いて呆（あき）れるよ。あんたらが独占した富の一パーセントでも分配したか？あんたらは単に国家に寄生し、民の自由を奪い、奴隷労働を強い、搾取を重ねてきただけだ。金融を牛耳って、国家予算を食いつぶし、労働者の給料まで奪い取り、彼らを奴隷状態に戻し、社会不安を煽ったのだ。ブラックハウスはそうやって、アメリカを第三世界に変えたんだろ。ほかの国や地域も百年前の状態に戻すつもりか？　あんたらが独占している富はあんたらのものではない。全て民から略奪したものであり、自然から搾取したものだ。民にはそれを返せという権利があるし、略奪者どもに反逆する自由もある。

――我々はむしろ、彼らに奴隷の喜びを教えたのだ。おまえは自由をさも大きな財産であるかのようにいうが、そんな、価値があるのかないのかわからないようなものを人々がありがたがると思うか？　おまえは羊たちの群れを解放しようとしているだけだ。自分の意思では何もできず、服従することしか知らない羊たちに自由を与えたところで、路頭に迷うだけだ。平和に、慎ましく、家族とともに暮らせる幸福を与えてやれば、彼らはそれで満足だ。抵抗の自由など与えても、使いこなせはしない。彼らはおまえと私、どちらにひざまずくかな？　人々は思想よりも、パンを授けてくれる者に、より従順だ。自由よりも給料をくれる者を崇めるのだ。

――あんたらは自分が支配者でい続けるためにのみ、メディアと教育を操作し、無知と無関心をはびこらせた。

――我々は何もしていない。放っておけば、愚民がはびこるだけの話だ。この地球に生息する七十億もの人口のうち、いったいどれだけの人間がキリストやブッダの教えを、カントやマルクスの思想を、フロイトやカフカのユーモアを理解できると思う？　そんな高い知性を持った人間など、人口の一パーセントにも満たないだろう。おまえが求める自由を使いこなせるのも、その一パーセントの人間だけだ。おまえはたった一パーセントの人間を救うために、ほかの九十九パーセントの人間を路頭に迷わせるつもりか？おまえの味方である一パーセントの人間は、実は世界を操作する人間の数と大体同じだ。世界の富の大半を握っているのも、一パーセントの人間だ。おまえは私たちの選民意識を批判するが、より少数の知恵ある者の自由を唱えるおまえの方こそ選民思想に染まっている。だから、インテリは嫌われるのだ。私はおまえよりもよっぽど、民主的で、残り九十九パーセントの愚民に優しいぞ。民主主義は愚民が主体だ。愚民の要求に従えば、政治は混乱し、政府は機能しなくなる。ブラックハウスは社会を代表できない政府や企業やメディアの代わりに、秩序と支配の原則をもたらしているのだ。

——そんな「世界帝国」や「千年王国」なんてクソくらえだ。ブラックハウスが消滅しても、世界は痛くも痒くもない。あんたらの時代が終わるだけだ。もう誰もあんたらにひざまずく必要なんてない。あんたらは自分たちの利権を守るために無数の人間を殺してきた。誰もあんたらを裁けないのなら、オレが裁いてやるまでだ。

ロスマンは改めて、イチローの表情を確かめ、両の目を覗き込む。もし、本気でそんな妄言を吐いているのなら、息子は狂っている。だが、その眼差しは青年時代と同じく、聡明で、一点の曇りもない。いや、狂った者の目は澄み切っているともいう。

——それはおまえ一人の手には負えないだろう。おまえはブラックハウスの庇護を受けていたからこそ、困難なミッションを遂行できたのだ。ブラックハウスを敵に回して、一体何ができるというのだ。

——オレは一人ではない。オレの背後には数十万人の協力者がいるのだ。

イチローの虚勢が痛々しくて見ていられないとでもいいたげに、ロスマンは目を閉じた。数十万なんて数のうちには入らない。それは百万の軍勢に、たった百騎で合戦を挑むようなものだ。

——「世界市民連盟」か、おまえに高邁な理想を吹き込んだのは？　あんなちっぽけな市民の集まりなど、何の影響力も持たないぞ。連中は正義のために、自由のために、良心のために死ねと信者に迫っているのだ。おまえがやろうとしていることも、同じだ。羊や愚民どもの手には負えない正義やら、自由やら、良心を振りかざし、連中を悩ませ、迷わせ、苦しめ、最後には絶望させるのだ。正義や自由や良心を吹き込まれたところで、相変わらず、貧しいまま、恵まれないまま、不幸なままだ。人は何のために生きているのか、そんな愚問を突き付けられたところで、答えなんか見つかりはしない。結果、連中は迷走したあげくに、自滅するしかなくなるのだ。日本はえらく自殺率が高いそうじゃないか。天上のパンを求め出したら、地上には用がなくなるのだろうな。せいぜい死者に優しい死後の世界を創造することだ。おまえにはほかに何ができるというのだ。

──世界を支配するブラックハウスのリア王も、自分の足元しか見ていないんだな。明言しよう。オレはブラックハウスを滅ぼし、あんたを退場させるためにこそ生き延びてきた、と。

──我々は確かに無数の人間を殺してきたが、希望も与えた。働けば、よりよい暮らしができる。我々に従えば、よりよい地位が得られ、社会的にも成功する。そう信じ込ませれば、羊や愚民どもは大人しく、従う。平和はそういう嘘の上に築かれているのだ。それを悟った頃には連中は死ななければならない。連中は反逆の意思に目覚めることもなく、我々が敷いたレールから脱線することもなく、働き蜂のように死んでいってくれる。だから、この世界は平和なのだ。稀におまえのような反逆者が現れるが、誰もついてはいくまい。イエス・キリストのような輩が千人現れても、権力の網の目に搦め捕られるだけだ。ブラックハウスはローマ帝国よりも、広く、細かく支配と抑圧の網の目を張り巡らせているぞ。おまえも現代のイエスを気取りたいのだろうが、そのイエスも最後は迷える羊どもに詐欺師呼ばわりされ、殺された。代わりに一人の盗賊の命が救われたが、おまえにできるのもその程度のことだろう。

──あんたはブラックハウスが不滅だと信じている。オレは滅びる方に賭ける。どっちが正しいか、いずれわかる。その結末をあんたが見届けられることを祈っているよ。

この自信は何に由来するのか？　コップの中の嵐とばかりはいい切れない不吉な何か

を、ロスマンは感じ取ってはいたが、問い質したところで的を射た説明など返っては来ないだろう。イチローもしょせん、ブラックハウスの滅亡を無根拠に信じているに過ぎないのだから。

――さて、そろそろミサも終わりにしよう。死に急ぎたいおまえにふさわしい新たなミッションを与えてやらなければならない。

不意に沈黙が訪れる。やや遅れて、レストランの個室がロスマンの深いため息で満たされる。

父子でなければ、こんな話はできなかった。もっと頻繁に対話を重ね、互いの信頼を醸成すべきだったかもしれない。だが、もう手遅れだ。ロスマン家が代々受け継いできた信仰はイチローの意識の中で花開くことはなかったようだ。イチローが受け継いだもう一つのDNAがロスマン家の信仰を拒んだのかもしれない。そのDNAは絶滅寸前の民族の痕跡を現代に伝える希少なタイプのはずだが、イチローの死の欲動は、生き残りに賭けたそのDNAの指令を無視するほど強いのか?

――イチロー、おまえに最後のチャンスをやる。私だって、自分の息子を自滅させたくはない。おまえは「北」に潜入し、王朝の三代目を継いだ男を暗殺してくるんだ。このミッションをやり遂げたら、これまでの反逆は全て水に流そう。そして、おまえは引退するがいい。

　イチローは何も答えず、黙って、ロスマンの顔を見据えていた。そして、ほとんど箸を付けていなかった郷土料理を少しだけ賞味すると、席を立ち、ロスマンに歩み寄り、その肩を抱いた。

――最後のミッションを遂行する。その代わり、父よ、あんたも退場するんだ。

――よかろう。だが、覚えておけ。私が引退しても、ブラックハウスは滅びないぞ。

――確かにブラックハウスの網の目はあまねく世界を覆っている。だからこそ、一ヶ所が綻べば、連鎖的に瓦解してゆくのだ。それも覚えておいた方がいい。

　和解は成立したのか、しなかったのか、それはわからない。ただ、イチローは終わらない戦争におのが出口を見出すことはできた。そして、ロスマンはイチローの反逆の意思を封じ込めるミッションを与えた。イチローが死ぬか、ブラックハウスが滅びるか、どちらの結末を神は望んでいるか？　出口の方に数歩進んだのち、振り返ったイチローは「あんたに会うのはこれが最後だな」と呟いた。ロスマンも席を立ち、イチローの方に歩み寄ると、両手を広げた。

――いや、もう一度会うだろう。その時はおまえを抱いてやれないかもしれないから、今ここでハグをしておこう。

　イチローは一瞬、ためらいを見せたものの、父とのハグに応じると、足早にレストランを去っていった。「台湾ではイチローに手を出すな」と命じられていたボディガードたちは腰の後ろで手を組んだまま、イチローの背中を見送ろうとしていた。ホワイトヘッドは周到にも車寄せまで送迎の車を回し、「送らせて欲しい」とイチローに懇願した。イチローはその願いを聞き入れ、ホワイトヘッドと並んで後部座席に座った。

――ずいぶん長く話していましたね。

――退屈な講釈だった。

――あなたはこれからどうされるんですか？

――「北」の仔豚を殺しに行く。おまえはオレの入国の準備と仔豚将軍とのアポ取りを進めろ。

――それは限りなく不可能に近いミッションです。生きて戻ってこられる保証は何処にもない。

――それはおまえのアレンジ次第だ。

――**デウス**はあなたを恐れているのです。あなたがこのミッションに失敗して死ぬことを望んでおられるに違いない。

――それは今に始まったことではない。ミッションが遂行されるか、オレが死ぬか、どっちに転んでも、自分に損はないと考えているのだ。

――本当にあの黄泉の国に行くつもりですか？　あなたは過去に「北」の秘密工作員を血祭りに上げています。「人民の敵」であるあなたを、「北」が受け入れるはずはありません。みすみす殺されに行くようなものじゃないですか？

——別人になればいい。敵もまさかこのオレが乗り込んでくるとは思うまい。むろん、オレはタダでは自滅しない。このミッションはブラックハウスの滅亡を早めることになるから、引き受けたのだ。

——あなたの魂胆がわかりません。

——わかる必要はない。あの国に原子力発電所のユニットを輸出しようとしている企業があったな。そこの社長のコネを使えば、将軍はオレとの面会に応じるだろう。貢物はオレが用意する。おまえはオレのために別人格と新しいパスポートを用意しろ。

　イチローの頭の中にはすでに作戦遂行の具体的なイメージができていることに、ホワイトヘッドは驚き、戸惑った。高速回転するその頭脳にはとてもついてゆけない。

——すぐに準備に取り掛かりますが、ひとつお願いがあります。あなたが「北」に行かれる前に……

——九死に一生を得て戻ってきたら、時計を外してやろう。おまえはそのあいだに転職先を探しておけ。

43

イチローは黄泉の国に足を踏み入れた。

ナルヒコはそんな夢のお告げを受け取った。

黄泉の国にも警備兵が監視する国境があり、パスポート・コントロールがある。イチローはスーツ姿で、ブースに歩み出て、ガラス越しに入国審査官と向き合っている。黄泉の国は、死者でなければ入国できないはずだが、ゲートの通過が認められた。死者に成りすまし、死者のパスポートを使ったか、特別な許可が下りていたようだ。

人気のないホールで、イチローは三人の男たちの出迎えを受け、それぞれと握手を交わすと、車の乗り場へと案内される。出迎えの男がイチローのスーツケースを運んでいる。彼は黄泉の国にいったい何を持ち込んだのか？

場面が変わり、そこは応接室のようなところだ。

イチローは大きなテーブルを挟んで、詰襟から肉がはみ出している肥満気味の一人の若者と向かい合い、談笑している。甘やかされて育った子どもの面影を宿すその青年はどうやら、黄泉の国の王らしい。取り巻きの年配者たちは青年の挙動に過敏に反応し、一緒に笑ったり、拍手をしたりしている。

やがて、イチローはテーブルの下から、ちょうど両手に収まるくらいの箱を取り出し、青年に献上する。早速、その箱を開け、中を見た青年は無邪気な笑顔を見せる。イチローはもう一つ貢物を持参したようで、机の上に一枚のディスクを置く。青年の顔がやや曇るが、イチローの説明に頷き、ディスクを側近のスーツ姿の男に渡す。

ナルヒコが見たのは、そこまでだった。

穴見警部はそれを聞いて、「イチローはもうこの世にいないという意味か？」とナルヒコに問いかけたが、八朔は希望的観測として「外国にいるんじゃないですか？」といった。

警視庁はイチローが日本に潜伏しているものとして、捜索を継続しているが、すでに海外に逃れているのなら、警官の動員も税金の無駄遣いにしかならない。一方、ウェブ上では日を追うにつれ、イチロー人気が高まってゆく。かつて世間を震撼させた「中央線沿線通り魔殺人事件」や「ジャーナリスト連続殺人事件」の隠された背景が暴かれ、事件の真相に限りなく近い解説が施されたりしている。いずれの記事もイチローを英雄視する論点から書かれており、警視庁とブラックハウスは完全に悪役を割り振られていた。

ブラックハウスは自分たちの利害に基づき、対抗勢力の排除をイチローに委ねた。そして、警察に圧力をかけ、一連の事件を意図的に迷宮入りさせる考えだった。しかし、イチローは指令を遂行しながらも、ブラックハウスに敵対するようになった。イチローの真の目的はこの国を牛耳る組織の影響力を低下させ、崩壊に導くことに変わった。政府も、金融機関も、メディアもブラックハウスのごとき権力のいいなりになり、市民の要求を一切反映していない。我々はいつまでも大人しく、権力に従い続けるつもりはない。イチローが翻した反旗の下に結集しよう。我々にできることは簡単だ。自分たちが使える情報発信ツールを使い、「NO」と叫べばいいのだ。自分たちが属している企業、学校、官庁などに巣食っているブラックハウスの犬どもを追い出せばいいのだ。

こんなメッセージがインディペンデントの人気バンドのリーダーのブログで発信されると、二十万ものアクセスが生じる。ここに書かれている情報は、捜査担当者しか知らないはずなのに、なぜ一介のミュージシャンが暴露できるのか?

警視庁内部から漏れたというより、イチロー本人から「世界市民連盟」を経由して、拡散されていると見た方がいい。警視庁内のサイバー調査班が、「反ブラックハウス」色の情報の発信源を探ったところ、発信源は一つではなく、実在の企業や機関からの内部告発であったり、ガセ情報や想像力逞しく磨き上げた嘘が偶然、真相を突いていたりと、様々なケースがあった。

――「世界市民連盟」の教祖はイチローを後継者に指名したい、などといっていたそうだが、教祖に会って、真意を問い質した方がいいようだな。

イチローの次の行動を予測するのに、ナルヒコの霊力ばかりを頼ってはいられない。穴見は早速、教祖中丸幹男に面会を求め、承諾を得ると、ナルヒコ、八朔の二人を連れて、教団本部のある市ヶ谷に向かった。

教祖は多忙を極めていた。自分の後継体制を見直し、教団人事を刷新し、より目的が明確な社会活動に重点を置いた教団改革に手を付けていた。誘拐事件の後、教祖は変わった、という教団内部の声も漏れ聞こえていた。以前は、自分の老いを意識し、意思決定を幹部たちに任せていたが、事件後は往年の活力を取り戻し、しきりに「世直し」とか「経世済民」のコトバを唱え、各地で市民集会、デモを主催し、自らも市民に呼びかけを行っているという。

穴見らは教団本部の応接室に通され、教祖と対面した時、誘拐事件当時よりも若返っているように見えたことに驚いた。穴見が近頃の精力的な仕事ぶりに言及すると、教祖はこういった。

――どんなささやかな出来事も世界を変えるきっかけになり得る。今の社会が不公平であること、民意が政治に一切反映されていないことは誰もが知っている。しかし、誰も声を上げない。まずは声を上げることから始めなければ。

――その活動は個人的に興味がありますが、時間も限られておりますので、単刀直入にお訊ねします。中丸さんはサトウイチローとどのような話をされたのでしょうか？

教祖は何かを話し出そうとする時の口の動きを見せるのだが、なかなかコトバが発せられなかった。話す気はあるが、躊躇が勝っているようだった。

――サトウイチローは中丸さんを誘拐し、奇妙な脅迫をしましたが、本当の目的は別のところにあったと私たちは睨んでいるのです。つまり、イチローはあなたに何か相談を持ちかけたのではないか、と。

――刑事さん、あなたはイチロー君をどうしたいのですか？

――逮捕するつもりです。たとえ、彼が正義のために戦っているのだとしても、人を殺し、社会を混乱させた罪は償ってもらわなければなりません。

――イチロー君自身も自分が犯した罪は償うつもりです。しかし、彼の犯罪はブラックハウスの犯罪でもあり、その犯罪の隠蔽に協力した警察にも非があります。

――そうでしょう。警察組織の一員として、また一個人として、その非を内部告発する責任があると感じています。

穴見の発言に八朔は「おや」という表情を見せた。何が正義かを巡っては、穴見も八朔も逡巡を重ね、結論を先送りにしてきた。もう穴見警部の心は定まったのか、あるいは教祖から真意を聞き出すための方便に過ぎないのか？　相手の嘘を見抜くのが得意そうな教祖は灰色がかった瞳で穴見の表情を見据え、こう訊ねた。

——その意気を信じてもいいですか？

穴見は教祖を真正面から見返し、あえてぶっきらぼうに答えた。

——信じてください。

その口調は信頼に値すると思われたか、教祖は気分を入れ替え、説明を始めた。

——では教えましょう。イチロー君はブラックハウスをつぶすのを手伝ってくれといったのです。彼は自分が今まで何をしてきたかを、詳細に打ち明けてくれました。少なくとも、イチローがナルヒコに告げたコトバが事実だったことは確かめられた。

——迷宮入りした数々の事件の背後でブラックハウスが暗躍していたことを裏付ける資料は目下、教団が管理しています。

——ネット上に拡散しているブラックハウス関連の情報の出所は……

——出所は当教団です。もう回収は手遅れでしょう。ブラックハウスの検閲網は意外に脆かったということですな。

——あなたはイチローを後継者に指名しようとしていると聞きました。

――ブラックハウスに教団を乗っ取られるくらいなら、そうするといったのです。彼はそれを冗談と聞き流しました。

――相手はあなたを誘拐し、爆弾まで背負わせた男です。なぜ、あなたは彼を信頼する気になったのですか?

――不思議と誘拐された気がしない。イチロー君は散歩中の私に笑顔で接近してきて、こういったのです。「世界市民はまだ眠っています。彼らを目覚めさせるのにぜひ協力したい」と。早朝から何をいい出すのかと思いましたが、彼は私の散歩に付き合いながら、「ネット空間に直接民主主義の広場を作る」とか、「自由な意見交換ができる場を提供する」とか、「技術者はこちらで用意する」などというので、てっきりIT関係者だと思いました。後で、担当の者を紹介するので、本部を訪ねてくれ、といったのだが、「時間がない」といって、私を車に乗せ、ホテルの一室まで連れていったのです。

――その時点で誘拐だと認識したわけですね。

――いや、彼は私を丁重に扱い、終始、紳士的に話をしました。やがて、話題はブラックハウスに及び、教団内部にその関係者が潜んでいること、彼らが教団を内部崩壊させようとしていることを聞かされました。調査資料も用意されており、説得力がありました。代表である私でさえ認識していない事実を突き付けられたことの方がショックでした。それから、彼が具体的にどうしたいのかを聞かされ、ブラックハウスを出し抜き、彼らの陰謀を暴く作戦の詳細を示されたのです。

――爆弾入りのリュックを背負わされ、多摩川の河川敷に放り出されたのは、合意の上だったということですか？

――あの一件が狂言だったことは、ほかの刑事さんにはいっていません。だが、あなたが現れたら、話すつもりでした。

――私が現れることを知っていたのですか？

――先週、イチロー君から連絡を受けたのです。一人の青年を連れて、二人の刑事が現れるだろう、と。彼らを信頼できると思ったら、味方につけるように、と。

またしても、イチローに先回りされた感があったが、「教祖誘拐事件」の裏事情は、おおむねナルヒコが予知した通りだった。

――イチローと今後、接触する予定は？　彼が今、何処にいるか、心当たりはないですか？

――実のところ、予定も心当たりもないのです。イチロー君と会ったのはリュックを背負わされた時が最後で、以降はネット上に現れた彼と挨拶を交わすだけです。うちの教団のサイバー担当がパソコンに張り付いて、彼の動向を追いかけていますが、サイバー空間では神出鬼没ぶりに拍車がかかり、変幻自在にキャラクターを使い分けているようで、全く摑みどころがない。けれども、これだけはいえるな。

教祖はここで息継ぎをし、遠くを見る目をした。「何ですか？」という穴見の問いかけには、含み笑い付きでこう答えた。

——彼は生きて捕まることはない。

そのコトバに今まで黙っていたナルヒコの小鼻がピクピクと反応した。

——ぼくもそう思います。彼は死を覚悟して、行動しています。だから、彼と敵対したり、彼に協力したりする人たちも、死にもの狂いになるんです。

今度はナルヒコのコトバに対する反応が教祖の眉毛に現れた。

——それはよくわかる。何事も死にもの狂いにならなければ、変わらない。皮肉を呟いているあいだは、本気で何かを変える気などないのです。あなたはとても若いが、物事がよく見えるようだね。イチロー君が一目置いたシャーマン・ボーイというのはあなただったのか。

——鳥飼稔彦とも一します。ぼくは今まで警察に協力してきましたが、イチローさんや教祖さんに協力する方が世のため人のためになると思っています。

——彼は中丸さんとイチローのあいだに密約が成立していることを早くから見抜いていました。私たちは彼の霊感を頼りに、迷宮入り事件を捜査してきましたが、彼の力なしではイチローの存在にさえ気付くことはなかったと思います。

八朔がやや興奮気味に自分たちの裏事情を明かすと、教祖は「なるほど」と眉を顰（ひそ）めた。

――あなた方もこれから死にもの狂いにならないといけないのですね。

穴見が教祖の問いかけに答えあぐねているのを見て、代わりに八朔が答える。

――その前にイチローを逮捕します。彼を死なせないために。

――健闘を祈ります。私も彼を死なせたくない。


図らずも教祖に今後の身の振り方を教示される格好で、教団本部をあとにした穴見ら三人は、警視庁に戻る前にコーヒーショップに立ち寄り、それぞれの思いを噛み締めながら、コーヒーをすすっていた。沈黙を破ったのは八朔だった。「さっきの話ですけど」と切り出すと、穴見は「何だ?」と応じた。

――内部告発する責任があると感じている、とおっしゃいましたね。あれは本気ですか?

穴見は水を口に含み、間を置き、それを飲み干すと、「魔がさしたというわけではない」といった。

――イチローを逮捕したら、次の仕事は警視庁の内部告発だ。何処までできるか、わからないが、やってみる。

――クビになるかもしれません。

――承知の上だ。これはあくまでもオレ個人の選択だ。自分の身の振り方は自分で決めろ。

八朔は改まって、穴見に敬礼をし、こう宣言した。

――穴見警部についていきます。

――本当はイチローについていきたいんだろう。

――それは無理です。彼は私なんかにはとても……

――手に負えないか？

――そういうことじゃなくて……

これ以上の個人的詮索は慎み、穴見はナルヒコの方を向き、今一度、その霊感を頼った。

――何処に行ったのか知らないが、イチローはまた戻ってくるのか？

――戻ってくるでしょう。今は新たな使命を遂行しているところです。また、誰かを殺すつもりです。

――誰を？

――黄泉の国にいる仔豚みたいな人です。

ナルヒコの夢の解読はまだ途中だった。八朔は特定の人物に思い至ったようで「もしかして、それって『北』の三代目のこと？」といった。穴見も「ああ、そうか」と納得した。しかし、なぜ「北」か？

44

デウスは台湾を去ったのち、マルタ島にある別荘に滞在し、ホワイトヘッドからイチローのミッションの経過報告を聞くことになっていた。あの国に入国し、将軍との面会を果たしたと聞き、久しぶりに晴れやかな気分を味わうことができたが、二日後には出国し、中国経由で日本に戻ったと聞くと、とたんに不機嫌になり、「将軍もイチローも生きているというのはどういうことか？」と説明を求めた。要約すれば、こういうことになる。

イチローは、「北」で原発ユニットの建設を請け負う企業の特使に成りすまし、将軍との面会を果たした。商談をまとめる必要はなかったが、ロシアや中国を頼らない独自のエネルギー政策を推進したい将軍に気に入られ、プロジェクトは大きく前進した。

――暗殺を忘れたのか？

デウスの疑問はもっともだった。ホワイトヘッドはイチローの説明をそのまま伝えるしかなかった。

黄泉の国から生還するために、その場では殺さなかったが、暗殺の準備は整っている。

今月中に死ぬことになっている。最後のミッションは終わった。ブラックハウスの解散準備は進んでいるか？　リア王はいつ引退宣言をするのか？

デウスは「和解はならなかったな」と呟き、ホワイトヘッドに当初の予定通りに事を進めろ、と命じた。

　黄泉の国から戻ってきたイチローとコンタクトを取ったホワイトヘッドは、なぜか福島県の郡山市に呼び出された。繁華街の雑居ビルにある薄暗いキャバクラのソファに深く腰掛けたイチローは少しやつれているように見えた。最後のミッションを遂行した疲労か？　お世辞にも美人とはいえないホステスをはべらせた奇妙な面会の場で、イチローと交わしたやり取りは、あえて**デウス**には伝えずにおいた。

――**デウス**はオレとの約束を守る気はない。オレが死ねば、約束は反故にできると思っているようだから。

　彼は何もかもお見通しだった。

――オレか、**デウス**か、どちらかが死ななければ、決着はつかない。

　イチローは時刻が記されたメモをホワイトヘッドに渡す。

――これは時計のロックを解除する時刻ですか？

――そうだ。おまえを殺してもしょうがない。転職先は見つかったのか？　ぐずぐずしていると、巻き添えを食らうぞ。

――ご配慮に感謝します。あなたも何処か安全な場所に身を隠した方がいいです。**デウス**が放った刺客は手強いですから。

――殺し屋どもに伝えておけ。**デウス**を殺したら、二倍の報酬を払ってやる、と。

――伝えます。今、ここで時計を外してもらっていいですか？

　イチローは含み笑いを浮かべ、「彼女に時刻を合わせてもらえ」といった。いかにも不器用そうなホステスに、そんな微妙な手つきが求められる作業を任せられない。ホワイトヘッドは息を止め、竜頭を引き出し、先ずは時計を止めた。イチローは平然としている。それはメモに書かれた時刻が確実にロックを解除してくれる証だ。ホワイトヘッドは長針を慎重に回し、一時三十分に針を合わせる。その瞬間、左手首を拘束し、ホワイトヘッドの行動を牽制していた時計の金属リングが外れた。二週間ぶりに自分の体を取り戻したホワイトヘッドは、左手首をさすりながら、踊り出したい気分だった。

――一時三十分とはまたわかりやすい時刻ですね。何か意味が？

――意味はないが、真珠湾攻撃機発進の時刻と同じだ。これでおまえもオレに会う必要はなくなった。せいぜい自分の背後に気をつけて生き延びろ。

　イチローはそういい残すと、席を立ち、店を出ていった。ホワイトヘッドは慌てて、追いかけたが、十秒後には彼の姿は消えていた。

たとえ、イチローに手首と命を救われた恩があっても、ホワイトヘッドは**デウス**を裏切るわけにはいかなかった。おのが忠誠の証として、彼は**デウス**の目の前で、イチロー暗殺のGOサインを出した。万事カネで動く連中ゆえ、破格のギャラを提示し、**デウス**の暗殺を依頼すれば、引き受けるはずだった。いっそ、二人仲良く姿を消してくれれば、最も平和的な結末を迎えることができると、ホワイトヘッドは考えてみたものの、刺客が同時に二人の殺害に成功する確率はあまりに低い。彼らが**デウス**の暗殺に失敗すれば、その依頼をした自分が消されるのは必定だ。だが、彼らがイチローの暗殺に失敗しても、代わりはいくらでも送り込むことができる。

第一の刺客はロシア人のスナイパーだ。オリンピック出場経験もあるライフルの名手がイチローの頭を狙い撃つ。照準を合わされたら、次の瞬間には無残に脳漿（のうしょう）が飛び散っている。

第二の刺客はブラジル人の格闘家だ。特殊部隊出身で、総合格闘技のリングで活躍していたが、博打の借金を返すためにこの仕事を引き受けた。素手でイチローと組み合えば、確実にその頸（くび）の骨を折ることができるはずだ。

第三の刺客は……女。イチローを無防備にさせ、死に誘う作戦が控えている。暗殺の成功率を高めるには、黄泉の国への渡航さえも簡単にやってのける、その神出鬼没のフットワークを止めなければならない。警察の包囲網を以てしても、捕捉できない相手を追跡し、追い詰めるだけの能力は刺客には備わっていない。先ずはイチローを特定の場所におびき寄せ、その足と逃げ場を奪う必要があった。イチローの弱点は、その優しさにある。ホワイトヘッド相手にも見せた一抹の慈悲が、イチローの命を奪うことになる。

すでに根本ゆりあを人質に取っている。彼女はイチローの子を宿している。絶滅寸前のDNAを受け継いだ者は自分の子を残す本能が誰よりも強いはず。彼女を守るために、大阪府知事の暗殺を実行した「実績」がある彼ならば、たとえ背後に刺客が潜んでいることがわかっていても、必ずゆりあの元に現れる。

さらにこちらにはイチローの足枷となる人質がもう一人いる。息子が思いのままに行動できるように、親子の縁を切った、と気丈な母はいうが、そんな母をイチローは見殺しにできまい。孝行息子を罠に嵌めるのは簡単だ。その弱みを突けば、勝利はブラックハウスのものになる。

ネット空間ではますますイチローの存在感が増し、今や「市民の反乱」のカリスマに祭り上げられていた。民意を全く反映できなくなった政府や既成政党に対する失望から、ネット上に「民意党」、「プロテス党」といった名前の政党が現れ、ネットを通じて吸い上げた民意を公約に掲げ、代議士を送り込む活動も始めた。「イチロー・ファン・クラブ」や「世界市民連盟」も同様の政治活動を展開するようになった。「原発を全停止しろ」、「ネット規制を許すな」、「税金で銀行を救うな」、「最低賃金を引き上げろ」、「最高裁なんていらない」など様々なスローガンのもとに結集した市民は、なぜか、イチローを自分たちのカリスマと見做す点で緩やかな連帯を形成し、既成政党には大きな脅威となっていた。

そんな事態を本人はどう見ているのか、イチローは行方をくらませたまま、もう三週間が経過した。その間、ホワイトヘッドは一度も警視庁に姿を見せなかったが、二十二日目になって、ようやく戻ってきた。

穴見が真っ先に気付いた変化は、ホワイトヘッドの左手首から中国製のロレックスが外され、代わりに包帯が巻かれていたことだった。穴見は、まだ自分が信用されているかどうか、確かめるために、「私の出番はまだ先ですか？」と訊ねてみた。すると、ホワイトヘッドはこんなことをいい出した。

——手負いの獅子なら、あなたにも捕獲できるでしょう。

——イチローは負傷しているのですか？

——近いうちに身動きが取れなくなるでしょう。逮捕は時間の問題です。

——あなたはイチローに会ったんですね。今、彼は何処で何をしているのですか？

――彼は日本にいます。最後のミッションを終え、一週間前に戻りました。

しかし、黄泉の国は不気味に静まり返っている。暗殺計画は未遂に終わったに違いない。もし、成功していたら、今頃、世間は大騒ぎをしているはずだから。

――今、ネット上ではあなた方ブラックハウスに対して、大きな逆風が吹いています。

――心配には及びません。すでに対策は講じています。ネットの世界は移り気でね、一気に盛り上がったかと思ったら、すぐに下火になる。そこには主体も責任もないから。

ホワイトヘッドが示す余裕には根拠があるのか、単なる虚勢なのか、そのポーカーフェースからは推し量りようがなかったが、イチローがかなり厳しい立場に追い込まれている気配だけは感じ取ることができた。

穴見とホワイトヘッドが立ち話をする廊下の柱の陰には、ナルヒコが潜んでいた。ホワイトヘッドの表情や全身から立ち上る気を読み、背景で何が起こっているのかを霊視するためだった。手掛かりに乏しく、意図的に虚偽情報が吹き込まれるような状況では、ナルヒコの霊力を借り、今後起きうる事態を先読みしておく必要があった。

穴見はナルヒコ、八朔を連れ、警視庁を離れ、昼下がり、客足が途絶えた回転寿司の店に入り、作戦会議を行った。

ナルヒコは、イチローに車で山寺に連れていかれた時ご馳走（ちそう）になった折詰の寿司の味を思い出しながら、イチローの現在の様子を霊視してみた。ホワイトヘッドは確かにごく最近、イチローと日本で会っているようだった。それも東京ではなく、人通りもまばらな夜の地方都市で。

――イチローは父親に会ったみたいです。黄泉の国に行ったのは父親の指令だったようです。

――それが将軍暗殺の指令だったら、未遂だったということだな。まだ将軍は生きているんだから。つまり、今回も父親の命令に背いたわけか。

――いや、ちょっと違います。彼は彼のやり方で指令を実行したんです。それがどういうことかはよくわかりません。

――あなたはイチローとの別れ際、「自分が助けた人に殺される」といおうとした。あの時、感じたことは今も変わらない?

その質問にナルヒコが頷き返すのを見て、八朔は穴見にいった。

――彼に助けられ、しかも彼を殺そうとしているのは誰かがわかれば、私たちの次の行動が決めやすくなります。

――それはそうだが、ある意味、我々は皆、彼に助けられたともいえる。

穴見自身も、その家族も、八朔も、ナルヒコも、イチローがその気になれば、殺されていてもおかしくなかった。八朔は「私にはその気はないし、端から無理です」と宣言し、それを受け、「ぼくも無理です」とナルヒコがいい添える。穴見はホワイトヘッドから警視庁上層部を通じ、内々に暗殺を命令されてはいるが、それに応じる気はなかった。ホワイトヘッドの手枷を外したのがイチローなら、ホワイトヘッドも彼に助けられたことになる。だが、あの男にイチローが殺せるだろうか？

45

永遠に続く戦いはない。終わり方は様々だが、いつかは終わる。勝者も敗者も多くを失う。勝利が没落の始まりとなり、敗北が復活のきっかけになる。

そして、イチローは自分のＤＮＡを受け継ぐ子と母を守るため最後の戦いの場に出向く。ゆりあを人質にし、その背後に刺客を忍ばせておく……ホワイトヘッドが考えそうなお膳立てだ。転職の勧めを蹴ってまで、**デウス**に尽くしたいのなら、それにふさわしい犬死にをさせてやるまでだ。

もし、自分が暗殺を実行するなら……とイチローは考える。最初に待ち伏せによる狙撃を試みる。ビルの窓か、屋上から、ゆりあの救出に現れた相手が必ず通る場所を見極め、銃口をそこに向け、ひたすら待つ。狙撃手は一撃必殺に賭ける。だが、外せば、相手にその場所を教えることになり、反撃を許すことになる。最初の一撃を避けられれば、イチローは俄然有利になるものの、結局は運に任せるほかない。狙撃手を始末したら、次は接近戦になるだろう。至近距離での撃ち合いか、刃物が飛び出すか、肉弾戦になるか、いずれにせよ出たとこ勝負だ。刺客は何人潜んでいるのかはわからないが、この修羅場を抜ければ、勝機が見えてくる。

運命の分岐点は病院にある。ゆりあが記憶回復のために通うその病院はブラックハウス御用達で、イチローを迎え撃つ条件が整っていた。死者や怪我人が出れば、すぐに対応できるというところも気が利いている。

イチローの武装はスーツの下に着用した防弾チョッキ、右足の爪先に飛び出しナイフを仕込んだ靴、そして、一丁のサイレンサー付きの改造拳銃だけだった。銃身が長いわりに軽量で、命中率が高い上、八発の弾丸を装填できるオートマチックのこの優れものは、時計職人の工房で作らせ、自転車の部品に紛れさせて、取り寄せたものだ。最後は身軽さが勝負を分ける。今回も銀色のイナゴが飛ぶことを祈る。

イチローは病院から一キロほど離れたところにある公園脇で、車を降り、救急車を呼んだ。病院には救急車に乗ってゆくものだ。電話をしてから五分ほどで、白いワゴン車が到着した。イチローは散歩中に心臓発作を起こした病人になり済まし、主治医の勤務先であるその病院に向かうよう救急隊員に願い出た。

救急入口に横付けされた車から、イチローはストレッチャーに乗せられ、病院内に入ることに成功した。病院の外でイチローの登場を待ち構えているはずの狙撃手は、救急患者をターゲットから外していたらしく、まんまとその目を欺くことができた。だが、院内にこそ、無数のトラップが仕掛けられているに違いない。イチローは救急処置室に運び込まれると、隊員が部屋を出てゆくのを確認し、やおらストレッチャーを降りた。その場にいた看護師と医師は反射的にイチローをストレッチャーに押し戻そうとする。イチローはすかさず、バッジのついた手帳を見せ、手短な自己紹介をする。

——私はＣＩＡのエージェント、ブルース・伊藤だ。ブラックハウスの任務をサポートしている。

彼らは互いの顔を見合わせ、凍りついていた。

——緊急事態だ。患者根本ゆりあの命を狙う暗殺者が病院内に侵入したという情報が入った。根本ゆりあが何処にいるか、調べてくれ。

ともかく危急の事態であることに反応し、看護師は事情をよく呑み込めないまま、受付に走った。その間、イチローは怪訝な眼差しを向ける医師に、説明を補い、質問を畳み掛ける。

——エージェントは何人連れでここに来たか？

医師は両目をしばたたかせながら、思い当たる節を探り、「白人男性とアフリカ系の混血の方の二人だったと思います」と答える。

——暗殺者は手強い。いくら辣腕の二人でも手薄だ。ところで、医師や看護師はこれからここで起き得る事態について何か聞かされているか？

——いいえ。何が起きるんですか？

——あとで事情を話す。暗殺者に私の存在を気取られないよう、普段通りに行動してくれ。患者や医師、看護師たちには危険が及ばないよう細心の注意を払う。

医師はただ頷き返すしかなかった。ほどなくして、看護師が戻り、根本ゆりあが608号室の個室にいると、知らせてくれた。イチローは医師から、名札付きの白衣を借り、エレベーターに乗った。

エレベーターを降りると、いきなり浅黒い肌の大男と鉢合わせした。敵は白衣姿のイチローをちらりと見て、すぐに背を向けた。この男も刺客の一人と見て間違いないとイチローが思った瞬間、大男は振り返り、鋭いストレートパンチを繰り出してきた。間一髪、それを避けたイチローは靴の踵(かかと)を激しく床に打ち付け、爪先に仕込んだナイフを飛び出させ、右足で弧を描き、相手の左アキレス腱(けん)を断ち切った。低い呻き声を上げて、崩れた相手のこめかみを狙い、肘打ちを食らわせたが、逆に相手の闘争本能に火がつき、イチローは右足を取られ、靴を脱がされ、仰向けに倒された。組み敷かれたら、勝ち目はない。相手がのしかかり、マウント・ポジションを取ろうとする。イチローは、左足を相手の首に巻き付け、防ごうとする。相手はイチローの上体を持ち上げ、そのまま背中を固い床に叩きつける。その瞬間、脇のホルスターに入れていた拳銃が飛び出す。すかさず、それを手にしたイチローはグリップの部分を相手の脳天に打ち付けた。力が抜けた瞬間にイチローは拘束から逃れた。イチローは急所を外し、相手の右足に拳銃を発射し、完全にその動きを止めると、脱がされた靴のナイフを引っ込め、履き直した。

６０８号室に向かう廊下に出ると、いきなりライフルの弾丸が頬を掠めた。スナイパーはイチローの頭を狙っている。かろうじて、ナース・センターに逃れると、そこには青ざめた顔の看護師が一人机に張り付いて、震えていた。イチローは机の下に隠れるよう合図し、「鏡はないか」と訊ねた。看護師が指差した机の上に手鏡があった。看護師たちが化粧のチェックをするのに使うそれをかざし、廊下の様子を探った。スナイパーは廊下の端に机でバリケードを築き、伏射の姿勢でライフルを構えている。廊下に現れたイチローの頭を確実に狙い撃ちするつもりだ。６０８号室に向かうには、その廊下を渡るほかにない。

イチローはキャスター付きの椅子の座高を一番低くし、その背もたれに、防弾チョッキをくくりつけると、椅子に腹這いになって、蹴り出してみる。とっさに思い付いたこの椅子型の盾は使えそうだ。看護師は、目を見開き、震えながら、イチローの挙動を見つめていた。

イチローは拳銃の銃身を防弾チョッキの隙間に差し込み、椅子の背もたれに頭を隠し、座面を胸に抱きかかえると、看護師に「ここにいろ。戦闘はすぐに終わる」といった。鼻から深く息を吸い込むと、ナース・センターを飛び出し、全速力で廊下を滑走した。傍目には中学生の放課後の遊びも同然だったが、この意表を突いた突撃の仕方こそが、今の状況では最も有効だった。スナイパーは走る椅子めがけて、四発の銃弾を発射したが、一瞬の判断の遅れがあったのだろう、盾に守られたイチローには当たらなかった。次の瞬間、イチローの目には見えた。銀色のイナゴの飛躍の軌跡が。すかさず、その軌跡をなぞり、加速をつけて、無傷のまま、バリケードに突入すると、机に弾き飛ばされたスナイパーが仰向けに倒れていた。至近距離では拳銃が有利だ。イチローは敵のライフルの銃身を脇に抱え、スナイパーの額に向けて、迷うことなく拳銃の引き金を引いた。スキンヘッドのベビーフェースのスナイパーは、寄り目気味の戸惑いの表情を浮かべたまま、事切れた。

身を翻し、608号室のドアに体当たりし、部屋に突入したイチローを待ち構えていたのは、ピストルを構える白衣姿の男だった。引き金に指がかかっているのが見え、イチローは反射的にスライディングしながら、白衣の男に向けて発砲した。二人の発砲はほぼ同時だったが、相手の弾丸は空気を切り裂く高音を発して、イチローの耳の脇を素通りし、イチローの弾丸は相手の肩を貫通し、白衣を赤く染めた。

「え」と短い悲鳴を上げてうずくまる男から銃を取り上げ、イチローはその顎の下に銃口を突き付けた。

――おまえはゆりあの主治医だな。慣れないことをするから、こんな目に遭うのだ。ホワイトヘッドは何処にいる？

――ここにはいない。助けてくれ。

――いや、もう終わりだ。

　イチローはもう一度引き金を引く。人殺しをする医師は死ぬのが掟だ。

　イチローがベッドを覆うカーテンを開けると、そこにゆりあが横たわっていた。こちらを見つめてはいるのだが、イチローとは認識できていないようだった。感情を持たないインコのような目をしていた。薬を打たれ、意識が朦朧としているのだろう。この殺し合いの現場に居合わせるには、その方が好都合だったかもしれない。

　足を踏み入れる世界を間違えたばかりに、他人の都合で盗聴を請け負う「メモリー・ティッツ」にされたり、記憶を抜き取られたり、人質にされたり、と自分を失ってばかりいる。もう少し、ありふれた容姿だったら、こんな目に遭わずに済んだだろうに。

　自分を取り戻すのは、今からでも遅くはない。

　イチローはゆりあのお腹にそっと手を伸ばす。白いシーツに血がついた。右手に負傷はなかったが、自分の体をよく見ると、右大腿部から赤黒い血が流れ出していた。飛び交う弾丸を全てかいくぐったかと思ったが、いつの間にかスナイパーの銃弾が右の太腿を撃ち抜いていた。もし、あの椅子型の盾を使わなければ、動きを止められ、今頃、スナイパーの代わりに自分がとどめを刺され、亡骸(なきがら)になっていたところだ。

ゆりあのお腹の子も無事だった。ようやく戦士に休息の時が訪れる。イチローはゆりあのベッドに体を預け、うなだれ、深いため息をついた。その直後、首に針が突き刺さったような痛みを感じ、顔を起こすと、ゆりあが口を開け、よだれを垂らしながら、注射器を握り締めていた。

46

——イチローは病院に行きました。ゆりあさんが通っていた病院に。

午後五時過ぎ、穴見に電話をしてきたナルヒコはまだ夢から覚めやらない口調でいった。

——彼は怪我でもしたのか?

——イチローは死んでしまうかもしれない。やっと今わかったんです。イチローを殺すのはゆりあさんです。早く止めないと。

ちょうど家に帰ろうとしていた穴見はまだ署内に残っていた八朔を伴い、その病院に駆けつけることにした。ナルヒコもタクシーで現場に急ぐという。

「助けた人に殺される」というナルヒコの予言は、最も可能性の低い人物の手でなぞられることになるのか？　予想を超える速さの展開に戸惑いながら、穴見は自分たちにできることを考えていた。

二十分後、現場に到着した穴見と八朔が見た光景は凄惨を極めていた。所轄署員が到着したばかりで、事件が起きてから、まだ三十分も経過しておらず、入院患者用の病室が並ぶ六階では、殺人の生々しい現場がそのままの状態で放置されていた。所轄の刑事に事情を話し、現場に立ち入った穴見は、先ずエレベーターホールの前で、南米系の大男が足と頭から血を流し、動けなくなっているのを見た。次に廊下の端には額を撃ち抜かれ、目を開いたまま、仰向けになっている白人の狙撃手の死体があった。そして、608号室には顎の下から脳天に向けて撃ち抜かれ、血まみれになっている医師らしき男の死体が横たわっていた。

——銃撃戦があったようです。犯人は日本人の男で、現在逃走中です。非常線を張るよう指示しました。

——目撃者の話を聞きたい。根本ゆりあという女性がいるはずだ。

——別室に保護されています。とても話ができる状態ではありません。薬物を打たれ、意識が混濁しています。自分が何をされたのかもわかっていません。

——主治医に話を聞こう。

——撃たれて死んでいるのが主治医です。

——彼女は人質にされていたんだな。

——そのようです。なぜか注射器を握り締めていました。中に何が入っていたか、調査中です。

現場の様子から推察するに、イチローが無傷でいられるとは思えなかった。ナルヒコの霊視した通り、瀕死(ひんし)の状態にあるなら、遠くには逃げられまい。

——イチローは何処に向かおうとしているんだ？

八朔は「母親の元ではないでしょうか」と即答した。その予想に根拠はないが、可能性は高いと穴見も思った。

——追分か……そこまで辿り着けるかな。

——無理なら私たちが連れていきましょう。どんな英雄も生まれてきたところに帰りたいんです。寧々さんも人質に取られているかもしれないし。

八朔は彼を助けたいのだろう。イチローとの間に何があったのかは詳しく知らないが、彼を死なせたくない思いが穴見にも伝わってきた。穴見の心中にもイチローに対する憐(あわ)れみにも似た思いが湧いてくる。瀕死の英雄に敬意を払うことに何のためらいがあろう。

穴見は所轄の刑事に「何かわかったら、知らせてくれ」と連絡先を残し、現場を離れ、イチローの追跡に向かうことにした。ちょうど、そこにナルヒコが到着した。彼もイチローが母親の元に向かっていると読んでいたので、三人は病院から最短距離で追分に向かうコースを辿り始めた。

どの程度の負傷なのかはわからないが、自分で運転することは避けるだろう。非常線をかいくぐるためにもタクシーを使っている可能性が高いが、東京ナンバーのタクシーで埼玉県や長野県を走るのは目立つ。高速道路のサービス・エリアあたりで車を乗り換えるだろう。ナルヒコは心眼に翼をつけ、大空に放つ。それはトンビのように上空を旋回し、北北西に進路を取り、イチローの気が出ている車を霊視し、その行く末を見極めようとする。だが、彼が行き着く先にはまた別の罠が仕掛けられているのが、わかる。

――急いでください。イチローよりも早く追分に着かないと、もっと人が死にます。

そうはいっても、約一時間の遅れを取っている。ましてや、相手は誰よりも速く走る男だ。八朔は窓を開け、サイレンを屋根につけ、穴見はアクセルを踏み込むが、夕方の帰宅ラッシュはすでに始まっており、車は思い通りに進まない。

そこに現場検証に当たっていた刑事から、穴見の携帯に連絡が入る。代わりに出た八朔が報告を聞く。

――たった今、入院患者の根本ゆりあの死亡が確認されました。「ゆりあが死亡？　どういうことですか？」と八朔が叫ぶ。穴見もナルヒコも意表を突かれ、唖然とする。

——六階の病室の窓を破り、飛び降りたんです。医師が目を離した一瞬の出来事でした。中庭の敷石に頭を打って、即死です。それから、彼女が握り締めていた注射器の中身もわかりました。敗血症を引き起こす化膿性連鎖球菌でした。

あらゆることが終わりに近づいている。

そんな不安を抱きながら、八朔は電話を切る。すでにナルヒコが予知していた通りの事態に至ったことを悟り、ため息をついていた。八朔は穴見に伝える。

——もし、イチローがゆりあに注射を打たれていたら、彼は敗血症で死ぬかもしれません。

それを聞いて、穴見にはホワイトヘッドの魂胆が読めた。

彼は主治医の協力を得て、薬物や催眠術を用い、ゆりあのマインド・コントロールを図り、彼女を三人目の暗殺者に仕立てていたのだ。ゆりあを操り、彼女を救出するために現れたイチローを死に導く計画は、「調教」に時間を要するため、早くから立案されていたのだろう。愛人の手で「死の接吻（せっぷん）」たる細菌注射を打たせ、イチローを殺すこの卑劣な手段は功を奏したようだ。自分を縛る手枷に仕込まれていたのと同じ細菌を暗殺に用いるという皮肉までつけ加えてきた。ホワイトヘッドは、イチローに助けられたはずだが、その恩を見事に仇（あだ）で返したことになる。そして、哀れな根本ゆりあはおのが意思を奪われ、愛するイチローの子を宿したまま、自らも命を絶ったのだ。これも一種の

「無理心中」ということになるのだろうか？

——イチローを救う手立てはあるだろうか？

——すでに意識障害や錯乱が生じているかもしれない。早く抗菌薬を投与し、大量の輸液を行わないと、危険です。血液中に入った毒素が全身に回ると、敗血症性ショックを起こします。最後は心不全か、呼吸困難になって、死んでしまう。

——なぜそんなに敗血症に詳しいんだ？

——父も最後は敗血症で死んだんです。だから、イチローには父と同じ死に方をして欲しくないんです。

八朔の切実なコトバに突き動かされた穴見の意識から、「逮捕」の二文字は遠ざかり、病院から逃走したイチローを一刻も早く病院へ運ばなければ、という義務感に駆られていた。

47

藤岡パーキングエリアでタクシーから、「世界市民連盟」の一員である協力者の車に乗り換えたイチローは、上信越道を西に向かっていた。同じ車には医師も乗り込み、彼の負傷した脚の止血と、消毒を行った。弾丸は太腿を貫通していた。出血量も多く、危険な状態なので、すぐに病院で治療を行わないと、障害が残ると医師はいったが、イチローは「もう一人、この手で始末しないと、気が済まない奴がいる」といい張り、車を追分に向かわせるよう指示した。

体が熱く、動悸がし、視界がぼやけていた。血圧が下がっている自覚があったので、医師にはノルアドレナリンとドーパミンの補給を頼んだが、それらの用意はなかった。おそらくは何らかの細菌を打たれたと判断し、医師は、広く感染症に効果的とされるペニシリンと、太腿の銃創の痛みを和らげる鎮痛剤を投与しておいた。

追分の母の家が近づくと、イチローは車を降り、運転手と医師に速やかにこの場から離れるよう指示した。林を抜け、裏庭から勝手口に向かい、朦朧とした意識の中で、ドアノブに手をかけた。すでに午後九時を回っていた。施錠されていないドアが開いたが、家の中は真っ暗だった。人の気配はなかったが、つい先ほどまで誰かが息をしていた痕跡が残っていた。ここでイチローは深呼吸をし、気分を変え、待ち伏せしているであろう誰かに、自分の到着を知らせようと、廊下と吹き抜けの階段の照明のスイッチをＯＮにした。

――もうゲームは終わりにしよう。オレが死ねば、おまえたちの役目も終わる。早晩、ブラックハウスも滅びる。

返事はないが、何処かに身を潜めて、こちらの様子を窺っている誰かに、イチローの声は届いているに違いない。

イチローはダイニング・キッチンや納戸、弟が死ぬまで過ごした部屋、かつて自分が少年時代を過ごしたことのある部屋、全ての部屋に明かりをつけながら、足を踏み入れる。おそらく、母も時々は、この家の全ての明かりを灯し、死んだ夫やケンジ、不在のイチローを迎え入れたに違いない。そうしたからといって、団欒が戻ってくるわけではないのに。

イチローは最後に母の寝室に近づく。そこにも生きている人はいないだろう。だが、ドアに手をかけると、トラップが作動する気配をこめかみあたりでひりひりと感じていた。鎮痛剤の効き目のせいか、痛みは感じなくなっていたが、廊下には血の滴が点線を描いていた。心拍のたびに全身に毒が送り込まれる。免疫が必死にその毒を排除しようと、臓器を動かしている。息が荒くなり、体が火照るのはそのせいだろう。

もう躊躇する猶予さえもない。自分が死ななければ、決着はつかない。それはもう四週間以上前からわかっていた。ドアを開け、あらかじめ決まっていた運命をなぞる覚悟はできていた。

——母さん、ただいま。

かすれた声で呟きながら、ドアのノブを回した。仕掛けられた爆弾が爆発するようなことはなかった。部屋の内側の壁のスイッチを入れ、最後に訪ねた部屋の明かりをつける。目の前に天蓋付きのベッドがある。そこに誰かが横たわっている。

——母さん、そこにいるのかい？

イチローの声に、横たわる人の反応はない。枕元に顔を寄せる。両手を組み、目を閉じているのは、老いた母だった。すでに体の温もりは失われ、息をしていない。こうして、まじまじと寝顔を見るのは、初めてだったが、抜け殻になっても、母は母のままだった。

ああ、罠はこの部屋に仕掛けられていたか、と思った次の瞬間、突然昼になったかのように窓の外から強烈な光が差し込んできた。ベッドサイドのテーブルに置かれた電話が鳴った。死者の眠りを邪魔しないよう、イチローが受話器を取ると、ホワイトヘッドのうわずった声が聞こえてきた。

——いよいよ、グランド・フィナーレの時が来ましたね。あなたも気の毒な人だ。**デウスの息子でありながら、こんな悲惨な末路を迎えることになろうとは。**

窓をほんの少し開け、外の様子を見ると、家の周囲を小隊規模の武装警官たちが取り囲み、銃火器の矛先をこちらに向けているのがわかった。ホワイトヘッドの姿は見えなかったが、火の粉さえも飛んでこない安全な場所に隠れ、大きな手柄を上げるための指揮を執っているのだろう。

イチローは笑いながら、ホワイトヘッドにいってやる。

——今、オレに許しを乞えば、生かしてやってもいいぞ。

——何を今さら。それは私のセリフだ。むろん、私はあなたほど甘くはないがね。ご覧の通り、あなたは完全に包囲されている。あなたの最後のミッションは、自分の死体を父**デウス**に差し出すことだ。準備はいいか？　大人しく出てくれれば、お母さんの命は救われる。それとも、母親と心中したいか？

ホワイトヘッドはまだ母が生きていると思っているようだ。

枕元に戻ると、母の組んだ両手の中に一枚の紙片が挟まっていることに気付いた。指のあいだから抜き取り、開くと、紛れもない母の筆跡で、こんなメッセージが書き込まれていた。


先に向こう岸に行って待っています。ロスマンやホワイトヘッドの手にかけられて死ぬくらいなら、自分から死にます。あなたが後顧の憂いなく、思うがまま行動に打って出られるように、もっと早く逝くべきでした。イチロー、私はいつもあなたの味方です。日本のお父様も、ケンジも同じコトバを残して、去ってゆきました。あの世でまた家族全員集まれたらいいですね。

母は人質になることを拒み、自死することを選んだのだ。この結末が予想外だった、といえば、嘘になる。イチローは心の片隅でこうなる可能性を考えていた。むろん、それを望んでいたわけではないが、他人の手にかけられて死ぬよりは、まだましと考えなければならない。せめて、死に目に間に合えば、懺悔することもできたが、今はそれを悔やむ時ではない。母は息子を許してくれた、とこの遺言を解釈しよう。もはや後顧の憂いはなくなった。しかし、イチローの余命も余力もあとわずかだった。

——イチロー、聞こえるか？　あなたの絶望が見えるようだ。あなたは自分を過信し、自ら墓穴を掘った。あなたはもっと謙虚であるべきだった。

——おまえを助けてやろうと思ったのだが、おまえもオレと同様、死にたがりの欲望を抱えていたんだな。

——何がいいたいんだ。虚勢を張るな。

自分の優位を確信しているホワイトヘッドは、それでもまだ一抹の不安を抱えつつ、問い質した。イチローはその不安を電話の声から気取り、鼻で笑いながら、こういった。

——おまえにやった時計はただの偽物のロレックスだった。こっちはスイスの職人手作りの高級時計だ。より威力の強い爆弾を仕掛けた時計は仔豚将軍にプレゼントした。こっちはスイスの職人手作りの高級時計だ。なかなかファッションセンスのいい奴で、いたく気に入ったらしく、毎日つけると約束してくれたよ。暗殺はいつでも好きな時にできるぞ。それもおまえの手柄にできるチャンスだったが、残念だ。それから、もう一つ、おまえに気の毒な知らせがある。自分の後頭部の首の付け根あたりを触ってみろ。しこりみたいなものがあるだろう。

――これはあなたに殴られた時にできたコブだ。

――コブは時間が経てば、引っ込む。そのコブは実は小型爆弾でね、おまえが気を失っているあいだに埋め込んでおいた。早く摘出しないと、爆発するぞ。

――瀕死のくせして、よくそんなデマカセがいえるよ。

――嘘だと思うなら、今、爆発させてやろう。

イチローは携帯電話を手に、ある番号を押す。それはホワイトヘッドの首根っこに埋め込んだ小指の先ほどの大きさのマイクロ爆弾の信管を起動させるキー・ナンバーだった。イチローは発信ボタンを押すと、「5、4、3」と秒読みを開始した。爆弾は「0」を待たず、「1」のところで爆発した。窓の外で一瞬、火柱が見えた。やや遅れて、どよめきが起きるのが聞こえた。ホワイトヘッドとの通話はそこで途絶えた。ホワイトヘッドが炎上し、オレンジヘッドになる様子をこの目で確認できなかったのは残念だった。

イチローはもう一度、母の死顔を見つめ、両手を合わせると、地下室へと降りていった。壁一面には作り付けの棚があったが、その一部は隠し扉になっていて、ドアの向こうは秘密のトンネルに通じていた。これはイチローの少年時代に、父英二が緊急避難用にコツコツと掘り進めたのだった。ロスマンの狂った妻の魔手から息子を守るためのものだったが、実際にその用途に使われたことはなく、もっぱらイチロー、ケンジ兄弟の遊び場になっていた。イチローは二十数年ぶりに、そのトンネルをくぐり、感傷に浸る暇もなく、懐かしい家を後にした。トンネルは約五十メートル離れた家庭菜園の用具置き場につながっており、ここまで来ると、警官隊の背後に出ることができた。

イチローは家庭菜園から歩いて、二十分ほどのホテルに向かった。おそらく、ここは間抜けな警官隊の宿舎にもなるだろう。イチローはホワイトヘッドの名を騙り、彼の部屋のキーを受け取った。先に死んだ男が寝るはずだったベッドに、重く熱い体を横たえ、一度深呼吸をした。細菌の回りは想像以上に早かった。このまま眠ってしまうと、二度と目覚めることはないだろうと予感した。イチローは携帯電話を手に、かつて自分が使っていた電話の番号を押した。

――ナルヒコです。連絡を待っていました。無事ですか？

イチローは荒い息遣いで、こう告げた。

――君に頼みたいことがある。

――ぼくたちは追分にいます。穴見警部も八朔刑事も一緒です。ぼくたちはあなたの味方です。何でもいってください。寧々さんのところにいるんですね。

――もうそこに用はない。オレは間もなく死ぬ。オレを葬る人間もいなくなってしまった。その役目を君たちに頼みたい。

――あなたを助けます。今何処にいますか？

――とっくに黄泉の国に来ている。今後は黄泉の国から任務を遂行する。

――どういう意味ですか？

――今にわかる。じきに**デウス**も死ぬ。将軍も死ぬ。電話一本で。

そこで通話は切られてしまった。イチローはナルヒコに遺言を託すために電話してきたに違いない。ナルヒコはイチローの呟きを一語一句、反芻し、記憶に刻みつけた。

「イチローは何といった？」と訊ねる穴見に、ナルヒコは呟く。

――ああ、気付くのが遅過ぎた。みんな死んでしまいました。さっき、ホワイトヘッドも死に、寧々さんも死にました。彼にはわかっていたんです。みんな死んでしまうことが。彼がぼくたちを殺さなかった理由がようやくわかりました。自分を葬る人間が必要だったからです。間もなく、イチローも死にます。

――敗血症なら、助けられる。彼が何処にいるか、霊視して！

ナルヒコは意識を集中し、イチローの気の出所を探ろうとする。だが、血のニオイと電波に邪魔されて、意識が乱れる。しかも、イチローから発せられる気がどんどん弱くなってゆく。

48

神はカタストロフを好むのか？

たった数時間のあいだに、イチローの母が自死を選び、イチローの妻となるべき女が身を投げ、イチローの息子か、娘になるはずだった子どもも死に、イチローを殺そうとしたスナイパーが死に、主治医が射殺され、代理人が爆死し、イチロー本人も死んでしまった。

結局、「生きたまま彼を捕えることはできない」という教祖の予言は当たり、「彼を救いたい」という八朔の願いも叶わなかった。翌朝、穴見らによって、ホテルの一室で発見されたイチローは、すでにこの世の人ではなかった。仮眠でも取るように、靴も脱がずにベッドに横たわり、そのまま永眠してしまったのだった。

寧々の家を包囲した警官隊は、ホワイトヘッドの突然の爆死に動揺しながら、イチローが籠城しているものと思い込み、長時間に亘り、独り相撲をしていた。夜が明ける直前、痺れを切らした隊長が突入を決断したが、家の中はもぬけの殻で、銃を構えて、寧々の弔問をする格好になってしまった。

イチローの直接の死因は出血多量と敗血症による多臓器不全だった。イチローが救おうとした女は、イチローを死に誘い、その子どもを道連れに、自らも命を絶った。これほどの裏切りはないが、彼女にはその自覚さえもなかった。

元々は葬られるはずだったゆりあを助け、彼女の身の安全を確保するために記憶を奪い、自分の子を産ませようとしたイチローだったが、それも全て徒労となった。

英雄にふさわしい死に方などもとより存在しないが、数多くの敵を葬り、同じ数だけ人を救い、謀略に関わりつつも、おのが正義を貫き、大胆不敵に「奇跡」を実行してきた男も、最期は誰に看取(みと)られることもなく、静かに死んでいった。イチローが受け継いだDNAは、イチローの代で絶滅することになった。

特命捜査対策室が手掛けた六件の犯罪に、「大阪府知事暗殺事件」、「教祖誘拐事件」の二件、そして、自分の殺害を請け負った刺客一人と医師の殺害、ブラックハウスの代理人ホワイトヘッドの殺害を加えた計十件の犯罪の主犯となれば、何処の国の裁判にかけられても、死刑は免れなかったはずだ。しかし、父カール・ロスマンの命令と複雑極まる手順により、死刑が執行された、といえなくもなかった。

全ての罪はイチロー一人に押し付けられ、警察やブラックハウスの関与は一切なかったこととして、事件は処理されるだろう。しかし、ブラックハウスと癒着した世界では、それで通用するかもしれないが、ネット社会ではそうはいかない。イチローがネット上に蒔(ま)いた種は確実に芽をふき、ブラックハウスの陰謀やその協力者たちの個人名を暴露する文書や、彼らの制裁を求める声が、増殖していった。

イチローの死はさながら、イエスの死であった。彼は我々の身代わりに死んだ。彼の死を無駄にしてはならない。生き残った者は彼が望んだ世界を実現しなければならない。イチローを殺した奴らに復讐しよう。この国を食い物にしている奴らを追い出せ。そんな声でネットが埋め尽くされた。それは世相が変わるほどの勢いだった。政治家や企業家までもが、イチローの死を利用しようと、称賛の声を上げ始めた。だが、大抵は「おまえなんか、イチローが生きていたら、真っ先に殺されていた」と攻撃され、沈黙を余儀なくされた。ブラックハウス内部からの告発も相次ぎ、その屋台骨がぐらつき始めた。Black House は Broken House に変わりつつあった。

イチローが仕掛けた時限爆弾はその死後に、続々と爆発し始める。

イチローの遺言の聞き役になったナルヒコはその意味深なコトバが忘れられなかった。「今後は黄泉の国から任務を遂行する」と彼はいった。「じきに**デウス**も死ぬ。将軍も死ぬ。電話一本で」とも。あの時は、黄泉の国に片足を取られた者が漏らすうわ言かと思ったが、実は確信に裏打ちされたコトバだったのである。

イチローの遺体の傍らには、彼が最後にナルヒコに連絡するのに使ったと思われる電話が置かれていた。特殊仕様でも何でもないただの携帯電話だったが、穴見警部はそれが証拠として押収される前に、密かにナルヒコのポケットに入れた。

遺体が回収され、司法解剖に回された後、穴見はナルヒコにこういった。

——あの電話には死ぬ直前のイチローの思念が残っているはずだから、それを読み取ってみてくれないか？

ナルヒコはその電話に触れ、目を閉じ、指先や掌に伝わってくるかすかな波動を読み取ろうとした。最初に感じたのは、イチローの感謝の念だった。彼は母の死顔を拝み、父が掘ってくれたトンネルを、弟の導きで抜け、警察の包囲網をかいくぐった。この世の最後の瞬間、彼は日本の家族に感謝し、彼らとの団欒を思い出し、彼らが待つ黄泉の国に思いを馳せたのだろう。

次にナルヒコが感じ取ったのは、イチローの笑いだった。彼は今際（いまわ）のきわに、何か面白い冗談でも思いついたのだろうか？　ナルヒコはその笑いの裏側に張り付いているイチローの真意を読み取ろうとする。それは「じきに**デウス**も死ぬ。将軍も死ぬ。電話一本で」というあの遺言と関係がありそうだ。彼は自分の勝利を確信しながら、眠りに就き、二度と目覚めなかった。その秘密はこの電話の中に隠されているはずだった。

——中を見てもいいものでしょうか？

ナルヒコが問いかけると、穴見は「ちょっと待て」といい、腕組みをして、考え込んだ。

——爆発したりはしませんよ。だって、彼は一度私たちを助けているんですから。

イチローに対する八朔の信頼は揺るぎなかったが、穴見はまだそこまでには至っていなかった。

――遺言の謎を解くには、開いてみるしかありません。

ナルヒコはきっぱりというと、自ら携帯を開いてみた。画面に住所録が出てきたが、登録されているのはたった三件だけだった。将軍、ホワイトヘッド、ロスマン。

――これは電話番号ですかね。

画面を見せられた八朔は「外国の電話番号のようだけど」といいながら、「Death Code」という見慣れない表示が出ていることに気付く。

――この番号にかけたら、将軍様やロスマンが出るのか？

――「電話一本で**デウス**も将軍も死ぬ」と彼はいったんでしょ。Death Codeというのはこの番号にかけると、彼らが自動的に死ぬか、殺されるという意味じゃないかしら。通話履歴を見てみましょう。

そういって、八朔が電話を操作すると、死ぬ直前の通話履歴が出てきた。最後はナルヒコで、そのひとつ前はホワイトヘッドになっていた。ホワイトヘッドは突然、謎の爆死をしている。三人は互いに顔を見合わせる。

――すると、このDeath Codeというのを押すと、ブラックハウスの総帥や将軍が死ぬのか？　まさか。

――試してみましょうか？

八朔は何のためらいもなく、ロスマンのDeath Codeを押してみる。穴見も調子に乗って、「ついでに将軍様のも押してみろ」といった。

五日後、穴見、八朔、ナルヒコは、イチローとその母親寧々の葬儀に参列した。荼毘に付された二人のお骨は、八朔の配慮で、イチローの父親英二、弟健次が眠る墓に納骨された。奇しくも、同じ日に二つの知らせが飛び込んできた。

一つは「北」の三代目将軍の執務室で爆発事故があったというニュース。国営放送によると、爆発があったのは五日前で、将軍は無事だったが、爆弾は将軍への貢物である腕時計に仕込まれていた。その送り主は世界経済評議会の総帥カール・ロスマンである。偉大なる将軍は、平和的な経済交流に水を差し、我が国に戦争を仕掛ける暴挙として、強く非難し、世界経済評議会への徹底抗戦を呼び掛けた。

このニュースに穴見ら三人は愕然とした。

暗殺は未遂に終わったとはいえ、電話一本で将軍やロスマンも死ぬという遺言は冗談ではなかったことがこれで証明されたことになる。怒り狂った将軍の標的にされたロスマンは、安眠を奪われる。

ナルヒコは夢で、イチローが将軍に時計が入っていたと思われる箱とディスクのようなものを渡すのを見たが、おそらく、そのディスクには、ロスマンを筆頭にブラックハウスの幹部たちの所在地、罪状その他の個人情報が書き込まれているのだろう。そして、ロスマンのDeath Codeを押すと、自動的に現在の彼の居場所を、黄泉の国から放たれた暗殺者たちに知らせる仕掛けになっているに違いない。それはまさにロスマン暗殺の指令コードだったのである。

イチローは自分の死後、かの国の刺客たちを使って、後始末をさせるつもりだったのだ。将軍の暗殺に失敗しても、「北」とブラックハウスは戦争状態になり、どちらの支配体制も揺らぎ、崩壊へとまっしぐらに加速するというわけだ。そこまで読んでいたとすれば、尋常ならざる慧眼である。この二つのミッションを加えれば、最終的にイチローはヘラクレスと同じ十二の奇跡を起こした計算になる。

この衝撃的な出来事に較べれば、今一つの出来事は、ささやか、かつ個人的なことではあったが、八朔すみれ刑事が妊娠していることがわかった。死者を喜ばせることはできないが、彼が受け継いだ希少なDNAは次世代にも刻み付けられ、絶滅だけは免れそうだ。すでに八朔は、シングルマザーとして、イチローの遺児を育てる決心を固めている。

今しばらくは災厄が続きそうだが、人々はじきに絶望することにも飽き、希望を口にし始めるだろう。ちょうど、その頃にイチローの子どもはコトバを覚えることになる。

解　説

入江　悠

以前、島田雅彦さんに私が監督したテレビドラマに出演していただいたことがある。そのドラマはSFであり、島田さんの役柄はマッドサイエンティスト的要素のある発明好きな科学者だった。

その時のご縁のせいかわからないが、本作の解説を書いてみないかとのお話があり、二つ返事で引き受けさせていただいた。

ところが、本作を読んでとてつもない荷の重さに遅ればせながら気づき、大変なことを任されてしまったと頭を抱えた。

本作のスケールはとにかく大きい。

不思議なシャーマン・ボーイがいきなり登場し、複数の不可解な殺害事件が提示されたと思ったら、ドミノ倒し的に謎が謎を呼んでいく。東京の警視庁管内が舞台かと思ったら、あっという間に世界へと広がっていく。次々と魅力的なキャラクターがあらわれ、闇の奥にさらなる闇を予感させる扉が開かれ、一度当たったはずの光はより深い暗闇に吸い込まれていく。読者は息つく暇もなく小説の中へ引きずりこまれていく。

言いわけめいた泣きごとをいきなり吐くことを許していただけるなら、私は映画やドラマの制作を生業とする者で、文芸評論家でも文筆家でもない。小説といえば気のおもむくまま手に取って自堕落に読み、ああ楽しかった、などと呟く程度の人間だ。文学作品の分析などしたことがないし、優れた小説とそうでない小説のちがいなどもよくわからない。

そもそも島田雅彦といえば、私の世代(昭和五十四年生まれ)にとってはもの心ついた時から仰ぎ見るような巨人であり、いまさら作家性や作品世界を論じてみよ、といわれても土台不可能というものだ。

というわけで、ここからは多分に映像制作者的な視点からの解説になることをお許しいただきたい。

なにより島田雅彦さんの小説には、映像化の欲望を掻き立てられる作品が多い。

文学と映像ではそもそも成り立ちも喚起させるイメージもまったくちがうとはわかっているものの、私自身何度も島田作品の映像化を夢想したことがある。この小説を映画にしたらいったいどうなるか、と本のページをめくりながらつい考えてしまうのだ。いや、考えるというよりもむしろ、つい脳内で映像に変換せざるをえなくなってしまうといった方が正確だ。

なぜ島田雅彦さんの小説はこれほど映像的なビジュアルを欲望させるのか。

真っ先に考えられるのは、登場人物たちのキャラクター性の豊かさだ。

本作『英雄はそこにいる』にも顕著だが、島田雅彦さんの小説に登場する人間は、皆それぞれ個性的な才能とスペシャリティーを持っている。他人には明かしたくない暗い過去や諦観を抱いているかと思えば、一方で底抜けの楽観性とともに生きていたりする。

本作では、冒頭から登場するシャーマン・ボーイが最たる例だ。彼は他人の思念や情念の残り香のようなものを頼りに、過去や未来を少しだけ見透かすことができる。この少年のミステリアスな特異性をあっさり受け入れた瞬間に、私たち読者は島田雅彦によってデザインされた車に乗りこんだことになる。ギアは気づかぬうちにトップに入り、車は暗くうねりのある長い高速道路を走っている。どこのサービスエリアで乗りこんだのかはわからないが、いつの間にか車にはもう一人の天才が乗っているだろう。

イチローと呼ばれる本作の主人公だ。

謎めいた出自の秘密を抱え、天才的な頭脳と肉体、そして世界トップクラスの暗殺技術を持つこのキャラクターこそ本作の最大の魅力といえる。正義感や倫理観はあるのかないのかわからない。普通の人間らしい欲望があるのかどうかも疑わしい。

たしかなのは、圧倒的なカリスマ性があることだ。彼が動くと世界の歯車の一部が動き、彼が起こした事件に社会は一喜一憂する。『悪貨』における野々宮冬彦もそうだが、非凡な能力を持った一匹狼を描くのが島田雅彦さんは本当にうまい。

他にも、ただならぬ人物や組織が次々と登場する。宗教法人の教祖や諜報機関のメンバー、実在する人物を想起させる大物政治家、記憶を奪われた絶世の美女。その一人一人がひじょうに魅力的で、ぜひ視覚的に具現化して観てみたい、動いている姿をこの目で目撃してみたい、一度聴いたら二度と忘れられなさそうな声を聴いてみたい、そう思わされる。

もうひとつ映像化の衝動を激しく突き動かすのが、島田雅彦さんの文体である。簡潔にして豊穣。まるで神話か昔話のような歯切れのよい文章のテンポは、どこか映画のプロットや脚本を思わせる。

映画のカメラには登場人物の心理は写らない。写るのは、物理的に「いま、そこにあるもの」だけだ。人間の心の働きは頰をつたう涙や破顔した顔の皺などで、間接的に観客に想像させるしかない。

一方で小説は、自由自在かつ無限に登場人物の胸中に入っていけるため、映画に比べて圧倒的に心理描写の表現域が広い。だが、島田雅彦さんの文章は心理描写を寸止めで抑制している。もうひとつ先を知りたいと思うところで描写を断ち切り、次の事件やアクションへと矢継ぎ早に移っていく。物語が行動と事件で紡がれ、心理の隙間を埋める作業を読者の想像に委ねている点がとても映像的なのだ。

たとえば、物語冒頭の「中央線沿線通り魔殺人事件」では、三十八歳の女性が帰宅途中に襲われ、頸動脈に剃刀を当てられるという災難にあう。その際に女性の心理描写は省略され、ただ行動として「思わず合掌したのだ」と描かれる。信心深い老婆ならまだしも、三十八歳の女性が通り魔に襲われて合掌するとはどういう事態なのか。どんな生い立ちで、どんな性格の持ち主なら死の間際とっさに合掌をするのか。

視覚的に立ち上がった行動は私たちの想像力を刺激し、登場人物の容姿や生き様に思いを至らせる。微に入り細を穿（うが）った心理描写ではなく、簡潔なアクションでキャラクターを描き切る。この歯切れのよい文体はただのスタイルではなく、むしろ作者の哲学であり倫理観といってもよいはずだ。

また、起こる事件やアクションもとにかくユニークで面白く、ビジュアル化されたものを見てみたいと思わせるものばかりだ。

本作で歌舞伎町が水浸しになって大騒動になる「歌舞伎町水難事件」などは、世に無数のハリケーン映画や水難パニック映画があれども、これまで類似したシーンを持つ映像作品を一度も見たことがない。もしこの抱腹絶倒の場面が精確かつダイナミックに映像化できたら、映画史に残る独創的なシーンになることは間違いない。

そして私が何よりも惹かれるのは、本作をはじめ島田雅彦さんの小説に組みこまれた重層的なレイヤーの厚みである。

『英雄はそこにいる』では、政治や公権力のレイヤー、諜報機関や裏組織のレイヤー、宗教のレイヤー、家族のレイヤー、人類学的なレイヤー、神話のレイヤーと、いくつもの層が複合的に絡み合っている。

小さなところでは「スナックはーです」というギリシア神話の神をもじった笑えるスナックのネーミングから、大きなところでは戦後日米関係のメタファーまで、大小いくつものネタが織り込まれて読者の知的好奇心をくすぐる。

たとえば、天才暗殺者イチローとその恐るべき父親の愛憎入り混じった関係性は、まるで先の敗戦後の日本と、日本を「十二歳の少年のようだ」と評したマッカーサーのようであり、あるいは「オイディプス王」における父子像のようでもある。

ＣＩＡや「北」の将軍様もポップに登場し、ホワイトハウスならぬブラックハウスという謎の巨大組織も現れるにいたっては、読者がそこに何らかの政治性を読み取る試みは無効化される。右翼も左翼も正義も悪徳もすべてひとしく相対化され、ただ最後に残されるのは各登場人物の幕の引き方だけである。

幕の引き方といえば、「はーです」はギリシア語で「死者が向かう場所」を意味する、と作中でも説明されるが、ただの愉快なネーミングだと思っていた言葉が思いもよらぬレイヤーと繋がっているところも見事だ。

他にもいくつもの魅力的な要素があり、残念ながらそのすべてを指摘することはできないが最後にひとつだけいっておかなければならない。

島田雅彦さんの小説に出てくる女性は、皆まちがいなく美しい。美しいといっても私が勝手に想像しているのに過ぎないのだが、薄幸なホステスの根本ゆりあも、真面目な警視庁の八朔すみれ刑事も、イチローの母寧々も絶対に美人なはずだ。しかも、それぞれタイプの違う上品な美人だろう。

映画は美女を描くためにある、と断言した映画監督がいるが、私もその意見に同意する。はたして現代の女優なら誰が島田作品の美女を演じることができるだろう。誰なら妖艶で可憐な仕草を見せてくれるだろう。小説から立ちあがったむせかえるような美女の香りとともに、生々しく具体的な姿を夢見るのはたぶん私だけではないはずだ。いったん美女の視覚的な姿を想起するといってもたってもいられなくなり、やはり島田雅彦さんの小説は一刻も早く映像化されなければならないと思うのだ。

（いりえ・ゆう　映画監督）

＊本書はフィクションであり、実在の個人・団体名とは一切関係がありません。

初出誌「すばる」
二〇一一年一月号、二月号、五月号、九月号、一一月号、
二〇一二年二月号、三月号に掲載

本書は、二〇一二年五月、集英社より刊行されました。

集英社文庫 目録（日本文学）

S 集英社文庫

英雄はそこにいる　呪術探偵ナルコ

2017年2月25日　第1刷　　　定価はカバーに表示してあります。

著　者　島田雅彦

発行者　村田登志江

発行所　株式会社 集英社
東京都千代田区一ツ橋2-5-10　〒101-8050
電話　【編集部】03-3230-6095
【読者係】03-3230-6080
【販売部】03-3230-6393（書店専用）

印　刷　大日本印刷株式会社

製　本　大日本印刷株式会社

フォーマットデザイン　アリヤマデザインストア　　　マークデザイン　居山浩二

ISBN978-4-08-745544-1 C0193